KB166319

플루타르코스 영웅전 9

플루타르코스 영웅전 9

플루타르코스 지음 | 이다희 옮김 | 이윤기 기획

1판 1쇄 발행 | 2015. 8. 1.

발행처 | **Human & Books**
발행인 | 하응백
출판등록 | 2002년 6월 5일 제2002-113호
서울특별시 종로구 경운동 88 수운회관 1009호
기획 홍보부 | 02-6327-3535, 편집부 | 02-6327-3537, 팩시밀리 | 02-6327-5353
이메일 | hbooks@empal.com

값은 뒤표지에 있습니다.
ISBN 978-89-6078-199-3 04890
ISBN 978-89-6078-102-3 04890 (세트)

플루타르코스 영웅전 9

플루타르코스 지음 — 이다희 옮김 — 이윤기 기획

Human & Books

텟살리아
에페이로스
프티오티스
아이톨리아
에우보이아
보이오티아
아카이아
메가라
시퀴온
이스트모스
앗티케
코린토스
아테나
엘리스
아르카디아
만티네이아
아르고스
자퀸토스
메갈로폴리스
멧세네
멧세니아
라코니아
셀라시아
스파르테

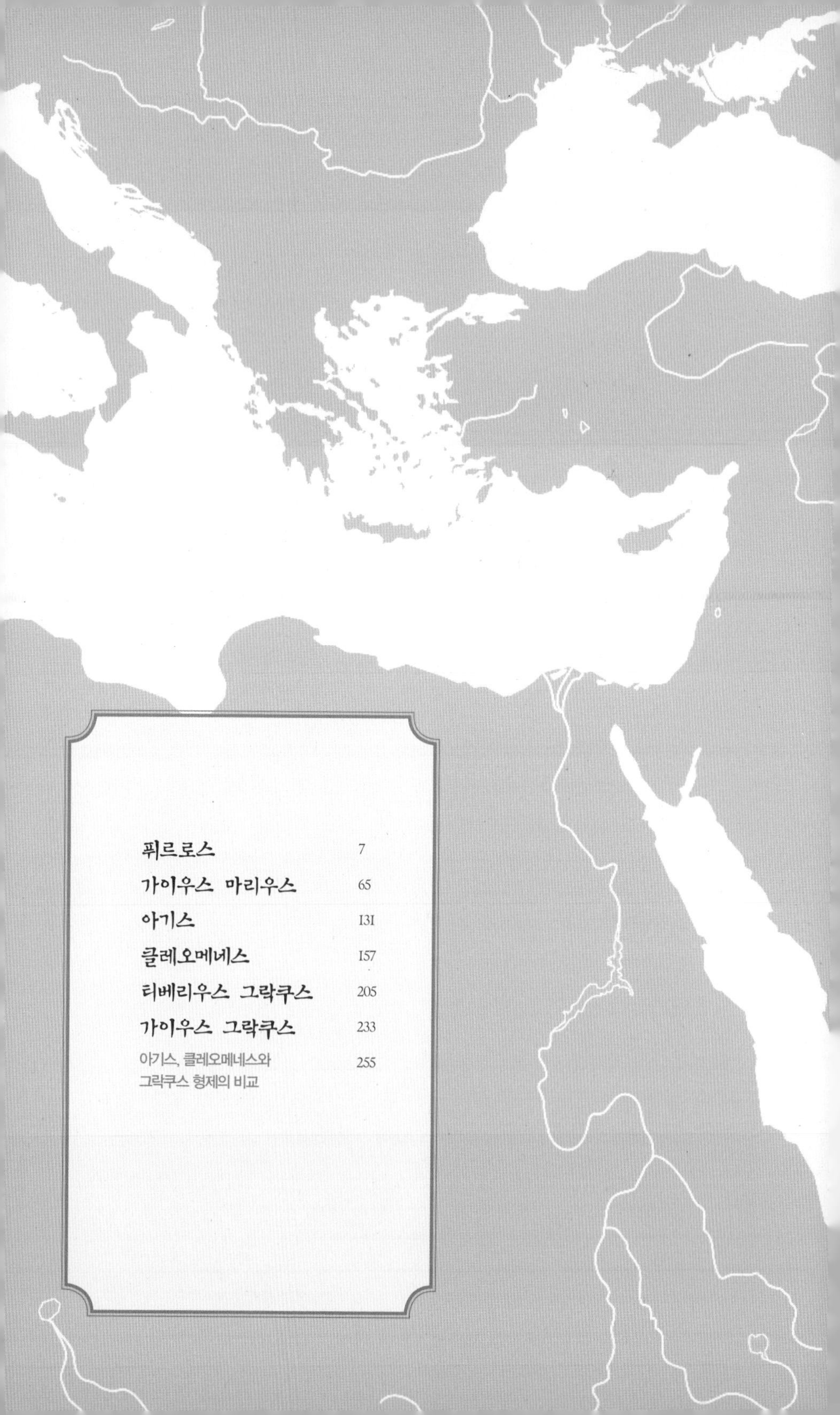

퓌르로스 7

가이우스 마리우스 65

아기스 131

클레오메네스 157

티베리우스 그라쿠스 205

가이우스 그라쿠스 233

아기스, 클레오메네스와 그라쿠스 형제의 비교 255

일러두기

Ⅰ. 이 책은 1914년 출간된 페린(Bernadotte Perrin)의 영역본 『PLUTARCH LIVES』(Harvard University Press)를 바탕으로 번역하였다. 페린의 영역본은 영미권에서 가장 권위 있는 플루타르코스 영웅전 번역본으로 알려져 있다. 이 영역본은 그리스어와 영어가 원전 대비 형태로 편집되어 있다. 따라서 이 책의 번역도 영역을 기준으로 하되, 애매한 부분은 그리스어 표현을 참고하였다.

Ⅱ. * 표시가 된 부분은 책의 가독성을 위해 생략한 부분을 표시한 것이다. 대부분 언어의 기원, 관습의 유래 등을 설명하는 내용들로 이야기의 흐름에 크게 지장을 주지 않을 부분만 생략했다.

Ⅲ. 그리스 인명과 신의 이름은 그리스식으로, 로마 인명과 신의 이름은 로마식으로 표기하였다. 지명도 고대식으로 표기하였으며, 설명이 필요한 곳에서는 현대식 표기를 덧붙여 두었다.

ex. 이집트 → 아이컵토스, 아테네 → 아테나이, 피타고라스 → 퓌타고라스

퓌로스

I.

역사가들은 대홍수 이후 테스프로토이와 몰롯소이 족을 첫 번째로 다스린 왕이 파이톤이었다고 한다. 펠라스고스와 함께 에페이로스로 온 무리 가운데 하나였다. 그러나 데우칼리온과 퓌르라가 도도나에 신전을 만들고 몰롯소이 족과 함께 살았다는 기록도 있다. 훗날 아킬레우스의 아들 네오프톨레모스가 민족을 거느리고 이 지역을 손에 넣었으며 대대로 왕권을 물려주었다는 것이다. 이들은 네오프톨레모스의 이름을 따서 퓌르리다이 왕조가 되었다. 네오프톨레모스의 어릴 적 별명이 퓌르로스였기 때문이다. 휠로스의 아들 클레오다이오스의 딸 라낫사가 이 네오프톨레모스와 결혼해 자식을 낳았는데 네오프톨레모스는 자식들 중 하나를 역시 퓌르로스라고 이름 지었다. 이후 아킬레우스는 에페이로스에서 신으로 섬김을 받았으며 아스페토스라는 토착 이름으로 불렸다.

그러나 이 왕조의 왕들은 곧 야만적인 풍습에 물들었고 권력과 삶이 모두 보잘것없는 수준으로 떨어졌다. 그러던 가운데 타르뤼파스가 헬라스 풍습과 문자를 소개했고 인도적인 법으로 도시를 다스린 끝에 명성을 얻었다. 타르퀴파스는 알케타스를 낳았고 알케타스는 아뤼바스를, 아뤼바스와 트로아스는 아이아키데스를 낳았다. 아이아키데스는 텟살리아 사람 메논의 딸 프티아와 결혼했다. 메논은 라미아 전쟁*에서 싸우고 연합군 가운데 레오스테네스 다음으로 두 번째로 큰 영예를 얻은 사람이다. 프티아는 아이아키데스와 두 딸, 데이다메이아와 트로아스, 그리고 아들 퓌르로스를 낳았다.

• 퓌르로스의 흉상. 나폴리 국립 고고학 박물관.
•• 이탈리아 피렌체에 있는 퓌르로스의 흉상.

II.

그러나 몰롯소이 족 사이에서 파벌 싸움이 일어나자 아이아키데스가 추방을 당했고 네오프톨레모스아뤼바스의 형제의 아들들에게 권력이 돌아갔다. 이때 아이아키데스 편 사람들은 붙잡혀 죽임을 당했고 적은 아직 아기였던 퓌르로스도 찾고 있었지만 안드로클레이데스와 안겔로스가 빼돌려 달아났다. 그러나 하인 여럿과 아이에게 젖을 먹일 여인들도 데려가야 했으므로 도주는 힘겹고 느렸으며 곧 따라잡혔다. 일행은 아기를 힘세고 믿음직한 젊은이들인 안드로클레이온, 힙피아스와 네안드로스에게 맡기고 온 힘을 다해 마케도니아 도시 메가라를 향해 떠나라고 했다.

• 「데모스테네스」편 XXVII.

그동안 나머지 사람들은 애원을 하기도 하고 싸우기도 하면서 추격자들을 밤늦게까지 붙들어놓았다. 그리고 마침내 그들을 물리친 뒤 퀴르로스를 데리고 가고 있던 젊은이들과 서둘러 합류했다.

태양은 이미 진 뒤였고 일행은 피난처로 삼고자 했던 도시에 거의 다다랐으나 도시 곁을 흐르는 강물에 느닷없이 가로막혔다. 강물은 험악하고 사나워 보였으며 일행은 시도는 해보았지만, 도저히 건너기가 불가능했다. 그동안 내린 비로 물이 불어 물살이 사나웠으며 어둠이 모든 것을 더욱 무섭게 보이게 했기 때문이다. 결국, 일행은 건너려면 도움이 필요하다고 생각했다. 아기를 데리고 있었고 아기를 돌볼 여인들도 함께였기 때문이다. 그때 강 건너에 메가라 사람들이 보였다. 일행은 강을 건너는데 도움을 달라고 외쳤고 퀴르로스를 보여주며 큰소리로 외치고 탄원했다. 그러나 건너편 시민들은 물이 흐르고 첨벙거리는 소리 때문에 무슨 소리인지 알아들을 수 없었고 한쪽에서 하는 말을 다른 한쪽이 알아듣지 못하는 상황에서 시간만 흘러갈 뿐이었다. 그러다 한 사람이 좋은 생각을 떠올렸다. 나무에서 껍질을 벗긴 다음 그 껍질에 브로치 핀으로 무엇이 필요한지 아기의 상황이 어떠한지 썼다. 그런 다음 멀리 날아가게끔 돌을 나무껍질로 싸서 강 건너로 던졌다. 투창에 나무껍질을 둘러 강 건너로 던졌다는 주장도 있다. 건너편 시민들은 편지를 읽고 더는 지체해서는 안 된다는 사실을 깨달았고 나무를 베어 서로 엮었다. 그렇게 일행은 강을 건넜다. 우연이지만 제일 처음 건너간 사람의 이름은 아킬레우스였다. 그가 퀴르로스를 품에 안고 건넜고 나머지 사람들은 다양한 방법으로 도움을 받아 강을 건넜다.

· 푸생(Poussin)이 그린 『어린 퓌르로스 왕의 구출』.

III.

추격자들을 이처럼 따돌리고 안전한 곳에 다다른 일행은 일뤼리아 왕 글라우키아스에게 갔다. 왕은 왕비와 함께 집에 있었고 일행은 아기를 두 사람 앞쪽 바닥에 내려놓았다. 왕은 생각에 잠겼다. 왕은 아이아키데스와 적대 관계였던 캇산드로스를 두려워했으므로 홀로 고민하면서 꽤 오랫동안 침묵을 지켰다. 그동안 퓌르로스는 누가 시키지도 않았는데 바닥을 기어가더니 왕의 옷을 붙잡았고 곧이어 글라우키아스 왕의 무릎을 잡고 일어섰다. 왕은 처음에는 웃음을 보였다가 곧 연민을 느꼈다. 아기가 정식으로 탄원을 하러 온 백성처럼 무릎을 부여잡고 울었기 때문이다. 그러나 아기가 글라우키아스 왕에게 탄원하지 않았고 신들의 제단을 붙잡았으며 이를 껴안고 서 있었다는 설도 있다. 글라우키아스 왕이 이를 하늘이 보낸 징조로 읽었다는 것이다. 그리하여 왕은 즉시 글라우키아스를 아내의 품에 안겨주었으며 친자식들과 함께 키우도록 했다고 한다. 얼마 후 적들이 아기를 내놓으라고 요구했고 캇산드로스는 아기를 내놓는 대가로 2백 탈란톤을 주겠다고 말했음에도 글라우키아스는 아기를 넘겨주지 않았고 퓌르로스가 열두 살이 되자 그와 병력을 이끌고 에페이로스로 가서 그를 왕좌에 앉혔다고 한다.

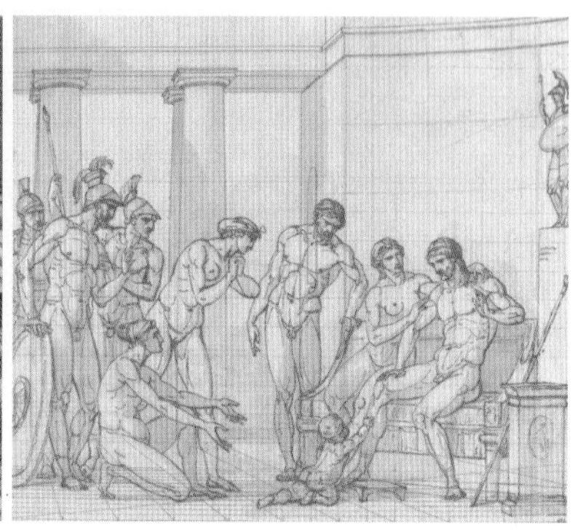

• 글라우키아스 왕의 무릎을 부여잡은 퓌르로스.
•• 『글라우키아스 왕의 궁정에 있는 퓌르로스』. 프랑수아 앙드레 뱅상(Francois-Andre Vincent)의 18세기경 그림.

생김새로 볼 때 퓌르로스는 왕의 위엄보다는 공포스러운 분위기를 풍겼다. 치아가 많지 않았고 심지어 위턱은 길게 이어진 뼈 한 덩어리로 되어 있었으며 그 위로 약간의 홈이 규칙적으로 파여 있어서 마치 치아가 있는 것처럼 보였다. 비장이 안 좋은 사람들은 퓌르로스가 병을 나을 수 있게 해준다고 생각했다. 그는 흰 닭을 제물로 바친 다음, 등을 대고 누운 환자의 비장을 우측 발로 가볍게 눌러주곤 했다. 아무리 이름이 없고 아무리 가난해도 부탁만 하면 왕은 이 치료를 해주었다. 왕은 또한 제물로 바친 닭을 사례로 받는 것을 가장 기뻐했다. 뿐만 아니라 오른발 엄지발가락에 신적인 힘이 있다는 말도 있었다. 온몸이 불에 타 죽은 뒤에도 엄지발가락은 불에 닿지도 데이지도 않았다는 것이다. 그러나 이는 훗날에 관한 이야기이다.

IV.

열일곱이 된 퓌르로스는 왕좌를 안정적으로 차지하고 있다고 여겨질 무렵 여정을 떠나게 되었다. 함께 자란 글라우키아스 왕의 아들의 결혼식에 참여하기 위함이었다. 그러자 몰롯소이 족은 다시 한 번 힘을 모아 퓌르로스를 몰아냈고 그의 재산을 강탈했으며 네오프톨레모스•를 왕으로 내세웠다. 이처럼 영토를 빼앗기고 빈털터리가 된 퓌르로스는 안티고노스의 아들 데메트리오스와 힘을 합쳤다. 데메트리오스는 퓌르로스의 누이 데이다메이아의 남편이기도 했다. 데이다메이아는 소녀 시절 록사나의 아들 알렉산드로스와 결혼하기로 약속이 되어 있었으나 일이 틀어졌으므로 혼기가 되자 데메트리오스와 결혼했다. 퓌르로스는 소년티를 벗지 못했음에도 왕들이 입소스에서 벌인 대전투에 데메트리오스와 함께 참가해서 마주한 적을 패주시켰으며 전투병들 가운데서 눈부신 용맹을 떨쳤다. 뿐만 아니라 데메트리오스가 패배했음에도 그를 버리지 않았고 그가 맡긴 헬라스 도시들을 계속해서 지켜냈다.

이후 데메트리오스가 프톨레마이오스와 평화협정을 맺었을 때에는 볼모로서 아이귑토스로 항해하기도 했다. 여기서 사냥과 운동을 일삼으면서 프톨레마이오스 앞에서 힘과 끈기를 입증했다. 나아가 프톨레마이오스의 아내 가운데 가장 영향력이 크고 덕과 지성이 뛰어난 사람이 베레니케임을 알아보고 환심을 사려고 특히 애를 썼다. 퓌르로스는 상관의

• II권에 언급된 네오프톨레모스의 손자.

호의를 자신에게 유리한 방향으로 이용하는 데 능했으며 아랫사람은 얕잡아보는 경향이 있었다. 또한, 생활 방식이 규칙적이고 절제되어 있었으므로 여러 젊은 왕족 가운데 안티고네의 남편감으로 선택되었다. 안티고네는 베레니케가 프톨레마이오스와 결혼하기 전 필립포스와 낳은 딸이었다.

V.

결혼 후 퓌르로스는 더욱 큰 존경을 받았고 안티고네가 아내 역할을 훌륭히 해준 덕분에 에페이로스로 돌아가 왕국을 되찾을 자금과 병력을 확보할 수 있게 되었다. 에페이로스 사람들 대부분은 가혹하고 제멋대로인 네오프톨레모스를 싫어했으므로 퓌르로스를 반겼다. 그러나 네오프톨레모스가 다른 왕과 힘을 합칠까 두려웠던 퓌르로스는 네오프톨레모스와 왕권을 공동으로 행사하는 조건으로 우호 협정을 맺었다. 그러나 세월이 흐르고 두 사람을 비밀리에 이간질하는 사람들이 생겼으므로 둘은 서로를 수상쩍게 여기기 시작했다. 그러나 퓌르로스로 하여금 행동을 취하게 만든 주요 원인은 다음에서 유래했다고 한다.

몰롯소이 족 영토에 위치한 팟사론의 제우스 아레이오스 신전에서 제물을 바친 왕은 에페이로스 백성과 엄숙한 맹세를 주고받는 관습이 있었다. 왕은 법에 따라 통치하기로 맹세하고 백성은 법에 따라 왕국을 지키기로 맹세하는 관습이었다. 퓌르로스와 네오프톨레모스도 신전을 찾아와 맹세를 했다. 두 왕과 두 왕의 친구들은 서로 어울렸으며 여러 선물을 주고받았다. 여기서 네오프톨레모스의 지지자 겔론이 퓌르로스에게 정답게 인사하며 밭을 일굴 수소 두 쌍을 선물했다. 그러자 퓌르로스의 술잔을 담당하는 뮈르틸로스는 퓌르로스에게 수소들을 달라고 했다. 그러나 퓌르로스가 소를 뮈르틸로스가 아닌 다른 사람에게 주자 뮈르틸로스는 그를 깊이 원망했다.

이를 눈치챈 겔론은 뮈르틸로스를 저녁 식사에 초대했다. 심지어 술을 마시며 겔론이 뮈르틸로스의 풋풋한 아름다움을 즐겼다는 설도 있다. 나아가 겔론은 뮈르틸로스를 타일러 네오프톨레모스의 지지자가 될 것을, 그리고 퓌르로스를 독살할 것을 권유했다. 뮈르틸로스는 제안을 받아들였다. 그러나 겉으로 제안에 동의하고 설득당한 것처럼 꾸몄을 뿐 실은 퓌르로스에게 알렸다. 뮈르틸로스는 또한 왕의 술잔을 담당하는 신하들 가운데 우두머리였던 알렉시크라테스를 소개하며 그가 가담할 것이라고 말함으로써 겔론을 안심시켰다. 퓌르로스는 겔론이 꾸미고 있는 음모를 입증할 증인을 여러 명 확보하고 싶었던 것이다.

겔론은 이처럼 철저히 속아 넘어갔고 네오프톨레모스 또한 마찬가지로 철저히 속았다. 음모가 예정대로 진행되고 있다고 생각한 네오프톨레모스는 차마 혼자서만 알고 있지 못하고 신이 나서 동료들에게 이야기하곤 했던 것이다. 예를 들면 누이 카드메이아의 집에서 열린 연회에서 아무도 듣고 있지 않다고 생각하고 음모에 대해 떠들어 댔다. 사몬의 아내 파이나레테를 제외하고 아무도 곁에 없었기 때문이다. 네오프톨레모스의 가축을 관리하는 사몬의 아내는 벽을 바라보고 침상에 누워 있었으며 잠든 것처럼 보였다. 그러나 파이나레테는 다 듣고 있었다. 다음 날 파이나레테는 퓌르로스의 아내 안티고네에게 가서 네오프톨레모스가 누이에게 했던 말을 남김없이 전했다. 퓌르로스는 이 소식을 듣고 한동안 조용히 있다가 제물을 바치기로 된 날 네오프톨레모스를 만찬에 초대해 죽였다. 에페이로스의 주요 인사들이 자신에게 충성하고 있으며 자신이 네오프톨레모스를 제거하는 모습을 무척 보고 싶어한다는 사실을 퓌르로스는 알고 있었다. 그들은 또한 퓌르로스가 왕국의 일부분만을 자기 몫으로 가지는 데 만족하기를 원하지 않았으며 그가 제 성미에 따라 더 큰 일들을 도모하기를 원했다. 그리고 네오프톨레모스를 없앨 여러 가지 동기에 암살 혐의까지 더해졌으니 이번 기회에 퓌르로스가 선수를 빼앗아 그를 해치워주길 바란 것이다.

VI.

퓌르로스는 베레니케와 프톨레마이오스를 기리며 안티고네가 갓 낳은 아들을 프톨레마이오스라고 불렀고 에페이로스 반도에 건립한 도시를 베레니키스라고 이름 지었다. 뒤이어 머릿속에서 여러 중대한 과업을 구상하기 시작했지만, 무엇보다 멀지 않은 곳에 있는 일들에 기대를 걸고 있었으므로 마케도니아의 정세에 직접 관여할 구실을 만들어냈다.

마침 캇산드로스의 아들 가운데 맏이 안티파트로스가 어머니 텟살로니케를 죽이고 형제 알렉산드로스를 몰아내자 알렉산드로스는 데메트리오스에게 도움을 간청했고 퓌르로스에게도 요청했다. 데메트리오스는 처리해야 할 다른 일들 때문에 지체했으나 퓌르로스는 즉시 알렉산드로스에게 갔고 동맹의 대가로 마케도니아의 스튐파이아와 파라우아이아, 그리고 동맹군이 획득한 영토 가운데 암브라키아, 아카르나니아, 암필로키아를 요구했다. 젊은 알렉산드로스는 퓌르로스의 요구를 들어주었고 퓌르로스는 이들 영토를 점령한 뒤 수비대를 두어 지켰다.

한편 뤼시마코스 왕은 안티파트로스에게 도움을 주고 싶은 마음이 간절했으나 다른 일에 전념하고 있었으므로 직접 도우러 갈 수가 없었다. 그러나 퓌르로스가 프톨레마이오스의 부탁이라면 절대 거절하지 않고 들어주려고 한다는 점을 알았으므로 프톨레마이오스가 쓴 것처럼 편지를 위조했다. 안티파트로스로부터 3백 탈란톤을 받는 대가로 원정을 취소하라는 권유가 담긴 편지였다. 퓌르로스는 편지를 개봉하자마자 뤼시마코스의 속임수를 간파했다. 편지의 인사말은 평소처럼 "아버지가 아들에게, 건강과 행복을 빌며"로 시작하지 않았고 "프톨레마이오스 왕이 퓌르로스 왕에게 건강과 행복을 빌며"로 시작했다. 퓌르로스는 편지를 위조한 뤼시마코스에게 욕설을 퍼부었으나 그럼에도 평화 협정을 맺는 데 동의했고 세 왕은 제물을 바치고 맹세를 함으로써 협정을 공식화하기 위해 모였다. 제물로 바쳐질 황소와 멧돼지, 숫양이 준비되었을 때 숫양이 저절로 쓰러져 죽었다. 관중은 폭소를 터뜨렸으나 선지자 테오도토스는 퓌르로스에게 세 왕 가운데 한 왕이 죽을 것임을 하늘이 미리 보여준바, 맹세를 해서는 안 된다고 말했다. 퓌르로스는 이런 이유에서 협정을 거부하게 된 것이다.

VII.

알렉산드로스의 상황이 퓌르로스의 도움으로 이처럼 정리되었음에도 데메트리오스는 알렉산드로스를 찾아왔다. 도착하자마자 데메트리오스는 공포만을 불러일으키는 불필요한 존재임이 뚜렷해졌다. 그리고 함께 한 지 며칠 지나지 않아 상호 간의 불신이 커진 데메트리오스와 알렉산드로스는 서로를 암살할 음모를 꾸미게 된다. 그러나 데메트리오스가 기회를 틈타 선수를 써서 젊은 알렉산드로스를 암살했고 마케도니아의 왕으로 등극했다. 이 일이 있기 전에도 데메트리오스와 퓌르로스 사이에는 불화가 있었고 퓌르로스는 텟살리아를 침략한 적 있었다. 통치자들이 자연히 앓게 되는 질병, 즉 권력욕은 두 사람을 만만찮고 의심스러운 이웃으로 만들었으며 데이다메이아가 죽은 뒤 사이는 더욱 나빠졌던 것이다. 이제 두 사람 모두 마케도니아의 일부를 차지한 터였으므로 충돌은 불가피했고 분쟁을 벌일 더 확실한 이유가 생겼다.

이에 데메트리오스는 아이톨리아 사람들을 상대로 원정을 벌여 정복했고 판타우코스에게 커다란 병력을 주어 지키게 한 다음 자신은 퓌르로스를 향해 움직였다. 소식을 들은 퓌르로스도 데메트리오스를 향해 전진했다. 그러나 착오가 있어 두 사람은 서로를 지나쳤고 데메트리오스의 군대는 에페이로스를 덮쳐 약탈했다. 한편 퓌르로스는 판타우코스와 맞닥뜨려 전투를 벌였다. 두 측의 병사들 사이에서 치열하고 무시무시한 싸움이 벌어졌고 두 지휘관의 싸움은 더욱 심했다. 데메트리오스의 부하 지휘관들 가운데 가장 용맹하고 재주 있고 힘이 좋기로 이름난 데다 배짱과 기상도 드높았던 판타우코스가 퓌르로스에게 일대일 결투를 신청한 것이다. 다른 어느 왕보다 호기롭고 전투력이 뛰어났으며 혈통만이 아닌 용맹으로서 아킬레우스의 영광을 제 것으로 만들 자격을 얻고 싶었던 퓌르로스는 앞줄의 병사들을 헤치고 나가 판타우코스와 마주했다. 둘은 처음에는 창을 던졌지만 이어서 근거리에서 엄청난 힘과 실력을 자랑하며 칼싸움을 시작했다. 퓌르로스는 한 군데 부상을 입었으나 판타우코스에게 허벅다리와 목 두 군데 부상을 입혔다. 패배하고 달아난 판타우코스는 친구들이 끌어낸 덕분에 죽음을 면했다. 이어서 왕의 승리에 자극을 받은 에페이로스 사람들은 왕의 용맹을 칭송하며 마케도니아의 밀집 대형을 압도하고 조각냈으며 도망치는 적을 추격해서 다수를 죽이고 5천을 생포했다.

VIII.

이 전투는 마케도니아 인들을 퓌르로스를 향한 분노와 증오심으로 가득 채우지 않았다. 오히려 그의 공적을 목격하고 전투에서 그와 싸워

본 사람들은 그를 높이 칭송하고 그의 용맹스러움에 경의를 표하게 되었으며 그를 화제로 삼기 시작했다. 그들은 퓌르로스의 용모와 순발력, 그리고 모든 움직임을 위대한 알렉산드로스와 비교했으며, 말하자면 퓌르로스의 그림자에서 알렉산드로스가 전투 중에 보여주었던 힘과 맹위를 보았던 것이다. 다른 왕들이 자줏빛 겉옷을 입고 호위병을 거느리거나 고개를 기울이고 말소리를 크게 함으로써 알렉산드로스를 흉내 냈다면 퓌르로스만 유일하게 전장에서 행위를 통해 보여주었다.

전술과 지휘력에 관한 퓌르로스의 지식과 능력은 그가 남긴 글이 입증하고 있다. 또한, 안티고노스는 최고의 지휘관이 누구냐는 질문에 이렇게 대답했다고 한다.

"퓌르로스. 젊어 죽지만 않는다면."

그러나 안티고노스는 퓌르로스를 동시대 사람들과 비교했을 뿐이다. 반면 한니발은, 내가 「스키피오」 편에 썼듯, 경험과 능력이 가장 뛰어난 지휘관은 첫째가 퓌르로스, 둘째가 스키피오이며 자신은 셋째라고 말했다. 한마디로 말하면 퓌르로스는 언제나 끊임없이 이 분야만을 연구하고 고민했는데 이것이야말로 가장 왕다운 학문이라고 생각했기 때문이다. 그 밖의 분야는 교양에 지나지 않는다고 여기며 조금도 중시하지 않았다. 한 술자리에서 누군가 퓌톤과 카피시아스 중에 누가 더 피리를 잘 부느냐고 묻자 폴뤼스페르콘이야말로 훌륭한 지휘관이라고 대답했다고 한다. 왕이라면 그러한 문제에 관심을 갖고 정통해야 한다는 의미였다.

퓌르로스는 또한 가까운 친구들에게 따뜻했고 너그러웠으며 호의를 되돌려줄 때는 시간을 끌지 않았고 열심이었다. 아이로포스가 죽었을 때 그는 몹시 괴로워했으며 아이로포스는 모든 인간이 겪을 수밖에 없는 일을 겪었을 뿐이지만 아이로포스가 보여준 호의를 바로 되갚지 않고 늘 지체하며 늑장을 부린 자신은 욕을 먹고 책망을 받아도 마땅하다고 했다. 빚은 채권자의 상속자에게 갚아도 되지만 친구로부터 받은 호의는 친구가 알아줄 때 되갚지 못한다면 정의롭고 선한 사람은 고통받게 된다는 생각이었다.

한편 암브라키아에는 퓌르로스를 비난하고 욕하는 사람이 있었고 시민들은 퓌르로스가 그를 추방해야 한다고 생각했다. 그러자 퓌르로스가 말했다.

"여기 남아 얼마 안 되는 사람들 사이에서 욕을 하는 게 낫습니다. 밖으로 나가 온 세상에 대고 비난을 하는 것보다는 말입니다."

또 언젠가는 젊은이들이 술에 취해 퓌르로스를 욕했다는 이유로 끌려왔다. 퓌르로스가 젊은이들에게 정말 그런 말을 했느냐고 묻자 한 청년이 대답했다.

"했습니다, 전하. 더 취했다면 더 심한 말도 했을 것입니다."

그러자 퓌르로스가 웃으며 젊은이들을 풀어주었다고 한다.

IX.

안티고네가 죽고 퓌르로스는 이권과 세력을 확장하기 위해 여러 아내를 얻었다. 그중에는 파이오니아 왕 아우톨레온의 딸도 있었고 일뤼리아 사람 바르뒬리스의 딸 비르켄나, 쉬라쿠사이 사람 아가토클레스의 딸 라낫사도 있었다. 라낫사는 아가토클레스가 사로잡은 코르퀴라를 지참금 대신 퓌르로스에게 주었다. 안티고네는 아들 프톨레마이오스를 낳았고 라낫사는 알렉산드로스, 그리고 비르켄나는 막내 헬레노스를 낳아주었다. 퓌르로스는 세 아들이 무용과 열정을 알도록 태어나는 순간부터 가르쳤다고 한다. 어린 아들이 셋 가운데 누가 왕국을 물려받게 되는지 물으면 이렇게 대답할 정도였다.

"칼을 가장 날카롭게 갈아두는 사람이지."

그러나 이것은 오이디푸스의 저 유명한 저주•에 다름 아니다. 제비뽑기가 아닌 '날카로운 검'으로써 형제가 '집을 나누어 가진다'는 의미였다. 탐욕이란 이처럼 가혹하고 잔인하다.

X.

판타우코스와의 전투를 마치고 고향으로 돌아온 퓌르로스는 명성과 고귀한 기상이 가져다준 명예를 즐기고 있었다. 에페이로스 인들은 그에게 독수리라는 별명을 안겼고 퓌르로스는 이렇게 말했다.

"여러분 덕분에 나는 독수리입니다. 왜 아니겠습니까? 여러분은 날쌘 날개처럼 나를 들어올려 줍니다."

그러나 얼마 후 데메트리오스의 병세가 위험한 수준에 이르렀다는 소식을 듣고 갑자기 마케도니아로 군대를 들여보냈다. 일부 지역만을 침략해 약탈할 생각이었다. 그러나 전투 한 번 벌이지 않고 마케도니아 전체를 사로잡고 왕국을 차지하기 직전까지 갔다. 에뎃사까지 갈 동안 누구도 그를 막지 않았고 오히려 여러 사람이 그의 편으로 넘어와 원정에 합류했기 때문이다. 그러자 데메트리오스는 위기를 느끼고 없던 힘까지 모아 일어났으며 그의 동료와 부하 지휘관들은 짧은 시간 안에 병력을 모집했으며 의욕을 가지고 맹렬히 퓌르로스를 향해 전진했다. 그러나 퓌르로스는 다른 무엇보다 약탈을 위해 침략한 터였으므로 맞서 싸우지 않고 도망을 쳤으며 그 과정에서 마케도니아의 공격을 받아 병력 일부를 잃었다.

• 에우리피데스, 『포이니케 여인들』 68.

그러나 퓌르로스를 손쉽고 재빠르게 영토 밖으로 몰아낸 데메트리오스는 퓌르로스를 내버려두지 못했다. 10만 대군과 함선 5백 척을 이끌고 아버지의 영토를 되찾을 결심을 한 데메트리오스는 퓌르로스와 충돌하고 싶지도 않았고 마케도니아 인들에게 모험을 좋아하는 골치 아픈 이웃을 남겨두고 떠나고 싶지 않았다. 그러나 퓌르로스와 전쟁을 벌일 여유가 없었으므로 평화 협정을 맺은 다음 다른 왕들을 상대로 무기를 들고자 했다.

이러한 이유에서 데메트리오스와 퓌르로스가 협정을 맺자 데메트리오스의 의도와 전쟁 준비의 규모가 뚜렷해졌으므로 뜻밖의 사태에 놀란 왕들은 퓌르로스에게 계속해서 전령을 보내고 서신을 보냈다. 퓌르로스가 전쟁을 벌일 기회를 포기하고 오히려 데메트리오스가 기회를 붙잡게 내버려두었다는 사실에 놀라움을 표한 것이다. 다른 일로 정신이 빼앗겨 어지러운 데메트리오스를 마케도니아에서 몰아낼 수 있음에도 그렇게 하지 않고 적이 여유를 찾고 거대해질 때까지 기다린다면 적은 몰롯시아 땅의 신전과 무덤을 노리고 결정적인 전투를 벌일 수 있다는 것이 왕들의 주장이었다. 그들은 또한 데메트리오스가 이미 퓌르로스의 아내와 코르퀴라를 막 빼앗은 이야기도 덧붙였다. 라낫사는 퓌르로스가 자신이 아닌 바깥 나라에서 온 아내들에게 더 정을 쏟는 것을 보고 코르퀴라로 떠났던 것이다. 그러나 왕의 아내가 되고 싶은 생각은 여전했으므로 데메트리오스를 코르퀴라로 불러들였다. 왕들 가운데 새로운 아내를 맞는데 가장 관심이 있는 왕이 바로 데메트리오스였기 때문이다. 그러자 데메트리오스는 코르퀴라로 항해했으며 라낫사와 결혼한 뒤 도시에 수비대를 남겨두고 떠났다.

XI.

군주들은 퓌르로스에게 이러한 서신을 계속해서 보내는 한편, 전쟁 준비를 채 마치지 못한 데메트리오스를 공격하기 시작했다. 프톨레마이오스가 대규모 함대를 끌고 와 헬라스 도시들에게 반란을 부추기는 동안 뤼시마코스는 트라키아에서 마케도니아 북부를 침략해 도시 외곽 지방을 약탈했다. 그리하여 퓌르로스도 이들과 같은 시기에 베로이아로 진군했다. 데메트리오스가 뤼시마코스를 상대하러 가는 동안 남부 지방의 수비에 소홀할 것으로 생각했기 때문인데 실제로도 그러했다. 그날 밤 퓌르로스는 꿈속에서 알렉산드로스 대왕의 부름을 받았다. 그가 찾아가자 알렉산드로스는 침상에 누워 있었으나 그럼에도 상냥한 말로 친근하게 대접해주었다. 그리고 기꺼이 도움을 주겠다고 약속했다. 그러자 퓌르로스가 감히 물었다.

"이렇게 편찮으신데 어떻게 도움을 주십니까?"

"내 이름만으로 도움이 될 것이니라."

왕은 이렇게 대답하고 니사이아 군마에 오르더니 앞장을 섰다.

이 꿈은 퓌르로스에게 커다란 확신을 주었다. 그는 군대를 이끌고 전속력으로 접경 지역을 지나 베로이아를 점령했다. 이어서 병력 대다수를 그곳에 주둔시킨 뒤 나머지 지역은 부하 지휘관들을 통해 점령을 시도했다. 이 소식을 듣고 난 뒤 데메트리오스는 진영 내 마케도니아 병사들 사이에서 좋지 않은 소란이 벌어지고 있음을 깨달았다. 데메트리오스는 이들을 이끌고 더 전진하기가 꺼려졌다. 명성이 드높은 마케도니아 왕과 근접한 위치로 군대를 이끈다면 병사들이 상대 측으로 넘어갈까 걱정스러웠다. 따라서 데메트리오스는 방향을 바꾸어 퓌르로스를 향해 군대를 이끌었다. 마케도니아 병사들이 이방인인 퓌르로스를 멸시하리라 여졌기 때문이다.

그러나 퓌르로스에 맞서 진영을 친 뒤 여러 베로이아 사람들이 퓌르로스를 요란스럽게 칭송하며 나타났다. 그들은 퓌르로스가 싸울 때 맞수가 없는 눈부신 영웅이면서도 포로를 너그럽고 인도적으로 대우한다고 말했다. 퓌르로스가 직접 보낸 사람들도 있었다. 그들은 마케도니아 사람들인 척하면서 데메트리오스와 그의 엄격한 규율을 버리고 평민에게 은혜로우며 부하들을 아끼는 퓌르로스에게 넘어갈 적기라고 말했다. 이런 결과 데메트리오스의 병력 대부분이 흥분하여 퓌르로스를 찾으러 돌아다녔다. 그러나 퓌르로스가 마침 투구를 벗은 터라 찾기 쉽지 않았다. 그가 이를 깨닫고 다시 투구를 쓰자 높이 솟은 정수리 장식과 염소뿔로 인해 병사들은 모두 그를 알아보았다. 마케도니아 병사들은 그에게 달려가 군호를 묻거나 머리에 화환 혹은 떡갈나무 가지를 둘렀다. 퓌르로스 주변의 병사들이 그렇게 하고 있었기 때문이다. 심지어 몇몇 병사들은 데메트리오스에게 조언하기를 그가 앞일을 포기하고 조용히 물러난다면 사람들은 그가 현명한 선택을 했다고 여길 것이라고 했다. 데메트리오스는 이러한 조언이 진영 내의 무질서와 부합한다고 생각하고 챙이 넓은 모자와 평범한 병사의 외투를 걸치고 비밀리에 빠져나갔다. 이리하여 퓌르로스는 쉽사리 진영을 빼앗았으며 마케도니아 왕의 칭호를 받았다.

XII.

그러나 이내 뤼시마코스가 나타났고 데메트리오스를 끌어내린 데는 자신의 공도 있다고 주장하며 왕국의 분할을 요구했다. 마케도니아 인들을 아직 철저히 신뢰할 수 없었고 여전히 어느 정도 의심하고 있었던 퓌르로스는 뤼시마코스의 제안을 받아들였고 함께 도시와 영토를 나누어 가졌다. 합의는 당분간 유효했고 둘 사이의 전쟁을 방지하는 듯했으나 얼마 가지 않아 두 사람은 영토의 분배가 서로 간의 적대감을 종식시키지 못했으며 오히려 새로운 불만과 다툼의 원인이 되었음을 감지했다. 바다도 산도 사람이 살지 못하는 사막도 가두지 못하는 탐욕을 가진 자들, 에우로파와 아시아를 구분하는 경계에서 멈추지 않는 과도한 욕망을 가진 자들이 어찌 가까이 살며 가진 것에 만족하고 서로에게 아무런 잘못도 하지 않을 수 있겠는가. 그들은 쉴 새 없이 전쟁을 벌일 뿐이다. 획책하고 시기하는 일은 이들 본성의 일부이다. 이들은 전쟁과 평화를 마치 화폐처럼 취급하며 정의와 상관없이 자신에게 유리한 대로 사용한다. 그러나 부당한 행위가 중단된 무위와 여가의 시간에 정의와 친선이라는 이름을 부여하는 자보다 숨김없이 전쟁을 벌이는 자가 오히려 낫지 않은가.

퓌르로스는 이를 명백하게 보여주었다. 데메트리오스의 커지는 세력을 저지하고 말하자면 심한 병환으로부터의 회복을 막기 위해 헬라스를 돕고자 아테나이로 들어선 것이다. 아테나이에서 퓌르로스는 아크로폴리스로 올라가 여신에게 제물을 바치고 같은 날 내려와 시민들에게 말했다. 아테나이 사람들이 신뢰와 호의를 보여주어 기쁘지만 다음부터는 어떤 왕도 성내로 들이지 말고 성문조차 열어주지 않는 것이 현명하다고 조언한 것이다. 나아가 퓌르로스는 데메트리오스와 평화 협정을 맺기까지 했으나 얼마 안 가 데메트리오스가 아시아로 원정을 갔을 때 다시 한 번 뤼시마코스의 조언에 따라 텟살리아로 하여금 반란을 일으키게 만들고자 했다. 뿐만 아니라 헬라스 도시들에 있는 데메트리오스의 수비대를 상대로 전쟁을 벌였다. 마케도니아 인들은 아무 할 일이 없을 때보다 원정 중일 때 더 편안해 했고 퓌르로스 자신도 태생적으로 가만히 있지 못하는 성격이었던 까닭이다.

그러나 마침내 데메트리오스가 쉬리아에서 참패하자 안전이 확보되었다고 느낀 뤼시마코스는 한가롭기도 해서 즉시 퓌르로스를 향해 전진했다. 퓌르로스는 에뎃사에 진영을 치고 있었는데 뤼시마코스가 그의 군수 물자를 나르는 수레를 덮쳐 사로잡은 까닭에 퓌르로스는 곤경에 빠지게 되었다. 뤼시마코스는 이어서 마케도니아의 주요 시민들과 서신을 주고받고 면담을 하면서 마음을 바꾸려고 했다. 마케도니아 사람도 아니고 언제나 마케도니아의 다스림을 받았던 집안의 자손인 퓌르로스를 주인이자 군주로 삼고 알렉산드로스의 동료와 친지들을 내몰고 있다고 꾸짖기도 했다. 뤼시마코스가 이렇게 해서 여러 시민을 제 편으로 끌어들이자 위기를 느낀 퓌르로스는 에페이로스 사람들과 연합군을 이끌고 마케도니아를 떠났다. 마케도니아를 차지한 방식 그대로 빼앗긴 것이다. 군주들은 민중이 제 이익에 따라 편을 바꾼다고 해서 그들을 탓할 이유가 없다. 민중은 다만 군주들을 모방하는 것뿐이다. 군주가 불충과 배신을 가르치고, 정의를 따르지 않는 자가 가장 유리하다고 여기는 까닭이다.

XIII.

퓌르로스가 마케도니아를 포기하고 에페이로스로 밀려났을 때 운명은 그가 방해받지 않고 가진 것을 즐길 수 있도록, 평화롭게 살 수 있도록, 그리고 제 백성을 다스릴 수 있도록 해주었다. 그러나 퓌르로스는 남에게 해를 입히거나 남의 손에 피를 입지 않는다면 메스꺼울 지경에 이르도록 지루할 것 같았다. 마치 조금도 가만히 있지 못했던 아킬레우스처럼 "한곳에 머물며 심장이 녹아내렸고 함성과 전투를 그리워했다."

욕망에 가득 찬 퓌르로스는 새로운 일을 벌일 이유를 찾아냈다. 마침 로마인들이 타렌툼 사람들과 전쟁을 벌이고 있었는데 타렌툼 사람들은 전쟁을 지속하지도, 민중 지도자들의 조급한 성미와 악행 때문에 전투를 멈추지도 못하고 있었다. 그리하여 타렌툼 사람들은 가장 한가로운 왕이면서 가장 무시무시한 장군인 퓌르로스를 지도자로 삼고 그에게 전쟁을 맡기고자 했다. 나이 든 분별 있는 시민들 가운데 일부는 이 계획을 전면적으로 반대했으나 전쟁을 바라는 무리의 소란과 폭력에 묻혔으며 이를 지켜본 다른 이들은 민회에서 빠져나가고 말았다. 그러나 한 덕망 있는 시민 메톤은 법안에 대한 투표가 이루어지기로 되어 있는 날 시민들이 민회에 들어서 자리에 앉자 마치 주연을 즐기는 사람처럼 시든 화환과 횃불을 들고, 피리 부는 소녀를 앞세워 나타났다. 예절을 크게 중시하지 않는 자유민들이 한데 모인 자리에서 당연한 일이지만 몇몇은 그를 보고 손뼉을 쳤고 폭소를 터뜨리는 이들도 있었으며 아무도 그를 제지하지 않았다. 오히려 소녀에게 계속 피리를 불어달라고 했고 메톤에게는 앞으로 나와 노래를 한 곡 해달라고 했다. 다들 메톤이 노래를 할 줄 알았다. 그러나 주변이 잠잠해지자 메톤은 말했다.

"타렌툼 주민 여러분, 놀 수 있을 때 놀고 흥청거리는 사람들에게 너무 뭐라고 하지 마십시오. 여러분도 생각이 있다면 자유의 몸일 때 즐기십시오. 퓌르로스가 성안에 발을 디디면 다른 일이 생길 테고 다른 삶을 살고 다른 음식을 먹게 될 테니 말입니다."

그러자 타렌툼 사람 대부분이 고개를 끄덕였고 민회는 메톤에 대한 찬사로 웅성거렸다. 그러나 평화 협정을 맺으면 로마로 넘겨질까 두려웠던 사람들은 술 취한 건달이 부끄러움도 모르고 하는 말을 얌전히 수긍한다며 시민들에게 험담을 퍼부었다. 그리고 힘을 모아 메톤을 추방했다.

이리하여 법안이 통과되었고 시민은 퓌르로스에게 사절단을 보냈다. 사절 중에는 타렌툼 시민뿐만 아니라 이탈리아 땅에 사는 헬라스 인들도 포함되어 있었다. 사절단은 퓌르로스에게 선물을 주면서 명성이 드높고 분별력이 뛰어난 지도자가 필요하다고 말했다. 또한, 루카니아, 멧사피아, 삼니움, 타렌툼에서 온 병사들로 구성된 병력은 다 합쳐 기병이 2만, 보병이 총 35만이라고 전했다. 이에 퓌르로스도 우쭐했으나 에페이로스 사람들 역시 원정을 향한 열의에 가득 찼다.

XIV.

이 당시 지혜롭기로 유명한 텟살리아 출신 키네아스라는 사람이 살았는데 연설가 데모스테네스의 제자였으며 위대한 데모스테네스의 권능을 마치 조각상처럼, 청중에게 상기시켜 줄 수 있는 연설가는 당대에 키네아스가 유일했다고 한다. 퓌르로스는 이 키네아스와 어울리며 그를 여러 도시에 사절로 보냈는데 그런 과정에서 키네아스는 에우리피데스의 시구를 증명했다고 한다. 즉 "적이 칼로 얻으려 하는 것조차 말 한마디면 얻어낼 수 있다"는 사실을 보여준 것이다. 아무튼, 퓌르로스는 키네아스의 말솜씨로 얻어낸 도시가 자신의 무기로 얻어낸 도시보다 많다고 말하곤 했으며 키네아스를 계속해서 특별히 대우하고 그의 도움을 요청했다.

바로 이 키네아스가 이탈리아 원정 준비에 한창인 퓌르로스가 잠시 휴식을 취하는 틈을 타 대화를 시도했다.

"왕이시여, 로마인들은 훌륭한 전사들이며 전쟁에 능한 여러 민족을 다스리고 있다고 하는데 하늘이 도와 이런 자들을 정복하더라도 그 승리를 어떻게 이용하면 좋겠습니까?"

그러자 퓌르로스가 대답했다.

"그걸 몰라서 묻는 것입니까. 로마를 정복하고 나면 그 어느 헬라스 국가도, 헬라스 바깥의 국가도 감히 우리를 상대하려 하지 않을 것이며 우리는 단번에 온 이탈리아를 가지게 될 것입니다. 이탈리아 땅의 크기와 풍요로움, 중요도는 키네아스 그대가 더 잘 알지 않습니까."

키네아스는 잠시 머뭇거린 뒤 다시 물었다.

"이탈리아를 가진 뒤에는 어떻게 됩니까?"

그러자 아직 키네아스를 간파하지 못한 퓌르로스가 대답했다.

"시켈리아가 가까이서 우리에게 손을 뻗치고 있지 않습니까. 재물과 인구가 많고 사로잡기도 쉽습니다. 파벌 싸움이 난무하고 도시에는 정치 체제가 바로 서지 못했으며 아가토클레스가 없어진 뒤 민중 선동가들이 날뛰고 있으니 말입니다."

"그 말씀이 아마 맞을 것입니다. 그렇다면 시켈리아를 정복하면 원정은 끝이 나는 것입니까?"

"하늘은 지금까지 우리에게 승리와 성공만을 안겨주었습니다. 우리는 지금까지의 투쟁을 더 큰 과업을 위한 발판으로 삼아야 할 것입니다. 리뷔에와 카르타고가 손안에 있는데 마다할 사람이 어디 있겠습니까? 아가토클레스도 쉬라쿠사이에서 비밀리에 빠져나가 배 몇 척만으로 카르타고를 사로잡기 직전까지 갔습니다. 우리가 거기서 주인이 되면 지금 우리를 경멸하는 적들 중 그 누구도 더는 저항하지 않을 것입니다. 이것은 언급할 필요도 없는 사실입니다."

"그렇습니다. 우리가 그런 힘을 갖게 되면 마케도니아도 되찾고 헬라스를 안정적으로 다스릴 수 있겠지요. 하지만 그 모든 나라를 지배하게 되면 그때는 무엇을 하지요?"

그러자 퓌르로스가 미소를 지으며 대답했다.

"그러면 훨씬 더 편안한 마음으로 술잔을 가득 채워 들이키겠지요. 매일 말입니다. 그리고 서로 속을 터놓고 이야기하며 즐거워하겠지요."

퓌르로스와의 대화를 여기까지 끌고 온 키네아스는 말했다.

"지금 우리가 술잔을 가득 채워 들이키거나 서로 시간을 보내지 못하는 이유가 있습니까? 우리는 이미 어떤 수고 없이도 그런 즐거움을 누릴 수 있습니다. 극심한 고생과 위험을 무릅쓰고 피를 흘려가며, 남에게 큰 피해를 주고 우리 자신도 고통을 받아 가며 얻고자 하는 것들이 없어도 누릴 수 있다는 말씀입니다."

키네아스의 이러한 논리는 퓌르로스를 설득하기보다 불안하게 만들었다. 자신이 얼마나 큰 행복을 내팽개치고 떠나려 하는지 깨달았지만, 간절히 욕망했던 대상에 대한 기대를 지울 수가 없었기 때문이다.

XV.

퓌르로스는 먼저 키네아스에게 병사 3천을 주어 타렌툼으로 보냈다. 이어서 타렌툼에서 수많은 기병 수송선과 갑판이 있는 배, 온갖 종류의 운반선이 왔고 퓌르로스는 여기 코끼리 20마리, 말 4천 마리, 보병 2만 명, 궁수 2천 명, 투석병 5백 명을 태웠다. 준비를 마치자 돛을 올려 배를 띄웠다. 그러나 이오니아 해를 절반밖에 건너지 못했을 때 함대는 느닷없이 불어닥친 북풍에 휩쓸렸다. 난폭한 바람 속에서도 퓌르로스가 탄 배는 선원과 선장의 용기와 열의 덕분에 엄청난 고난과 위험 속에서도 육지가 보이는 데까지 이르렀다. 그러나 나머지 함대는 혼란에 빠졌고 배들은 뿔뿔이 흩어졌다.

일부는 이탈리아 땅에 닿지 못하고 리뷔에와 시켈리아 주변 바다로 밀려났으며 다른 배들은 이아퓌기아 갑을 돌아 들어가지 못하고 밤을 맞았다. 가혹하고 난폭한 바다는 배들을 항구가 없는 숨은 해안으로 밀어 붙였고 왕의 전함을 제외한 모든 배들은 난파했다. 왕의 전함은 그 거대한 크기와 견고함 덕분에 파도가 측면을 때리는 한 견딜 수 있었다. 그러나 곧 바람이 방향을 바꾸어 해안에서 불어오기 시작했다. 육중한 파도가 뱃머리를 향해서 밀어닥친다면 왕의 전함도 버틸 수 없었다. 그렇다고 해서 전함을 격분한 난바다로 돌려 사방에서 불어닥치는 바람 속에서 흔들리도록 한다는 것은 처해 있는 상황보다 더욱 두렵게 여겨지는 일이었다. 따라서 퓌르로스는 벌떡 일어서 바닷속으로 뛰어들었으며 동료와 호위병들은 너도나도 그를 도우려고 애를 썼다. 그러나 밤이었고 육중하게 부서졌다가 다시 격렬하게 반동하는 파도 때문에 도움을 주기가 쉽지 않았으므로 어느새 날이 밝고 바람이 잔잔해지고서야 퓌르로스는 해안에 가 닿았다. 몸은 기진맥진했으나 대담하고 굳센 기상은 여전히 고난에 맞서 전진하고 있었다. 퓌르로스가 상륙한 멧사피아의 주민들은 달려와 온 힘을 다해 돕겠다고 제안했고 이와 동시에 폭풍을 피해갔던 함선들이 그를 찾아왔다. 함선에는 기병은 얼마 타고 있지 않았고 보병도 2천 명이 채 되지 않았으며 코끼리는 두 마리가 있었다고 한다.

XVI.

이들을 이끌고 퓌르로스는 타렌툼으로 진군했다. 퓌르로스가 온다는 소식을 들은 키네아스가 병력을 이끌고 마중을 나왔다. 타렌툼에 입성한 퓌르로스는 타렌툼 시민들의 의사에 반하는 일은 아무것도 하지 않았고 그들에게 어떤 강요도 하지 않은 채 배들이 안전하게 바다에서 돌아오고 병력 대부분이 재집결하기를 기다렸다. 그러나 타렌툼 시민의 대다수는 엄격한 제약이 없으면 스스로를 구원할 수도 남을 구원할 수도 없어 보였다. 싸움은 남에게 맡겨두고 저희는 성안에서 목욕과 축제를 즐기고도 남을 것으로 보였던 까닭에 퓌르로스는 귐나시온과 공공 산책로를 폐쇄했다. 시민들이 이곳을 거닐면서 입으로만 전투를 벌이고 있었기 때문이다. 나아가 술자리와 연회, 축제를 시기에 적합하지 않다는 이유로 금지하고 시민들에게 무기를 들게 했다. 그리고 이들을 입대시키는 과정에서 엄격하고 무정하게 훈련시켰다. 그러자 여러 시민들이 도시를 떠났다. 명령을 받는 데 익숙하지 못했고 원하는 방식대로 살지 못한다면 노예와 다름없다고 여겼기 때문이다.

그러던 중 로마의 집정관 라이비누스가 대규모 병력을 이끌고 퓌르로스를 향해 진군하고 있으며 길목에 있는 루카니아를 약탈하고 있다는 소식이 들려왔다. 동맹군이 당도하기 전이었으나 퓌르로스는 적이 더 가까이 오도록 가만히 내버려둔다는 것은 참을 수 없다고 생각하고 병력을 이끌고 전장으로 나아갔다. 그러나 먼저 로마군에 전령을 보내 전쟁을 벌이기 전에 이탈리아의 헬라스 인들과 화해하기 위해 자신을 중재자이자 조정자로 받아들이겠느냐고 물었다. 그러나 라이비누스는 대답하기를 로마는 퓌르로스를 중재자로 선택할 생각이 없으며 그를 적으로서 두려워하지도 않는다고 말했다.

결국 퓌르로스는 진군하여 판도시아와 헤라클레이아 사이에 있는 들판에 진영을 쳤다. 로마군이 가까이 왔으며 시리스 강 저편에 진영을 쳤다는 소식이 들려오자 그는 적을 관찰하기 위해 말을 타고 강으로 갔다. 퓌르로스는 로마군의 기강, 보초, 질서, 진영의 전체적인 배치 상황을 보고 감탄했다. 그리고 곁에 있던 친구에게 말했다.

"이 야만족의 기강은 야만스럽지 않군. 하지만 얼마나 소용이 있을지는 싸워봐야 알겠지."

퓌르로스는 더 이상 결과를 자신하지 않았으며 동맹군이 도착할 때까지 기다리기로 결심했다. 그러나 그동안 로마군이 강을 건너려고 할 것에 대비해서 강둑에 보초를 세워두었다. 그러나 로마군은 퓌르로스가 기다리기로 한 동맹군이 오기 전에 선수를 치고 싶었으므로 도강을 시도했다. 보병은 물이 얕은 구간을 걸어서 건넜으나 기병은 여러 지점에서 물을 가르고 돌진했으므로 보초를 서던 헬라스 병사들은 포위될 것을 염려해 후퇴했다. 이를 본 퓌르로스는 몹시 심란해졌고 보병 장교들에게 즉각 무기를 들고 전열을 갖출 것을 명령했다. 한편 자신은 기병 3천을 이끌고 나갔다. 로마군이 강을 채 건너지 못해 흩어지고 우왕좌왕할 때 맞닥뜨리고 싶었던 것이다. 그러나 강둑에서 수많은 방패가 번쩍이고 기병대가 질서 있게 진군하고 있는 모습을 본 퓌르로스는 전열을 서로 밀착시키고 적을 향해 나아갔다.

아름답고 눈부시게 장식한 화려한 갑옷 덕분에 퓌르로스는 단번에 눈에 띄었다. 그는 자신의 용기가 명성에 못 미치지 않음을 행동으로 보여주었다. 퓌르로스는 전투에 적극적으로 가담하고 적을 맹렬히 물리치면서도 계산을 잘못하거나 정신을 빼앗기지 않았으며 마치 원거리에서 지켜보고 있는 사람처럼 전투 지시를 내리며 열세에 있다고 생각되는 쪽에 도움을 주기 위해 이리저리 옮겨 다녔다. 바로 이런 점이 퓌르로스의 용기를 가장 잘 드러낸 것이다.

여기서 마케도니아 사람 레온나토스는 한 이탈리아 병사가 퓌르로스를 시야에서 놓치지 않고 그를 향해 돌격하거나 그가 가는 곳이면 어디든 따라가고 있음을 발견했다.

"저기 보십시오. 다리는 희고 몸은 검은 저 말을 탄 적병이 보이십니까? 원대하고도 무시무시한 생각을 하는 자 같아 보입니다. 두 눈을 전하께 고정하고 온 힘과 노력을 다해 다가오려고 하고 있는데 다른 사람에게는 신경도 쓰지 않습니까. 그러니 저 사람을 조심하십시오."

그러자 퓌르로스가 대답했다.

"레온나토스, 운명은 피할 수 없다. 그렇지만 저 이탈리아 병사든 누구든 쉽게 나에게 접근할 수는 없을 것이다."

두 사람이 이처럼 대화를 나누는 도중 이탈리아 병사가 창을 겨누더니 말을 돌려 퓌르로스를 향해 돌진했다. 곧이어 적병의 창이 왕의 군마를 찔렀고 적병의 군마는 레온나토스의 창에 맞았다. 두 마리 모두 쓰러졌으나 퓌르로스는 동료들의 손에 끌려 나온 반면 이탈리아 병사는 마지막까지 싸우다 죽임을 당했다. 프렌타니 족 출신이었던 이 기병 장교의 이름은 오플락스였다.

XVII.

이를 계기로 퓌르로스는 더 조심하게 되었다. 한편 기병대가 밀리고 있음을 깨닫고 보병대를 불러 모아 배치한 퓌르로스는 외투와 갑옷을 벗어 동료 메가클레스에게 주고는 자신은 부하들 뒤에 그럭저럭 몸을 숨긴 다음 함께 로마군을 향해 돌격했다. 로마군은 공격에 맞서 싸웠고 한동안 승패는 갈리지 않았다. 전세는 일곱 번 역전되었고 양측은 후퇴와 추격을 반복했다고 한다.

퓌르로스는 갑옷을 바꾸어 입은 덕에 몸은 성했을지 몰라도 목적을 이루지 못하고 승리를 빼앗길 뻔했다. 여러 적병이 메가클레스를 공격했고 그 가운데 가장 앞장섰던 덱소오스라는 자가 그를 쳐 쓰러뜨렸다. 그는 메가클레스의 투구와 외투를 빼앗아 라이비누스에게로 말을 몰았고 빼앗은 물건을 내보이며 퓌르로스를 죽였다고 소리를 쳤다. 그가 빼앗은 물건을 들고 전열을 누비자 병사들은 환호성을 지르며 기뻐했지만 헬라스 군은 동요하고 좌절했다. 사태를 파악한 퓌르로스는 얼굴을 드러내고 아군의 전열을 따라 말을 달렸고 전사들에게 손을 뻗치며 왕의 목소리를 들려주었다.

그러나 마침내 로마군은 코끼리 부대에 의해 궁지에 몰렸고 적의 군마는 코끼리 근처에 가기도 전에 기겁을 하고 병사를 태운 채 도망갔다. 퓌르로스는 텟살리아 기병대를 동원해 혼란에 빠진 적을 덮치고 대학살 끝에 패주시켰다.

디오뉘시오스는 죽은 로마군이 1만 5천에 달했다고 주장했지만 히에로뉘모스는 7천이었다고 한다. 퓌르로스 측 전사자는 1만 3천이었다고 디오뉘시오스는 말하고 히에로뉘모스는 4천이 되지 않았다고 말한다. 어쨌거나 이들은 퓌르로스의 최정예 병사들이었다. 뿐만 아니라 퓌르로스는 늘 기용했고 누구보다 믿었던 동료와 부하 지휘관들을 잃었다. 그러나 로마군이 버리고 떠난 진영을 손에 넣었고 로마의 동맹시들을 자기편으로 끌어들였다. 또한, 적잖은 로마의 영토를 약탈했고 로마에서 3백 스타디온 거리까지 진군했다. 전투가 끝난 뒤 루카니아와 삼니움 병사들이 퓌르로스를 찾아왔다. 퓌르로스는 늦었다고 이들을 질책했으나 자신이 이끌고 온 병력과 타렌툼 병사들만으로 로마군의 거대한 병력을 무찔렀다는 사실을 자랑스럽고 기쁘게 생각하는 기색이 역력했다.

XVIII.

로마인들은 라이비누스의 집정관직을 빼앗지 않았다. 그러나 가이우스 파브리키우스는 에페이로스 인들이 로마인들을 무찌른 것이 아니라 퓌르로스가 라이비누스를 무찔렀다고 말했다고 전해진다. 파브리키우스는 로마의 패인을 군대가 아닌 지휘관에게서 찾은 것이다. 그러나 로마는 지체하지 않고 축난 군단을 채웠고 추가 병력을 훈련시켰으며 맹렬하고 거침없는 언어로 전쟁에 대해 논했으므로 퓌르로스는 불안감에 빠졌다.

따라서 퓌르로스는 먼저 로마에 사람을 보내 협정을 맺을 의향이 있는지 알아보기로 했다. 로마를 사로잡고 완전히 굴복시키는 일은 너무 크고 현 병력으로 해낼 수 있는 일이 아니라고 생각했기 때문이다. 반면 승리한 뒤에 친선 협정을 맺는 일은 퓌르로스의 명성을 크게 드높일 수 있었다. 이리하여 그는 키네아스를 로마로 보냈고 그는 고위 관리들과 회담을 나누었으며 왕의 이름으로 관리들의 아내와 자녀들에게 선물을 보냈다. 그러나 아무도 선물을 받지 않았으며 남녀 가릴 것 없이 대답하기를 평화 협정이 공개적으로 체결된다면 로마도 왕에게 호의와 친절을 보여주겠다고 말했다.

뿐만 아니라 키네아스가 원로원에게 여러 호의적이고 매력적인 제안을 했으나, 즉 전장에서 붙잡힌 포로를 아무런 대가 없이 돌려주고 이탈리아를 정복하는 데 도움을 주겠다고 약속했으며 이에 대한 보답으로 친선관계와 타렌툼 시민의 면책권을 원할 뿐이라고 말했으나 원로원 의원 누구도 이를 기쁘거나 반갑게 받아들이지 않았다. 그러나 원로원이 평화 협정 쪽으로 기우는 것은 분명했다. 대규모 전투에서 패배한 데다 이탈리아의 헬라스 민족이 퓌르로스와 합류한 만큼 더 큰 전투를 앞두고 있었기 때문이다.

이 시점에서 압피우스 클라우디우스가 나섰다. 명망 있는 인물이었으나 고령에 눈까지 먼 까닭에 더 이상 나랏일에 참여할 수 없게 된 사람이었다. 그러나 퓌르로스가 사람을 보냈고 원로원이 적대 행위를 멈추는 데 찬성하리라는 소문이 파다했으므로 가만히 있을 수가 없었던 압피우스는 가마를 타고 포룸을 가로질러 원로원 회의장으로 갔다. 그가 문 앞에 도착하자 아들과 사위가 그를 안고 들어갔으며 원로원 의원들은 노인에 대한 존경심에 예의 바른 침묵을 지켰다.

XIX.

압피우스는 자리에서 일어나 말했다.

"로마 시민 여러분, 지금까지 나는 내 눈이 먼 것을 불행이라고 생각했지만, 지금은 귀까지 멀지 않은 것을 후회하고 있습니다. 로마의 영광을 끌어내리는 그대들의 수치스러운 법안과 결의를 들어야 하니 말입니다. 여러분이 온 세상에 대고 떠들던 말들은 어떻게 되었습니까? 저 유명한 알렉산드로스 대왕이 우리 젊은 시절, 우리 아버지가 젊었던 시절 로마와 싸우지 않은 것이 안타깝다, 싸웠다면 그는 무적의 왕으로 추앙받는 대신 도망가거나 로마의 손에 죽어 로마를 더욱 영광스럽게 만드는 데 기여했을 것이다, 이렇게 떠들지 않았습니까? 이것이 허장성세에 지나지 않았음을 그대들은 지금 입증하고 있습니다. 한 번도 마케도니아의 먹잇감이 아니었던 적이 없었던 카오니아, 몰롯시아 사람들을 두려워하고 알렉산드로스의 호위병에게 충성하고 봉사했던 퓌르로스 앞에 벌벌 떨고 있으니 말입니다. 퓌르로스는 이 땅에 사는 헬라스 인들을 도우러 왔다기보다 제 땅에 있는 적을 피하고자 이탈리아를 어슬렁거리고 있습니다. 마케도니아 땅을 조금도 차지하지 못했던 군대를 이끌고 우리가 이탈리아에서 패권을 쥘 수 있도록 도와주겠다고 말하고 있습니다. 우리가 친구로 삼아주면 그가 떠날 것이라고 생각지 마십시오. 퓌르로스가 그대들을 모욕한 대가로 혼이 나지 않는다면 오히려 그대들에게 다른 적을 데리고 올 것이며 적은 로마를 누구든 쉽게 정복할 수 있는 나라로 생각하고 얕볼 것입니다. 오히려 타렌툼과 삼니움 사람들로 하여금 로마를 비웃을 수 있게 함으로써 로마를 모욕한 퓌르로스에게 상을 내리는 꼴이 된다는 말입니다."

압피우스가 이처럼 말을 마치자 듣고 있던 원로원 의원들은 전쟁을 벌이고자 하는 의욕에 불타올랐고 키네아스에게 로마의 대답을 주어 돌려보냈다. 퓌르로스가 먼저 이탈리아 땅을 떠나야 하고 그런 뒤에 그가 원한다면 로마는 친선과 동맹을 논할 수 있으나 그가 무기를 든 채로 이탈리아에 머무는 한 라이비누스와 같은 장군을 1만 명 패주시킨다 해도 로마는 온 힘을 다해 싸울 것이라는 입장이었다.

한편 키네아스는 임무를 수행하는 동안 로마인들의 삶과 예절을 지켜보고 로마의 정치 형태의 탁월함을 연구하는 일을 중요한 과제로 삼았다고 한다. 그는 로마의 가장 뛰어난 시민들과 대화를 나누었고 퓌르로스에게 전할 이야기가 많았다. 키네아스는 로마의 원로원이 수많은 왕이 모여 있는 의회로 보인다고 보고하기도 했고 로마의 시민들에 맞서 싸우는 일은 레르나의 휘드라와 싸우는 일과 같을 듯하다는 염려를 전하기도 했다. 퓌르로스에 맞서 싸웠던 병력의 두 배가 되는 병력이 이미 집정관에 의해 결집된 상태였고 그 밖에도 무기를 들 수 있는 로마인의 숫자가 그 몇 곱절이었기 때문이다.

• 휘드라는 머리가 여러 개인 신화 속 괴수로 머리를 자르면 그 자리에서 머리 두 개가 솟아나왔다. 기원전 375-340년.

XX.

이 이후 로마에서 포로 문제를 논의하기 위해 사절단이 찾아왔다. 사절단의 우두머리는 가이우스 파브리키우스로 키네아스가 전달했듯 로마인들 사이에서 훌륭한 사람이자 능력 있는 군인으로 누구보다 존경받았지만 지나치게 가난한 사람이었다. 그리하여 퓌르로스는 파브리키우스에게 개인적인 호의를 보이고 그에게 황금을 선물하고자 했다. 어떤 저열한 목적을 위해서가 아니라 우정과 호의의 징표로 생각해주기를 바랐던 것이다. 그러나 파브리키우스는 황금을 거절했고 퓌르로스는 그날 동안은 더 이상 권하지 않았다. 그러나 다음 날 코끼리를 한 번도 본 적 없는 파브리키우스를 놀라게 할 요량으로 퓌르로스는 가장 큰 코끼리 한 마리를 장막 뒤에 준비하게 했고 그 앞에서 파브리키우스와 대화를 나누었다. 신호가 내려지자 장막이 걷혔고 코끼리는 갑자기 파브리키우스의 머리 위로 코를 들더니 거칠고 무서운 소리를 내뿜었다. 그러나 파브리키우스는 동요하지 않고 퓌르로스에게 미소를 보내며 말했다.

"어제 왕의 황금은 제게 아무런 인상도 주지 못했고 오늘 왕의 코끼리도 마찬가지입니다."

이어서 만찬장에서 온갖 주제가 논의되었고 그중에서도 헬라스와 헬라스의 철학자들에 관한 이야기가 펼쳐졌다. 키네아스는 우연히 에피쿠로스를 언급했고 신, 국가의 통치, 최고선에 관한 이 학파의 정론을 설명하기 시작했다. 키네아스에 따르면 에피쿠로스 학파는 쾌락을 최고선으로 삼았지만, 국가의 통치에는 조금도 관여하지 않았는데 이것이 해로운데다 행복을 앗아간다고 생각했기 때문이다. 그리고 신을 인간에 대한 호의나 분노, 염려에서 멀리 떨어뜨려 아무런 걱정도 없고 만족과 평안으로 가득 찬 삶과 연결 지었다. 키네아스가 이같이 이야기하고 있는데 파브리키우스가 큰 소리로 말했다.

"맙소사, 퓌르로스와 삼니움 민족이 우리와 전쟁을 벌이는 동안만은 이 학파의 가르침을 따르길 바랍니다."

이리하여 퓌르로스는 파브리키우스의 높은 기상과 뛰어난 품성을 존경하게 되었고 파브리키우스의 고향 로마와 전쟁을 벌이기보다 친선을 맺기를 더욱 간절히 원하게 되었다. 그는 심지어 파브리키우스에게 협정이 맺어지면 자신의 가장 중요한 동료이자 부하 지휘관으로서 삶과 운명을 함께하자고 은밀히 제안하기도 했다. 그러나 파브리키우스는 조용히 대답했다고 한다.

"그것은 왕께 유리한 조건이 아닙니다. 왕을 존경하고 우러러보는 자들이 나를 알게 되면 오히려 나를 왕으로 삼고 싶어 할 것입니다."

파브리키우스는 이런 사람이었다. 퓌르로스는 파브리키우스의 말에 화를 내지도 않았고 폭군처럼 행동하지도 않았으며 파브리키우스의 대범함에 대해 동료들에게 이야기하기까지 했다. 또한, 포로들을 오로지 파브리키우스 한 사람에게만 맡겼다. 원로원이 평화 협정을 승인하지 않을 경우 포로들에게 친지들을 만나고 사투르누스 축제를 즐기게 해준 뒤 도로 데리고 와야 한다는 조건이었다. 파브리키우스는 약속대로 축제가 끝나고 로마군 포로들을 퓌르로스에게 되돌려 보냈다. 원로원이 돌아가지 않는 포로를 사형에 처하기로 투표로 결정한 뒤였다.

XXI.

이후 파브리키우스가 집정관에 올랐을 때 한 남자가 서신을 들고 진영으로 찾아왔다. 편지는 퓌르로스의 주치의가 쓴 것으로 왕을 독살하기로 약속할 테니 로마에 더 이상의 피해를 주지 않고 전쟁을 종식시켜 준

대가로 보상을 해달라는 내용이었다. 그러나 주치의의 사악함에 격분한 파브리키우스는 동료 집정관의 공감을 얻은 다음 퓌르로스에게 신속하게 서신을 보내 음모를 경계하라고 일렀다. 내용은 이러했다.

"로마 집정관 가이우스 파브리키우스와 퀸투스 아이밀리우스가 퓌르로스 왕에게 건강과 행복을 빌며. 왕께서는 친구를 알아보는 눈도 적을 알아보는 눈도 부족하신 듯합니다. 우리가 보내는 이 편지를 읽으면 왕께서 전쟁을 벌이고 있는 상대가 존경할 만하고 정의로우며 왕께서 믿는 자들이 정의롭지 못하고 비겁하다는 사실을 알게 되실 것입니다. 우리는 왕을 위해 이 같은 정보를 전하는 것이 아니며 다만 왕의 파멸이 우리에게 불명예를 가져다주는 상황을 막고자, 우리가 용맹스럽게 싸우는 대신 반역 행위에 기대 전쟁을 종결했다는 말이 들리지 않게 하기 위해 이 편지를 보냅니다."

이 편지를 읽고 자신의 목숨을 노린 음모가 있었다는 증거를 확보한 퓌르로스는 주치의를 벌하고 파브리키우스와 로마에 대한 보답으로 포로들을 풀어주었고 다시 한 번 키네아스를 보내 평화를 협의하게 했다. 그러나 로마는 그것이 적의 호의였든, 적에게 불의를 저지르지 않은 데 대한 보상이었든 아무런 대가 없이 포로들을 받는 데 동의하지 않았으므로 타렌툼과 삼니움 군 포로를 같은 수만큼 풀어주었다. 그러나 퓌르로스가 타고 온 함대에 무기와 병력을 태우고 이탈리아 땅을 떠나 에페이로스로 항해하기 전까지 평화와 친선에 대해서는 한마디도 논할 수 없다고 선언했다.

결국, 퓌르로스는 또 한 번 전투를 치르지 않을 수 없게 되었다. 그는 병사들에게 휴식을 취하게 한 후 아스쿨룸으로 전진해 로마군과 싸움을 벌였다. 그러나 여기서 퓌르로스의 병력은 기병대가 힘을 쓸 수 없는 지형으로 몰렸고 물살이 빠르고 강둑에 나무가 우거진 강과 맞닥뜨렸으

• 퓌르로스의 코끼리 부대를 묘사한 그림.

므로 코끼리 부대를 이용해 적의 밀집대형을 덮쳐 싸우기란 불가능했다. 따라서 여러 부상자와 전사자가 발생한 뒤에야 밤이 찾아와 전투가 일단락되었다. 다음 날 퓌르로스는 평평한 위치에서 전투함으로써 코끼리 부대로 적의 전열을 무너뜨리려고 작정하고 아침 일찍 일부 병력을 파견해 불리한 지형을 차지하게 했다.

이어서 코끼리 사이 공간에 수많은 투석병과 궁수를 배치했으며 밀집한 대형을 엄청난 추진력으로 진격시켰다. 그러자 로마군은 전날과 달리 좌우로 움직이지도 못하고 방어태세도 취할 수 없었으므로 평지에서 정면대결을 해야 했다. 코끼리 부대가 다가오기 전 적의 중무장 보병을 격퇴하지 못할까 불안했던 로마군은 마케도니아의 창에 대항해 맹렬히 칼을 휘둘렀다. 목숨을 아끼지 않고 오로지 적을 상처 내고 죽이는 데 몰두했으며 제 몸은 어떻게 되든 상관치 않았다. 그러나 퓌르로스가 직접 강하게 적을 압박하고 있는 지점에서 로마군은 뒤로 밀리기 시작했다. 무엇보다 코끼리 부대의 맹위가 가장 큰 혼란을 가져왔다. 코끼리 부대를 상대로 로마군이 용기를 부려봤자 소용이 있을 리 없었다. 로마군은 마치 몰려오는 파도 혹은 파괴적인 지진 앞에 선 사람들처럼 무조건 피해야 한다고 생각했다. 가만히 있다가는 헛되이 죽거나 어떤 유익한 일도 못하고 끔찍한 고통을 맛볼 것 같았다.

로마군은 짧은 도주 끝에 진영에 다다랐다. 히에로뉘모스는 로마군 전사자가 6천이었으며 퓌르로스 측 전사자는, 왕 자신이 남긴 회고록에 따르면 3천5백5명이었다고 한다. 그러나 디오뉘시오스는 아스쿨룸에서 벌어진 두 차례의 전투에 대해 언급하고 있지 않으며 로마군의 패배를 인정하지도 않았다. 다만 두 군대가 해 질 녘까지 싸우다가 마침내 갈라섰다고 말한다. 또 그는 퓌르로스가 창에 찔려 팔에 부상을 입었으며 다우니 족 군대에 짐까지 빼앗겼다고 한다. 그리고 양 측 전사자의 수는 1만 5천이 넘었다고 한다.

이어서 두 군대는 서로 갈 길을 갔다. 누군가 퓌르로스에게 승리를 축하하자 퓌르로스는 말했다고 한다.

"로마군을 상대로 한 번 더 승리했다가는 우리는 아주 파멸할 거요."

퓌르로스는 데리고 온 병력의 대다수를 잃었으며 소수를 제외하고 친구들과 부하 지휘관도 모두 잃었던 것이다. 뿐만 아니라 고향에서 불러올 수 있는 사람도 더는 없었고 이탈리아의 동맹국들은 무관심해져 가고 있었다. 반면 로마의 군대는 마치 집안의 샘처럼 쉽고 빠르게 다시 차올랐으며 패배해도 용기를 잃지 않았고 오히려 분노로 인해 전쟁에 대한 열의와 의지가 커졌다.

XXII.

퓌르로스가 이와 같은 난관에 부닥쳐 있을 때 마침 새로운 희망이 다시 한 번 그를 고무했으며 목적의 전환을 요구하는 과업이 주어졌다. 시켈리아에서 대표단이 찾아와 그의 손에 아그리겐툼아크라가스과 쉬라쿠사이, 레온티노이를 넘겨주겠다고 약속하며 시켈리아로 와서 카르타고인들을 몰아내고 섬의 폭군들을 없애달라고 부탁한 것이다. 동시에 헬라스에서도 전령이 와서 마케도니아 왕 프톨레마이오스 케라우노스와 그의 군대가 갈리아 군대에 전멸했으며 지금이야말로 퓌르로스가 왕을 필요로 하는 마케도니아에 있어야 한다고 전했다. 중대한 과업을 이룰 두 번의 기회가 한꺼번에 찾아왔으므로 퓌르로스는 운명을 호되게 꾸짖었다. 그는 두 가지 일이 한꺼번에 주어졌다는 사실은 결국 하나를 포기해야 한다는 의미라고 생각하고 오랫동안 마음을 정하지 못했다. 그러다 리뷔에가 시켈리아와 가깝게 느껴졌으므로 퓌르로스는 시켈리아가 더 큰 과업을 달성할 기회를 제공하리라 생각하고 그쪽으로 마음을 돌렸다. 먼저 습관대로 키네아스를 보내 시켈리아의 도시들과 미리 회담을 하게 하고 자신은 타렌툼에 수비대를 배치했다. 그러자 타렌툼 사람들은 이를 몹시 불쾌하게 여겼으며 그가 해결하러 온 일을 해결하든지, 즉 로마와의 전쟁을 돕든지, 그럴 게 아니면 타렌툼과 타렌툼의 영토를 원래대로 해놓고 떠나길 바랐다. 이 요구에 퓌르로스는 어떤 상냥한 대답도 하지 않았다. 때가 될 때까지 가만히 기다리라 지시한 뒤 배로 떠나버린 것이다.

시켈리아에 도착하자마자 퓌르로스는 희망하던 바를 확실히 이루었다. 도시들이 기꺼이 퓌르로스에게 넘어와 주었으며 힘을 쓰거나 분쟁을 벌여야 할 경우 처음에는 그 어떤 상대도 대적하지 못했다. 퓌르로스는 보병 3만, 기병 2천5백, 전함 2백 척으로 포이니키아 사람들을 패주시키고 그들이 다스리고 있던 영토를 정복했다. 그다음 에뤽스의 성벽을 습격하기로 마음을 먹었는데 에뤽스는 가장 강력한 요새였고 방어하고 있는 병사들도 많았다.

군대가 준비를 마쳤을 때 퓌르로스는 갑옷을 입고 전장으로 나가 헤라클레스에게 맹세했다. 헤라클레스의 도움으로 자신이 시켈리아의 헬라스 사람들 앞에서 혈통과 재원이 부끄럽지 않은 상대로 보일 수 있다면 그를 위해 경기를 제정하고 제물을 바치겠다고 약속한 것이다. 그런 뒤 나팔을 불게 하고 화살로 적을 흩트리고는 사다리를 가져와 제일 먼저 성벽을 올랐다. 퓌르로스는 수많은 적병을 상대했다. 일부 적병은 성벽 위에서 성의 양옆으로 밀쳐 바닥에 내동댕이쳤으나 대부분은 칼로 쳐 죽였다. 시신이 퓌르로스의 주변으로 수북이 쌓일 정도였다. 퓌르로스 자신은 아무런 해도 입지 않았으나 적의 눈에는 끔찍한 광경이었다. 여러 덕목 중에 용기만이 신들림이나 광기에서 오는 황홀감을 보여준다는 호메로스의 말이 옳고 이치에 꼭 맞는다는 사실을 퓌르로스는 입증했다. 그는 도시를 사로잡고 난 뒤 신에게 훌륭한 제물을 바치고 온갖 경기를 포함한 볼거리를 제공했다.

XXIII.

한편 멧세네 주변의 이방 민족, 즉 마메르티노이 족은 헬라스 사람들에게 매우 성가시게 굴고 있었고 심지어 일부는 그들에게 공물을 바쳐야 했다. 마메르티노이 족은 수가 많고 호전적이었으므로 로마 말로 전쟁을 좋아한다는 의미의 이름이 붙었다. 퓌르로스는 공물을 징발하는 담당자를 붙잡아 사형에 처하고 이들 민족을 전투 끝에 정복했으며 이들의 여러 요새를 파괴했다. 이어서 카르타고 인들이 협정을 맺고자 했고 친선관계가 수립되면 돈을 주고 함선을 보내겠다는 의향을 보내왔으나 퓌르로스는 더 원대한 계획이 있었으므로 카르타고가 시켈리아 전체를 포기하고 리뷔에 해를 헬라스와의 경계로 삼겠다고 약속하기 전에는 합의를 하지도 친선을 맺지도 않겠다고 했다.

잇따른 행운과 든든한 재원에 들뜬 퓌르로스는 고향을 떠날 때부터 간직하고 있었던 희망을 이루고자 먼저 리뷔에를 갖기로 마음을 정했다. 그러나 선원이 충분하지 않은 함선이 많았으므로 노 저을 사람들 구하기 시작했고 이 과정에서 시민들을 합리적이거나 너그러운 방식으로 대하기보다 억압했고 분노에 사로잡힌 채 강제하거나 벌금을 내게 했다. 퓌르로스가 처음부터 이렇게 행동한 것은 아니다. 오히려 시민들과 친절한 대화를 나눔으로써 시민들의 마음을 사려고 남들보다 노력했고 모두를 믿었으며 누구에게 어떤 해도 입히지 않았다. 그러나 어느새 대중의 사랑을 받는 지도자이기를 멈추고 폭군이 되었다. 그리하여 엄격하다는 것 외에도 감사를 모르고 신의가 없다는 사실로 이름을 날렸다.

시켈리아는 격분했지만 어쩔 수 없이 따라 감내해야 했다. 퓌르로스가 토이논과 소시스트라토스에게 한 짓도 말하지 않을 수 없다. 두 사람은 쉬라쿠사이의 주요 시민으로 퓌르로스에게 시켈리아로 와 달라고 처음 부탁한 사람들이었다. 뿐만 아니라 퓌르로스가 오자마자 즉시 도시를 그의 손에 넘기고 그가 시켈리아에서 이룬 거의 모든 과업에 도움이 되어 주었다. 그러나 퓌르로스는 두 사람을 데리고 떠나려고 하지도, 놔두고 가려고 하지도 않은 채 수상쩍은 시선으로 바라보았다. 위협을 느낀 소시스트라토스는 떠났다. 그러나 토이논은 소시스트라토스와 음모를 꾸몄다는 혐의를 받고 사형에 처해졌다. 이를 기점으로 퓌르로스의 상황은 갑작스럽게 그리고 전폭적으로 변했다. 도시들에서는 그에 대한 극심한 증오가 불거졌고 몇몇 도시는 카르타고 편에 섰으며 몇몇은 마메르티노이 족을 불러들였다. 퓌르로스는 온 사방에서 분리 요구와 반란 음모를 보았고 자신을 반대하는 강력한 파벌이 형성되는 것을 보았다.

이때 삼니움과 타렌툼에서 편지가 도착했다. 그들은 제 영토도 마음대로 출입할 수 없었고 제 성을 지켜내는 데도 역부족이었으므로 퓌르로스의 도움을 간청하고 있었다. 이로써 퓌르로스에게는 시켈리아를 빠져나갈 적당한 구실이 생겼고 도주를 한다는 비난 혹은 시켈리아에서 이루려던 목적이 좌절되었다는 비난을 면할 수 있었다. 그러나 사실상 퓌르로스는 폭풍우에 내던져진 배와 같은 시켈리아를 정복할 수 없었기 때문에 시켈리아를 빠져나가려고 했고 다시 한 번 이탈리아에 투신한 것이다. 떠날 때 그는 시켈리아를 돌아보며 주위 사람들에게 말했다고 한다.

"친구들, 우리는 여기 카르타고와 로마의 격전장을 남겨 두고 가네!"

퓌르로스의 이러한 추측은 곧 사실로 나타났다.

XXIV.

그러나 퓌르로스가 항해를 하던 도중 여러 이방 민족이 힘을 합쳐 덤벼들었다. 그는 카르타고 군대와 해협에서 해전을 벌였으며 전함 여러 척을 잃었지만 남은 배로 이탈리아로 도주했다. 이탈리아에는 미리 건너온 10만이 넘는 마메르티노이 군대가 있었다. 이들은 퓌르로스와의 전면전은 꺼렸으나 어려운 위치에서 덮치고 공격함으로써 퓌르로스의 군대 전체를 혼란에 빠뜨렸다. 코끼리 두 마리가 죽었고 후방 수비대 다수가 전사했다. 선두에 있던 퓌르로스는 적을 물리치기 위해 직접 후방으로 갔고 제대로 된 전투 훈련을 받은, 용기가 하늘을 찌르는 적병들을 상대로 엄청난 위험을 무릅썼다. 그러나 그가 적의 칼에 머리 부상을 입고 전투병들로부터 어느 정도 물러나자 적은 더욱 우쭐했다.

체구가 거대하고 눈부신 갑옷을 입은 한 적병은 전선을 한참 앞질러 나와 우렁찬 목소리로 살아 있다면 나오라고 외치며 퓌르로스를 도발했다. 화가 난 퓌르로스는 호위병들의 만류에도 가던 길을 멈추었다. 분노로 가득 찬 피투성이 퓌르로스는 바라보기만 해도 공포스러운 표정으로 호위병들을 제치고 나아갔고 적병이 손을 써보기도 전에 적병의 머리를 칼로 내리쳤다. 그가 엄청난 완력으로 잘 단련된 칼을 얼마나 힘차게 내리쳤으면 칼은 적병의 몸을 정확히 반으로 갈랐으며 갈라진 적병의 몸은 한순간에 양쪽으로 쓰러졌다.

퓌르로스를 보고 놀라고 당황한 적군은 그가 인간 이상의 어떤 존재라고 여겨져 더 이상 전진하지 못했다. 그리하여 퓌르로스는 적의 방해 없이 남은 행군을 마칠 수 있었고 타렌툼에 도달했다. 보병 2만, 기병 3천과 함께였다. 거기 타렌툼의 정예 병사들을 더한 퓌르로스는 삼니움 근방에 진영을 치고 있는 로마군을 향해 진군했다.

XXV.

그러나 로마군에 여러 차례 패배를 맛본 삼니움 군대의 위력은 산산조각이 나 있었고 사기는 꺾여 있었다. 그들은 또한 시켈리아로 원정을 갔던 퓌르로스에 대해 상당한 증오심을 간직하고 있었으므로 퓌르로스와 합류하러 온 자들은 얼마 되지 않았다. 그러나 퓌르로스는 군대를 둘로 나눈 뒤 절반은 루카니아로 보내 집정관 마니우스 쿠리우스의 동료 집정관을 공격하게 했다. 마니우스를 도우러 오지 못하게 막기 위해서였다. 한편 퓌르로스는, 베네벤툼 근방에서 안전하게 진영을 치고 루카니아에서 원군이 오기를 기다리고 있던 마니우스를 향해 행군했다. 마니우스가 가만히 있었던 또 다른 이유는 점쟁이가 불길한 징조와 제물을 보여주며 말렸기 때문이다.

따라서 퓌르로스는 동료 집정관이 오기 전에 마니우스에 대한 공격을 서두르고자 가장 뛰어난 부하들과 가장 사나운 코끼리들을 데리고 밤새 마니우스의 진영을 향해 나섰다. 그러나 숲이 빽빽한 지역을 지나는 우회로를 택했기 때문에 불이 꺼지고 말았고 부하들은 길을 잃고 헤맸다. 지체하는 동안 밤이 지나갔고 동이 틀 무렵 퓌르로스는 적의 시야에 환히 들어오는 높은 지대에서 적을 향해 진군했고 로마군 사이에 상당한 혼란과 불안을 야기했다.

그러나 마니우스는 제물이 보여준 징조가 상서로웠고 닥쳐온 위기에 행동하지 않을 수 없었으므로 병력을 이끌고 나왔고 적의 최전방을 공격해 무찌른 뒤 적군 전체를 격퇴했다. 수많은 적병이 전사했고 적이 미처 데려가지 못한 코끼리가 붙잡혔다. 이 전투에서 승리한 마니우스는 들판으로 내려와 전투에 임했다. 들판에서 벌어진 전투에서 마니우스는 여러 지점에서 적을 무찔렀지만 한 지점에서는 코끼리 부대에 압도되어 진영으로 퇴각하라는 명령을 내리게 되었다. 곧이어 마니우스는 진영의 흉벽에 서 있던 수많은 보초병을 이끌고 나가지 않을 수 없게 되었다. 이미 무장이 되어 있었던 보초병들은 생기가 넘쳤다. 이들이 유리한 위치에서 코끼리를 향해 투창을 던지면서 내려오자 코끼리들은 방향을 바꾸어 아군 병사들 사이로 달려갔고 무질서와 혼란이 이어졌다. 결국, 승리를 가져간 로마군은 패권 싸움에서도 유리한 위치를 붙잡았다. 겁 없

• 티에폴로(Tiepolo)가 그린 『마니우스 쿠리우스 덴타투스의 개선 행진』.

이 싸운 덕택에 높은 자신감을 얻었고 기운을 차렸으며 무적이라는 명성까지 확보했으므로 단번에 이탈리아를 손에 넣었고 얼마지 않아 시켈리아도 차지한 것이다.

XXVI.

퓌르로스는 이렇게 이탈리아와 시켈리아를 가지려는 바람에서 멀어졌다. 이곳에서 6년간 전쟁을 벌이고 결국 패배했으나 연이은 실패 속에서도 굳은 기상은 꺾이지 않았다. 사람들은 군사 경험, 개인적 전투력, 그리고 담력에서 퓌르로스가 당대의 그 어느 왕보다 뛰어나다고 생각했으나 헛된 희망에 몰두하느라 원정을 통해 얻은 많은 것들을 잃었다고 평가했다. 가지지 못한 것에 대한 강한 욕망 때문에 가진 것들을 안정적으로 지키는 데 한결같이 실패했기 때문이다. 이런 이유에서 안티고노스는 퓌르로스를, 주사위를 잘 던지지만 좋은 결과가 나와도 어떻게 이용할지 모르는 노름꾼에 비유하곤 했다.

보병 8천과 기병 5백을 이끌고 에페이로스로 돌아온 퓌르로스는 자금이 없었으므로 군대를 유지하기 위해 새로운 전쟁을 찾아 나섰다. 일부 갈리아 병사들이 합류하자 그는 데메트리오스의 아들 안티고노스가 다스리고 있는 마케도니아를 노략질할 작정으로 침략했다. 그러나 꽤 많은 도시를 사로잡고 마케도니아 병사 2천이 제 편으로 넘어오자 퓌르로스는 더 큰 것들을 희망하기 시작했고 안티고노스를 공격하러 나서기에 이르렀다. 퓌르로스는 좁은 길목에서 안티고노스의 군대를 덮쳐 전체를 혼란에 빠뜨렸다. 안티고노스 측의 후방을 수비하고 있었던 갈리아 병사들은 숫자도 많았고 굳세게 저항했다. 그러나 격렬한 전투 끝에 대부분이 갈가리 베여나갔고 코끼리를 돌보던 남은 병사들은 포위된 나머지 항복하고 코끼리도 모두 내놓았다.

이리하여 힘이 상당해진 퓌르로스는 판단력보다는 운수를 믿고는 마케도니아 군대의 밀집 대형을 향해 진격했다. 직전에 경험한 패배로 인해 마케도니아 군대는 혼란과 공포에 휩싸여 있었고 퓌르로스와의 교전을 꺼렸다. 그러자 퓌르로스는 오른손을 들어 안티고노스 측의 장군과 지휘관들을 불렀고 안티고노스의 보병 부대가 한꺼번에 퓌르로스에게 넘어왔다. 안티고노스는 기병 소수만을 데리고 도주했고 해안가의 몇몇 도시들만을 손에 넣었다. 한편 퓌르로스는 여러 승리 중에서도 갈리아 병사들을 상대로 쟁취한 승리가 가장 큰 영광이라고 여기고 아테네 이토니스 여신의 신전에 가장 아름답고 눈부신 전리품을 바치면서 다음과 같은 시를 새겼다.

"아테네 이토니스 여신께 드리는 선물로서 여기 걸린 이 방패는 몰롯소이 족 퓌르로스가 안티고노스의 군대 전체를 굴복시키고 용감한 갈리아 인들로부터 빼앗은 것. 놀라운 일이 아니다. 아이아키데스의 자손은 과거에도 지금도 겁을 모르는 창병."

전투 후 퓌르로스는 도시들을 점령하러 나섰다. 아이가이를 정복하고 주민들에게 여러 가혹한 행위를 하는 것으로 모자라 함께 원정 중이던 갈리아 병사들을 성안에 수비대로 남겨놓았다. 그러나 재물에 대한 욕망이 그칠 새 없었던 갈리아 이들은 아이가이에 묻혔던 왕들의 무덤을 도굴하기 시작했으며 재물은 갈취했고 유골은 사방팔방으로 무례하게 던져놓았다. 그러나 퓌르로스는 이러한 무도한 행위를 가볍게 여기고 무시했다고 여겨졌다. 다른 할 일이 있어 처벌을 연기했거나 갈리아 인들을 꾸중하기 두려웠기 때문에 내버려두었을 것이다. 아무튼, 이 일로 마케도니아 인들은 퓌르로스를 비난했다.

그런데 퓌르로스는 상황이 안정되고 확고해지기도 전에 다시 새로운 희망으로 눈을 돌렸다. 안티고노스가 자줏빛 의복을 벗고 평민의 옷을 입지 않는다고 해서 수치를 모르는 사람이라고 비난했으며 스파르테 사람 클레오뉘모스가 라케다이몬으로 불러들이자 기꺼이 응한 것이다.

클레오뉘모스는 왕족이었으나 난폭하고 성미가 불같다고 여겨졌으므로 고향 사람들은 그를 좋아하지도 신뢰하지도 않았고 결국 아레우스를 왕위에 앉혔다. 대략 이런 이유에서 클레오뉘모스는 동료 시민에게 불만을 가졌고 불만은 오랫동안 꺼지지 않고 있었다. 게다가 클레오뉘모스는 장년이 되어 레오튀키데스의 딸이자 왕족이었던 아름다운 킬로니스와 결혼했으나 킬로니스는 아레우스의 아들, 전성기를 맞은 젊은 아크로타토스와 깊은 사랑에 빠지고 말았다. 클레오뉘모스는 킬로니스를 사랑했으므로 결혼 생활은 괴로운 동시에 수치스러웠다. 킬로니스가 클레오뉘모스를 멸시한다는 사실을 모든 스파르테 인들이 잘 알고 있었기 때문이다. 골치 아픈 집안일에 정치적인 좌절감이 더해져 분노와 복수심에 가득 찬 클레오뉘모스는 퓌르로스를 스파르테의 적으로 만든 것이다.

퓌르로스가 데려온 보병이 2만 5천, 기병이 2천이었고 그 밖에도 코끼리가 스물네 마리였으므로 전쟁 준비로만 봐도 그의 목적이 클레오뉘모스를 위해 스파르테를 차지하는 것이 아니라 자신을 위해 펠로폰네소스 전체를 차지하는 것임이 명백했다. 그러나 퓌르로스의 주장은 언제나 그 반대였다. 무엇보다 라케다이몬의 사절단이 메갈로폴리스에서 그를 접견했을 때 퓌르로스는 안티고노스의 지배를 받는 도시들에 자유를 주기 위해 왔으며 가능하다면 어린 아들들을 스파르테로 보내 라케다이몬 풍습에 따라 교육을 받게 함으로써 머지않아 다른 어느 왕자보다 우월하도록 만들고 싶다고 전했다.

이런 거짓말로 행군 중인 자신을 만나러 온 사람들을 현혹한 퓌르로스는 라코니아 영토에 이르자마자 파괴와 약탈을 시작했다. 스파르테의 사절단이 선전포고도 하지 않고 전쟁을 벌였다고 비난하자 퓌르로스는 말했다.

"하지만 스파르테도 예고 없이 행동할 때가 있지 않습니까."

그러자 그 자리에 있던 만드로클레이다스라는 자가 진한 스파르테 사투리로 말했다.

"그대가 신이라면 그대에게 아무런 잘못도 범하지 않은 우리는 그대의 손에 아무런 해도 입지 않을 것이요, 그대가 인간이라면 그대보다 더 강한 누군가가 나타날 것입니다."

XXVII.

이런 일이 있고 퓌르로스는 스파르테 성을 향해 행군했다. 클레오뉘모스는 퓌르로스에게 도착하자마자 공격을 시작하라고 권유했으나 퓌르로스는 밤에 습격할 경우 부하들이 도시를 죄다 약탈할까 두려웠다. 따라서 낮에도 충분히 원하는 바를 얻을 수 있다고 주장하며 부하들을 말렸다. 도시 안에는 남자가 적었고 그나마도 갑자기 닥친 위험에 속수무책이었기 때문이다. 뿐만 아니라 아레우스 왕도 크레테에서 고르튀니오이 족의 전쟁을 돕고 있었다.

약하고 방어할 병력이 없는 상태라고 해서 적은 스파르테를 우습게보았고 바로 이것이 다른 무엇보다 스파르테를 구원했다. 퓌르로스는 공격해올 적이 없다고 생각해서 그날 밤 야영을 했고 클레오뉘모스의 동료와 노예들은 퓌르로스가 클레오뉘모스의 집에서 저녁 식사를 하리라고 예상하고 집을 꾸미고 갖추어 놓았다.

밤이 되자 라케다이몬 사람들은 먼저 여인들을 크레테로 보낼 궁리를 했으나 여인들은 반대했다. 아르키다미아는 여인들을 대표해 칼을 쥐고 원로원 의원들에게 다가가 스파르테가 무너져도 여인들은 살아남아야 한다고 생각한 의원들을 꾸중했다. 이어서 원로원은 적의 진영과 나란히 참호를 파기로 했다. 참호의 양 끝은 수레로 막되 코끼리의 전진을 막을 수 있도록 바퀴 통이 잠기도록 깊이 묻기로 했다. 남자들이 참호를 파기 시작하자 부인과 처녀들이 몰려나왔다. 헐렁한 웃옷을 치켜올리고 겉옷을 걸친 여인도, 홑겹 옷만 걸친 여인도 하나같이 참호를 파는 나이 든 시민들을 도왔다. 또한, 여인들은 전투에 나설 예정이었던 남자들에게 가만히 있으라고 지시하고 이들의 몫을 떠맡아 여인들만의 힘으로 참호의 3분의 1을 완성했다. 퓔라르코스에 따르면 참호의 넓이는 6페퀴스, 깊이는 4페퀴스, 길이는 8백이었으나 히에로뉘모스가 말하는 수치는 이보다 적다. 날이 밝고 적이 움직이기 시작하자 여인들은 젊은이들에게 갑옷과 무기를 건네주고 참호를 맡겼다. 조국의 눈앞에서 적을 정복하는 일은 감미로우나 조국 앞에 부끄럽지 않게 쓰러진 뒤 어머니와 아내의 품에서 죽는 일은 영광이라는 굳은 믿음을 가지고 참호를 지키고 방어하라고 여인들은 말했다. 한편 킬로니스는 홀로 떨어져 나와 목에 밧줄을 매고 다녔는데 성을 빼앗기더라도 클레오뉘모스에게 붙잡히지 않기 위함이었다.

XXVIII.

퓌르로스는 중무장 보병들을 데리고, 그를 막아서는 여러 스파르테 방패에 맞서 무작정 밀고 나가려고 했으나 참호는 도저히 건널 수가 없었고 파헤쳐진 흙 때문에 병사들은 땅을 딛고 있기도 힘들어했다. 한편 퓌르로스의 아들 프톨레마이오스는 갈리아 병사 2천과 최정예 카오니아 병사들을 이끌고 참호를 에둘러 수레가 있는 위치에서 진입을 시도했다.

그러나 수레가 땅속에 아주 깊이 묻혀 있었고 빽빽하게 들어서 있었기 때문에 공격이 힘들었을 뿐만 아니라 라케다이몬 군대가 방어하기 또한 쉽지 않았다.

이윽고 갈리아 인들이 수레를 들어내 강으로 끌고 가기 시작했으나 젊은 아크로타토스가 이 위급한 상황을 목격하고 병사 3백을 데리고 성을 가로질러 프톨레마이오스의 후방으로 갔다. 낮은 지대를 이용해 프톨레마이오스의 눈에 띄지 않고 후방을 덮친 아크로타토스는 적이 방향을 돌려 맞서 싸우지 않을 수 없게 했다. 곧 적은 뒷걸음질 치다 참호에 이르러 수레 속으로 빠졌으며 전사자가 대량으로 발생한 뒤에야 마침내 철수했다.

나이 든 시민들과 수많은 여인들이 아크로타토스의 눈부신 활약을 목격했다. 피투성이가 된 아크로타토스가 승리의 기쁨에 도취되어 의기양양 성을 가로질러 맡겨진 위치로 돌아갈 때 스파르테 여인들은 아크로타토스가 더 늘씬해졌다고 생각했으며 그 어느 때보다 아름답다고 느꼈으므로 연인 킬로니스를 부러워했다. 뿐만 아니라 원로 시민들은 아크로타토스의 곁을 따르며 이렇게 외쳤다.

"아크로타토스, 킬로니스한테 가라. 대신 스파르테를 위해 용감한 아들을 만들어 줘야 해."

퓌르로스가 지휘하고 있는 지점에서도 격렬한 전투가 벌어졌고 여러 스파르테 병사들이 눈부시게 싸웠으나 그중에서도 퓔리오스가 가장 끈질기게 저항했으며 돌진해오는 적병을 가장 많이 무찔렀다. 그러나 너무 많은 부상을 입어 힘이 떨어지고 있다고 느낀 퓔리오스는 제자리를 동료에게 내어주고 자신은 아군의 대오 안으로 들어갔는데 제 시신이 적의 손에 들어가지 않도록 하기 위함이었다.

XXIX.

밤이 찾아와 전투를 끝맺었고 퓌르로스는 잠을 자다가 꿈을 꾸었다. 스파르테에 벼락을 던지는 꿈이었는데 스파르테는 온통 불타오르고 있었고 퓌르로스 자신은 기뻐 어쩔 줄 모르고 있었다. 너무 기뻤던 나머지 잠에서 깨어난 퓌르로스는 부하들에게 일러 전투태세를 갖추게 한 다음 친구들에게 꿈 이야기를 들려주었다. 퓌르로스는 스파르테를 습격하기만하면 사로잡을 수 있다고 확신하고 있었다. 친구들 대다수는 퓌르로스의 말에 전적으로 동의했으나 뤼시마코스만은 꿈 이야기에 기뻐하지 않았다. 벼락에 맞은 곳에는 사람들의 발길이 없는 법이니 퓌르로스가 성안으로 들어갈 수 없다는 신의 뜻이 아닐까 걱정했던 것이다. 그러나 퓌르로스는 이것을 저속하고 터무니없는 말이자 매우 어리석은 해석으로 치부하고 그 자리에 있는 사람들에게 무기를 들라고 외쳤다. 그리고 "퓌르로스를 지키기 위해 싸운다는 사실이 가장 상서로운 징조"라고 강조하며 자리에서 일어나 동이 트자마자 군대를 이끌고 나섰다.

그러나 라케다이몬은 힘을 넘어선 열의와 용기로 방어에 임했다. 여인들도 전선으로 나와 필요한 병사들에게 창과 화살을 나르고 음식과 음료를 나누어주었으며 부상자를 돌보았다. 마케도니아 측은 참호를 메우기 위해 엄청나게 많은 물건을 모아 참호 안으로 쏟아부었고 참호 속에 있던 무기와 전사자들의 시신이 묻혔다. 라케다이몬 측이 이것을 애써 저지하는 가운데 마침 퓌르로스가 말을 타고 참호를 건넜고 수레를 통과해 성안으로 들어가려고 하는 모습이 보였다. 그 지점을 방어하고 있었던 스파르테 인들은 고함을 쳤고 이어서 여인들이 모여들어 비명을 질렀다. 그리하여 퓌르로스가 수레를 지나 앞을 가로막는 병사들과 싸우는 와중 크레테 산 투창이 퓌르로스가 탄 말의 복부를 찔렀고 죽을 것 같은 고통을 느낀 말은 옆으로 뛰어오르며 퓌르로스를 가파르고 미끄러운 땅 위로 던졌다.

주변에 있던 퓌르로스의 동료들은 혼란에 빠졌고 스파르테 군은 이들을 덮치며 투창의 덕을 톡톡히 보았고 상대를 깡그리 물리쳤다. 그러자 퓌르로스는 다른 지점에서도 전투를 중단하게 했는데 수많은 부상자와 전사자가 발생한 스파르테 측이 협상을 해오리라 여겼기 때문이다. 그러나 이 도시를 돌보던 운명의 여신은 스파르테 시민의 용기에 만족했기 때문이든, 절박한 위기의 상황에 작동하는 엄청난 힘을 자랑하고 싶었기 때문이든 스파르테의 희망이 거의 꺼져가던 시점에 코린토스로부터 포키아 사람 아메이니아스를 데리고 왔다. 안티고노스의 부하 아메이니아스는 용병 부대를 이끌고 있었다. 뿐만 아니라 스파르테가 그를 성안으로 들이자마자 스파르테의 왕 아레우스가 크레테에서 병사 2천을 데리고 왔다.

이렇게 되자 여인들은 더 이상 전쟁에 관여하는 것이 적절치 않다고 생각하고 즉시 집으로 돌아갔다. 한편 남자들은 입대 연령이 되지 않았으나 필요에 의해 무기를 들게 된 소년들을 돌려보내고 전투 대형을 취했다.

XXX.

스파르테에 원군이 도착하자 퓌르로스는 스파르테를 향한 그 어느 때보다 지독한 야망을 품게 되었다. 그러나 아무런 성과도 없는 가운데 패배가 이어지자 성을 뒤로하고 근교에서 겨울을 보낼 작정으로 교외 지역을 약탈하기 시작했다. 그러나 운명은 벗어날 수 없었다. 아르고스에서 아리스테아스와 아리스팁포스 사이에 다툼이 벌어진 것이다. 아리스

탑포스가 안티고노스와 친밀하다고 여겨졌으므로 아리스테아스는 서둘러 퓌르로스에게 아르고스로 와달라고 부탁했다. 퓌르로스는 바라는 것을 이루면 언제나 새로운 바람을 가졌고 승리는 또 다른 성공의 발판으로 삼는 한편 패배는 새로운 과업의 시작으로 만회하는 사람, 즉 승리를 하든 패배를 하든 주저치 않고 자신을 그리고 남을 고생시키는 사람이었으므로 즉시 진영을 철수하고 아르고스로 출발했다. 그러나 아레우스는 여러 곳에서 매복 공격을 일삼고 행군의 가장 힘겨운 지점에 병사들을 배치함으로써 퓌르로스 일행의 후방을 지키던 갈리아와 몰롯시아인들을 가로막았다.

한편 제물에 간이 없는 것을 보고 퓌르로스의 예언자는 그가 가족을 잃게 된다고 말한 바 있었다. 그러나 후방 수비대에 동요와 소란이 찾아와 정신이 산란했던 퓌르로스는 불행히도 예언을 잊고 아들 프톨레마이오스와 동료들에게 지시해 후방을 돕게 하는 한편, 자신은 병력을 이끌고 좁은 길목을 더 신속하게 빠져나와 전진했다. 프톨레마이오스가 당도한 곳에서 격전이 벌어졌고 에우알코스가 지휘하는 스파르테 정예부대가 프톨레마이오스의 앞에서 싸우던 병사들과 맞붙은 가운데 팔이 실하고 발이 빠른, 크레테의 압테라 출신 오뤼소스가 기운 좋게 싸우던 앳된 왕자의 옆으로 가더니 칼로 쳐 쓰러뜨렸다.

프톨레마이오스가 전사하고 부하들도 패주하자 스파르테 군은 이들을 추격하며 파죽지세로 나아갔고 정신을 차려보니 들판 한가운데에 있었다. 어느새 퓌르로스의 보병대가 스파르테 군을 가로막았다. 아들의 사망 소식을 듣고 비통해하던 퓌르로스는 몰롯소이 족 기병대를 선두에서 이끌고 진격했으며 스파르테 인들의 피로 배를 불렸다. 전장에서 언제나 공포스러웠고 무적이었던 퓌르로스였지만 이날 그의 힘과 배짱은 이전에 보여준 모든 모습을 넘어섰다.

퓌르로스가 에우알코스를 향해 달려들었을 때 에우알코스는 몸을 비켜 고삐를 잡은 퓌르로스의 팔을 칼로 베어내는가 했으나 고삐만이 칼에 맞아 잘려나갔다. 퓌르로스는 창을 던져 에우알코스에게 꽂는 동시에 말에서 떨어졌다. 땅을 딛고 선 퓌르로스는 에우알코스의 시신을 지키며 싸우던 스파르테의 정예 부대를 하나하나 무찌르기 시작했다. 전쟁이 끝난 지 오래였음에도 이처럼 커다란 피해를 입은 것은 지휘관들의 지나친 야망 때문이었다.

XXXI.

퓌르로스는 말하자면 아들의 죽음을 앙갚음하고 눈부신 전투를 통해 성대히 장례를 치러준 것이다. 적에 대한 분노를 통해 슬픔을 분출한 퓌르로스는 이제 군대를 아르고스로 이끌고 갔다. 그러나 안티고노스가 이미 들판이 내려다보이는 고지를 차지하고 있음을 깨닫고는 나우플리아 근처에 진영을 쳤다. 다음 날 퓌르로스는 안티고노스에게 전령을 보내 그를 도적으로 칭하며 들판으로 내려와 왕국을 놓고 싸우자고 부추겼다. 그러나 안티고노스는 자신은 원정에서 무기보다 기회에 의지한다고 말하며 퓌르로스가 인생이 지겹다면 죽음으로 가는 길은 여러 가지라고 대답했다.

그러나 곧 아르고스에서 두 왕에게 사절을 보내 아르고스는 중립을 지키고 두 왕과 사이좋게 지내고 싶으니 떠나달라고 간청했다. 그러자 안티고노스는 부탁을 들어주었고 아들을 아르고스로 보내 볼모로 삼게 했다. 퓌르로스 또한 떠나는 데 동의했으나 어떠한 보증도 제공하지 않았으므로 계속해서 의심을 받았다.

뿐만 아니라 퓌르로스 자신에게도 의미심장한 징조들이 나타났다. 황소 여러 마리를 제물로 바쳤을 당시, 몸통과 분리된 소머리가 혀를 빼물고 제 피를 핥았다고 한다. 뿐만 아니라 아르고스에 있는 아폴론 뤼케이오스의 여사제가 신전에서 뛰어나오며 외치기를 성안에서 학살이 벌어지고 시신이 가득한 광경을 보았고 전투를 지켜보던 독수리가 이내 사라졌다고 했다.

XXXII.

한밤중 퓌르로스는 아르고스 성벽으로 다가와 아리스테아스가 활짝 열어둔 디암페레스 성문 앞에 다다랐다. 갈리아 병사들이 성안으로 들어가 시장을 확보할 때까지 아무도 그들을 발견하지 못했다. 그러나 코끼리들이 성문을 통과하려면 등에 얹은 탑을 떼어야 했고 지나간 뒤에 다시 얹어야 했는데 이 모든 것이 어둠과 혼란 속에 이루어졌으므로 시간은 흘러만 갔다. 그 사이 위급한 상황을 깨달은 아르고스 인들은 아스피스를 비롯한 여러 성내 요새로 올라갔고 안티고노스에게 사람을 보내 도움을 요청했다.

성에 바싹 접근한 안티고노스는 밖에서 기다리기로 하고 부하 지휘관과 아들에게 상당수의 원군을 주어 들여보냈다. 아레우스도 크레테와 스파르테 병사 천 명을 데리고 왔고 이들의 무장이 가장 가벼웠다. 이 모든 병사들이 한꺼번에 갈리아 병사들을 공격했고 엄청난 혼란에 빠뜨렸다. 퀼라라비스성밖의 김나시온를 지나 고함을 치며 성안으로 들어선 퓌르로스는 갈리아 병사들이 부하 지휘관들의 지시에 대답하는 소리에 어떤 활기도 용기도 없음을 눈치채고는 병사들이 불안과 혼란에 빠졌다고 미루어 생각했다. 따라서 앞에 선 기병들을 다그쳐 더 신속하게 나아가려고 했다. 그러나 아르고스에는 수로가 많았으므로 기병대는 쉽게 전진할 수가 없었고 생명의 위협을 받기까지 했다. 밤중에 벌어진 이 전투에서 명령이 무엇이었는지 어떻게 수행했는지 알기란 무척 힘들었다. 병사들은 좁은 골목 사이에서 흩어져 길을 잃었고 어둠, 당황한 병사들의 고함소리, 한정된 공간 속에서 지휘 능력이란 아무런 소용이 없었다. 따라서 양측 모두가 아무 목적도 이루지 못하고 날이 밝기만을 기다렸다.

그러나 마침내 날이 밝기 시작하자 무장한 적병으로 가득 찬 아스피스를 목격한 퓌르로스는 몹시 불편했다. 뿐만 아니라 시장에 늘어선 수많은 봉헌물 중에서 퓌르로스는 청동으로 만든, 늑대와 황소가 서로 싸우는 형상을 보고 할 말을 잃었다. 퓌르로스에 대한 오래된 신탁이 하나 있었는데 이 신탁에 따르면 그는 죽기 전에 늑대와 황소가 싸우는 모습을 볼 운명이었기 때문이다. 아르고스 사람들은 이 형상이 오랜 옛날에 있었던 일을 기념할 목적으로 만들어졌다고 말했다. 다나오스가 처음 이 지역, 즉 튀레아티스 지방의 퓌라미아 근처에 발을 디뎌 아르고스로 향하고 있었을 때 늑대와 황소가 싸우는 모습을 보았다는 것이다. 그는 늑대가 자신을 상징한다고 믿고 끝까지 싸움을 지켜보았는데 늑대도 그도 바깥 나라에서 와서 원래 그곳에 살고 있던 상대를 공격하고 있었기 때문이다. 마침내 늑대가 이기자 다나오스는 아폴론 뤼케이오스, 즉 늑대 신에게 경의를 표하고 아르고스를 공격해 승리했다. 당시 아르고스 왕이었던 겔라노르가 반대파에 의해 쫓겨나간 뒤였다. 늑대와 소를 형상한 봉헌물에는 이런 의미가 담겨 있었다.

XXXIII.

봉헌물을 보았기도 했고 그 밖의 어떤 일도 뜻대로 되지 않았으므로 절망에 빠진 퓌르로스는 퇴각할 결심을 했다. 그러나 성문이 좁을 것을 염려했으므로 병력 대다수와 함께 성밖에 남겨진 아들 헬레노스에게 전갈을 보냈다. 먼저 성벽 일부를 무너뜨리고 그곳을 통해 퇴각하는 병사들을 적이 공격해오면 도움을 주라고 지시한 것이다. 그러나 너무 서두른 데다 주변이 소란했기 때문에 전령은 명확하기는커녕 잘못된 지시를 전달했고 왕자는 남은 코끼리와 최정예 병사들을 데리고 아버지를 도우러 성안으로 들어갔던 것이다. 그러나 퓌르로스는 이미 후퇴를 하고 있었다. 시장에서는 후퇴를 하는 동시에 싸움이 가능했으므로 퓌르로스는 뒤를 돌아 적을 물리칠 수 있었다. 그러나 시장 밖으로 나와 성문으로 향하는 좁은 골목으로 들어간 순간 반대편에서 그를 도우러 온 아군 병사들과 맞닥뜨렸다. 일부는 퓌르로스의 퇴각 명령을 알아듣지 못했고 알아들은 병사들은 명령을 따르고 싶어도 따를 수가 없었는데 후방에서 계속해서 성문을 통과해 들어오는 병사들 때문이었다. 게다가 가장 큰 코끼리 한 마리가 성문 앞에 비스듬히 널브러져 울부짖고 있었으므로 후퇴를 하려는 병사들을 막았다. 이름이 니콘이었던 또 다른 코끼리 한 마리는 성안으로 들어갔는데 부상을 입고 코끼리 등에서 떨어진 주인을 찾고자 후퇴를 하는 병사들의 코앞으로 들이닥쳤으므로 적과 아군은 뒤죽박죽 섞여버렸다. 그러다 마침내 주인을 찾은 코끼리는 코로 시신을 들어 상아 위에 올려놓고는 정신이 나간 듯 뒤돌아갔고 길을 가로막는 모두를 패대기치고 죽였다. 이처럼 한데 뭉개지고 뒤얽힌 병사들은 단 한 사람도 제가 원하는 대로 움직일 수 없었고 무리 전체가 마치 한 몸으로 엮인 것처럼 되어 이리 기울고 저리 구르고 할 뿐이었다. 끊임없이 아군의 대오에 얽혀 들어오거나 뒤에서 공격해오는 적을 상대로 제대로 싸우기란 몹시 힘들었고 퓌르로스 측은 스스로에게 가장 큰 피해를 입혔다. 한 번 칼을 뽑아들거나 창을 조준하면 도로 내리거나 칼집에 넣을 수가 없었는데 누군가가 여기 베이거나 찔렸기 때문이다. 이처럼 퓌르로스의 병사들은 서로의 무기에 가장 많이 죽임을 당했다.

XXXIV.

그러나 퓌르로스는 폭풍우에 동요하는 바다와 같은 주변 상황을 보고 투구를 장식하고 있었던 왕관을 벗어 동료에게 주었다. 그런 뒤 타고 있던 말에만 의지해 그를 추격하고 있던 적의 중심으로 몸을 던졌다. 여기서 퓌르로스는 흉갑을 뚫고 들어온 창에 상처를 입었으나 상처는 치명적이지도 심하지도 않았다. 그는 자신을 맞춘 아르고스 인을 향해 몸을 돌렸다. 태생이 고귀하지도 않은, 가난한 노모를 둔 사내일 뿐이었다. 그런데 이 노모는 다른 여인들과 마찬가지로 지붕에서 전투를 지켜보고 있었고 아들이 퓌르로스와 싸우고 있는 모습을 보고는 아들이 위험에 빠질까 두려워 두 손으로 기와 한 장을 집어 퓌르로스에게 던졌다. 이 기와는 투구 아래로 나온 퓌르로스의 머리를 맞추고 뒷목 아래 척추를 가격했으므로 갑자기 눈앞이 흐릿해진 퓌르로스는 고삐를 놓치고 말에서 미끄러져 리큄니오스의 무덤 근처에 떨어졌다.

이 광경을 지켜본 사람 대부분은 퓌르로스를 알아보지 못했다. 그러나 안티고노스의 부하 조퓌로스를 비롯한 두어 사람은 달려가 그가 퓌르로스임을 확인한 다음 그가 정신을 차릴 찰나 그를 데리고 가까운 대문 안으로 들어갔다. 조퓌로스가 퓌르로스의 머리를 베려고 일뤼리아산 단검을 꺼내자 퓌르로스가 무시무시한 표정을 지었다. 겁을 집어먹은 조퓌로스는 손이 부들부들 떨렸지만 그래도 시도를 해보았다. 불안과 혼란 속에서 조퓌로스의 칼은 제 위치에 들어가지 않았고 입과 턱을 따라 들어갔으므로 머리를 잘라내기는 쉽지 않았다. 곧 여러 사람들이 소식을 들었고 알퀴오네오스는 얼굴을 확인해야 할 필요가 있다는 듯 잘려나간 머리를 달라고 했다. 그러고는 이 머리를 들고 아버지에게 가서 동료들 사이에 앉아 있는 아버지 앞에 던졌다. 머리의 주인을 알아본 안티고노스는 아들을 지팡이로 때리며 불경하며 미개하다고 꾸짖었다. 그리고 외투로 얼굴을 가린 채 울음을 터뜨렸다. 운명의 역전을 경험했던 제 집안사람들, 즉 할아버지 안티고노스와 아버지 데메트리오스가 떠올랐기 때문이다.

안티고노스는 퓌르로스의 머리와 몸을 장식한 뒤 불살랐다. 한편 알퀴오네오스는 누더기 외투를 걸친, 몰골이 비참한 헬레노스를 발견하고 상냥하게 말을 붙인 뒤 아버지에게 데려갔다. 아들의 행동이 마음에 들었던 안티고노스는 말했다.

"이번에는 전보다 훨씬 잘 처신했다. 그렇지만 그런 옷을 그냥 입고 있도록 내버려둔 것은 바람직하지 않다. 그런 행동은 오히려 승리자로 여겨지는 우리에게 수치가 된다."

안티고노스는 헬레노스에게 친절을 베풀고 몸을 단장해 주었으며 에페이로스로 돌려보냈다. 또한, 퓌르로스의 진영과 병력 전체를 손에 넣은 뒤에는 그의 동료들을 너그러이 대우해주었다.

가이우스 마리우스

I.

가이우스 마리우스의 코그노멘*이 무엇인지는 전해지지 않는다. 이베리아를 정복한 퀸투스 세르토리우스나 코린토스를 사로잡은 루키우스 뭄미우스의 경우와 마찬가지다.*

II.

그러나 마리우스의 외모는 갈리아의 라벤나에 있는 대리석상에 나타나 있으며 가혹하고 모질었다는 마리우스의 성격을 잘 드러내고 있다. 태생적으로 강건했고 전쟁을 좋아했으며 정치가가 되기보다 군인이 되는 훈련을 받았으므로 권위를 행사할 때 성미가 불같았다고도 한다. 또한, 헬라스 학문을 공부한 적이 없으며 그 어떤 의미 있는 일에도 헬라스 말을 사용해 본 적이 없었다. 마리우스는 남의 지배를 받는 민족이

• 로마 사람의 이름은 프라이노멘, 노멘, 코그노멘으로 이루어져 있었다. 그 예로 가이우스 율리우스 카이사르가 있다.

가르치는 학문을 배운다는 것이 우스꽝스럽다고 생각했다. 두 번째 개선 행진을 마치고 어느 신전을 봉헌할 때에 시민들에게 헬라스 연극을 선사한 마리우스는 극장에 들어와 잠깐 앉았을 뿐, 곧바로 일어나 나갔다고 한다.

플라톤은 성미가 다소 까다로웠다고 알려진 철학자 크세노크라테스에게 "카리테스 여신들에게 제물을 바쳐보시게"라고 말했다고 한다. 마리우스 또한 헬라스의 무사이, 혹은 카리테스 여신에게 제물을 바쳤다면 전장과 포룸에서 누구보다 빛났던 인생의 끝을 추하디추하게 마무리하지 않았을 것이며 격정과 때맞지 않은 야망, 채울 수 없는 탐욕의 돌풍에 의해 극도로 잔인하고 사나운 노년의 해안에 던져지지 않았을 것이다. 이 사실은 마리우스의 실제 생애에 관한 앞으로의 이야기를 통해 뚜렷하게 드러날 것이다.

• 보티첼리가 그린 세 카리테스 여신. 로마의 "그라티아이" 여신과 동일한 세 자매 여신으로 아름다움과 우아함을 상징한다.

•• 루벤스가 그린 카리테스 세 자매.

• 가이우스 마리우스로 추정되는 두상들.

III.

마리우스의 부모는 철저한 무명으로 노동을 해서 생계를 이었던 가난한 사람들이었다. 아버지의 이름은 마리우스, 어머니는 풀치니아였다. 마리우스는 나이를 먹고서야 도시에 가보았고 도시에서 사는 법을 배웠다. 그전에는 아르피눔 지방에 있는 마을 키르라이이아톤에 살았는데 도시의 세련된 생활과 비교했을 때는 상당히 투박했으나 수수했으며 고대 로마 사람들이 자녀들을 가르친 방식과 일치하는 생활을 했다.

군인이 되어 처음 한 일은 스키피오 아프리카누스가 누만티아를 공격할 때 켈티베리아 원정길에 따라나선 것이다. 마리우스는 다른 젊은 병사들보다 뛰어난 용기를 보여주며 스피키오의 눈에 띄었다. 사치스럽고 호화스러운 생활에 물든 병사들에게 스키피오가 엄격한 생활 계획을 제시하자 환영하는 태도를 취한 일로도 주목을 받았다. 또한, 스키피오가 보는 곳에서 적을 만나 죽였다고도 전해진다. 따라서 마리우스의 지휘관은 마리우스에게 여러 영예를 내리며 진급시켰다. 하루는 저녁 식사 후 여러 장군들이 화제에 올랐다. 일행 가운데 한 사람은 정말 궁금했기 때문인지 환심을 사고 싶었기 때문인지는 몰라도 스키피오에게, 로마가 스키피오만 한 우두머리이자 지도자를 또 어디서 찾을 수 있겠느냐고 물었다. 그러자 스키피오는 옆자리에 비스듬히 누운 마리우스의 어깨를 손가락으로 살짝 두드리며 말했다.

"여기 있을지도."

두 사람 모두 타고난 자질이 있었다. 한 사람은 젊은 나이에도 위대한 능력을 보여줄 수 있는 자질이 있었고 다른 한 사람은 떡잎을 보고 나무를 아는 자질이 있었던 것이다.

IV.

무엇보다도, 신의 뜻을 전하는 예언 같았던 스키피오의 말 한마디에 꿈으로 부푼 마리우스는 정치 활동을 시작했고 카이킬리우스 메텔루스의 도움으로 민중 호민관이 되었다. 카이킬리우스 메텔루스는 마리우스 집안의 대를 이은 후원자였다. 호민관으로 재직하면서 마리우스는 투표 제도와 관련된 법을 제안했는데 이 법안은 사법 판결에서 귀족의 세력을 약화시킬 수 있다고 여겨졌다. 따라서 마리우스의 법에 반대했던 집정관 콧타는, 법안에 이의를 제기하고 마리우스를 원로원으로 소환해 절차를 설명하게 하는 안을 원로원 투표에 부쳤다. 원로원은 투표를 통해 콧타의 제안을 승인하고 마리우스를 소환했다.

그러나 마리우스의 태도는 이렇다 할 경험도 없이 막 정치계로 들어온 청년의 태도가 아니었다. 마리우스는 추후의 업적이 가져다 준 자신감을 미리부터 취하고 투표를 무효로 하지 않으면 감옥에 넣겠다고 콧타를 협박했다. 그러자 콧타는 메텔루스를 바라보고 의견을 물었으며 메텔루스는 자리에서 일어나 집정관과 뜻을 같이했다. 그러자 마리우스는 관리를 호출해 메텔루스를 감옥으로 끌고 가라고 지시했다. 메텔루스는 다른 호민관들에게 호소했으나 아무도 그를 돕지 않았으므로 원로원은 포기하고 투표를 취소했다.

마리우스는 의기양양 민중 앞으로 와서 자신의 법안을 승인받았다. 시민들은 그가 두려움이 없는 사람이며 타인에 대한 존경심에 끌려다니지 않는 데다 원로원에 대항하는 데 손색없는 민중의 대변자라고 여겼다. 그러나 이런 생각은 그가 벌인 또 다른 정치 활동으로 신속하게 달라졌다. 시민들에게 곡물을 분배하는 법안이 발의되었을 때 그가 누구보다 열심히 반대했으며 결국 승리했기 때문이다. 이로써 민중과 원로원은 어느 한쪽을 위해 공중의 이익을 포기하지 않는 마리우스에게 똑같은 존경을 보냈다.

V.

호민관 임기가 끝나고 마리우스는 아이딜리스 쿠룰리스, 즉 고위 조영관造營官* 후보가 되었다. 쿠룰리스는 원래 이 고위 관리들이 직무를 볼 때 사용하는, 다리가 구부러진 의자를 말한다. 반면 하위의 평민 조영관도 있었다. 평민 조영관 투표는 고위 조영관이 선출된 다음에 시행된다. 따라서 마리우스는 고위 조영관직 선거에서 낙선이 확실시되자 그 즉시 전략을 수정하여 평민 조영관 후보로 나섰다. 그러나 시민은 마리우스가 건방지고 고집스럽다고 생각했으므로 표를 주지 않았다. 후보 최초로 하루에 두 차례나 패배한 마리우스는 자기 확신을 조금도 버리지 않았고 얼마지 않아 법무관 후보가 되었으며 가까스로 패배를 면했다. 그

* 귀족 조영관의 임무에는 건축물과 시설을 건설하고 관리하는 것 이외에도 대중을 위한 각종 볼거리를 제공하는 일이 포함되었다.

• 석관에 새겨진 쿠룰리스.

런데 마침내 재선에 성공하자마자 뇌물을 건넨 혐의로 고발을 당했다.

혐의는 캇시우스 사바코의 하인이 투표소를 에워싼 울타리 안으로 들어간 데서 시작되었다. 사바코가 마리우스의 특히 절친한 친구였던 까닭이다. 법정으로 소환된 사바코는 열기가 심해 냉수가 먹고 싶었다고 증언했다. 그래서 하인을 시켜 물 잔을 가지고 오게 했고 물을 마신 뒤 곧장 내보냈다는 주장이었다. 그러나 이듬해 감찰관들은 사바코를 원로원에서 제명했다. 그는 거짓 증언을 했기 때문이든 무절제했기 때문이든 벌을 받아 마땅하다고 여겨졌다.

한편 가이우스 헤렌니우스 역시 마리우스에 대한 증인으로 출석할 것을 요구받았는데 그는 파트론이 클리엔스를 상대로 증언하는 것은 관례에 어긋나고, 증언하지 않을 자격을 법이 보장하고 있다고 주장했다. 파트론은 법정에서 클리엔스를 대변하는 후원자를 의미하는 로마 말이다*. 마리우스의 부모뿐만 아니라 마리우스 자신도 원래부터 자기 가문이 후원했다고 헤렌니우스는 말했다. 배심원단은 이 주장을 받아들여

증언을 요구하지 않았으나 이번에는 마리우스가 헤렌니우스의 주장을 반박했다. 관리로 선출된 순간 클리엔스 자격을 상실했다는 논리였으나 이는 사실이 아니었다. 법으로 쿠룰리스가 주어지는 직위에 선출될 경우에만 클리엔스와 클리엔스의 자손이 파트론과의 관계에서 풀려나게 되기 때문이다. 재판이 시작되고 며칠 동안 마리우스는 고전했고 배심원단은 그를 가혹하게 대했다. 그러나 마지막 날 예상 밖으로 찬반의 표수가 같았고 마리우스는 무죄 선고를 받았다.

VI.

법무관 임기 동안 마리우스는 적당한 칭찬만을 받았을 뿐이다. 그러나 법무관 임기가 끝나고 히스파니아 울테리오르외外 이베리아가 주어졌을 때 마리우스는 이 지방의 수많은 강도를 소탕했다고 한다. 풍속이 미개했던 이 지방은 야만적이었고 강도질은 당시 히스파니아 사람들이 가장 우러러보았던 직업이었다. 이후 정계로 돌아온 마리우스에게는 당시 거물들이 민중에게 영향력을 행사할 때 사용했던 재물도, 말솜씨도 없었다. 그러나 마리우스는 강력한 자기 확신, 지칠 줄 모르는 노력, 그리고 단순하고 소박한 삶의 방식으로 동료 시민들 사이에서 인기를 얻은 데다 공적을 쌓아 영향력을 점점 늘려간 덕택에 저명한 카이사르 가문의 사위로 들어가게 된다. 마리우스와 결혼한 율리아는 훗날 가장 위대한 로마인이 된 카이사르의 고모였고 내가 카이사르의 생애에 적었듯 카이사르는 고모부였던 마리우스를 어느 정도 본보기로 삼았다.

마리우스의 절도와 의연함은 그가 수술을 받았을 당시 보여준 태도가

• 로마 사람들은 파트론과 클리엔스, 즉 후원자와 피후원자의 관계로 얽혀 있었다. 파트론은 클리엔스를 금전적으로, 혹은 법정에서 도와주었고 클리엔스에게는 상응하는 보답이 요구되었다.

잘 입증한다. 마리우스는 양다리에 정맥이 튀어나와 있었는데 이것이 보기 흉했던지 의사에게 다리를 맡기기로 했다. 그는 결박을 거부하고 의사에게 한 다리를 내밀었다. 그러고 나서는 한 치의 움직임, 한 마디 신음도 없이 흔들리지 않는 표정으로 침묵을 유지하며 수술칼이 가하는 믿을 수 없는 고통을 참아냈다. 그러나 의사가 다른 다리를 수술하려는데 마리우스가 의사를 막았다고 한다. 고통에 비하여 결과가 마음에 들지 않았기 때문이다.

VII.

집정관 카이킬리우스 메텔루스는 유구르타를 상대로 벌이는 전쟁의 최고 사령관에 임명되자 마리우스를 레가투스• 자격으로 아프리카리뷔에로 데려갔다. 여기서 위대한 업적을 세우고 빛나는 투쟁을 하면서 마리우스는 남들처럼 메텔루스의 영광을 높이고 메텔루스의 이익을 위해 행동하려고 애쓰지 않았다. 메텔루스 덕분에 레가투스가 되었다고 생각하기보다 운명이 자신에게 최상의 기회와 업적을 세울 넓디넓은 무대를 제공했다고 생각했으므로 온갖 다양한 방식으로 용맹을 발휘했던 것이다. 전쟁은 여러 고난을 가져왔으나 마리우스는 아무리 힘든 임무라도 마다치 않았고 아무리 작은 임무라도 우습게 보지 않았다. 유익한 조언을 하고 무엇이 유리한지 내다보는 능력에서 마리우스는 지위가 같은 다른 지휘관들을 넘어섰으며 마리우스의 검소함과 끈기는 일반 병사들에 뒤지지 않았으므로 병사들은 마리우스에게 상당한 호의를 가졌다. 누구든 힘든 일을 할 때 다른 사람이 기꺼이 그 일을 나누어 가지면 위로를 받

• 최고사령관의 옆에서 군단을 지휘하는 역할을 하는 사람.

는 법이다. 이렇게 되면 힘든 일을 강요받는다는 느낌은 사라진다. 지휘관이 공공장소에서 평범한 빵을 먹거나 짚으로 만든 소박한 요를 깔고 자거나 참호, 혹은 방벽을 만들 때 거들거나 하는 모습을 본 로마군 병사들은 매우 기분이 좋았다. 병사는 영예와 부를 나누는 지도자보다 힘들고 위험한 일을 나누는 지도자에게 더 큰 존경을 보내는 법이며 편안한 생활을 하게 허락해주는 지도자보다 고생을 함께하려는 지도자에게 더 큰 애정을 가지는 법이다.

이런 사실을 몸으로 입증하며 병사들의 마음을 산 마리우스는 곧 아프리카를, 그리고 곧이어 로마를 명성으로 가득 채웠다. 진영의 병사들은 고향으로 편지를 써서 가이우스 마리우스를 집정관으로 선출하지 않으면 이방 민족에 대한 전쟁은 중단되지도 끝나지도 않으리라고 말했다.

VIII.

이 모든 것이 메텔루스를 언짢게 만들었음은 명백했다. 그러나 메텔루스의 기분을 무엇보다 상하게 한 사건은 투르필리우스에 관한 일이었다. 투르필리우스는 메텔루스 가문의 크세노스•로 이 당시 메텔루스 밑에서 공병 대장으로 복무하고 있었다. 메텔루스는 투르필리우스에게 큰 도시 바가를 맡겼는데 투르필리우스는 주민에게 해를 입히지 않았고 오히려 따뜻하고 인도적으로 주민을 대우하는 방식으로 안전을 확보했다. 그러나 이 때문에 자기도 모르는 사이에 적의 손안에 들어가게 되었다. 주민들이 유구르타를 성안으로 들인 것이다. 그럼에도 주민은 투르필리우스

• 치안이 광범위하게 확보되지 않았던 고대에는 먼 길을 떠나 우연히 내 집으로 온 낯선 손님을 따뜻하게 맞이하여 보살펴 주는 풍습이 있었다. 한번 집에 머물면 대대로 친구 관계를 이어갔는데 이렇게 낯선 땅에서 만든 친구를 크세노스라고 한다.

를 해하지 않았고 그를 풀어줄 권한을 얻어냈으며 탈 없이 돌려보냈다.

그러자 누군가 투르필리우스를 역적으로 몰았다. 이 사건을 재판한 의회의 일원이었던 마리우스는 냉혹했고 다른 사람들이 피고에 대해 분노하도록 부추겼으므로 메텔루스는 결국 투르필리우스를 사형에 처하지 않을 수 없었다. 그러나 이 직후 혐의가 거짓으로 드러났으며 슬픔에 빠진 메텔루스를 거의 모두가 안타까워했다. 한편 마리우스만은 희희낙락하며 투르필리우스의 유죄 판결은 자기가 이끌어냈다고 자랑했다. 그리고 크세노스를 죽인 데 대한 죄책감이 언제나 메텔루스를 따라다니며 앙갚음할 것이라며 부끄러운 줄 모르고 떠들고 다녔다.

그 결과 메텔루스와 마리우스 사이에는 노골적인 적개심이 생겼다. 언젠가 마리우스가 있는 자리에서 메텔루스가 조롱하듯 말했다고 한다.

"우리를 놔두고 고향으로 가서 집정관 선거에 출마할 작성이신가? 여기 있는 우리 아들과 함께 집정관이 되는 것은 싫으신가?"

메텔루스의 아들은 당시 풋내기에 지나지 않았다. 한편 마리우스는 복무 해제를 간절히 원했으나 메텔루스는 이를 여러 차례 연기하다가 마침내 집정관 선거가 열이틀밖에 남지 않았을 때 마리우스를 보내주었다. 마리우스는 진영에서 해안의 우티카까지의 긴 여정을 단 이틀 만에 끝내고 배를 띄우기 전에 제물을 바쳤다. 예언자는 마리우스가 모든 예상을 깨뜨리는 엄청난 규모의 업적을 이룰 것이라는 신의 뜻을 전했다. 마리우스는 벅찬 가슴으로 배를 띄웠다.

순풍이 불어 사흘 만에 바다를 건널 수 있었던 마리우스는 도착하자마자 민중의 반가운 환영을 받았고 호민관의 소개로 민회에 섰다. 그리고 먼저 메텔루스에게 여러 가지 혐의를 씌우며 비방한 다음 집정관으로 선출해주면 유구르타를 죽이거나 생포하겠다고 약속했다.

IX.

이리하여 당당히 당선된 마리우스는 그 즉시 징병을 시작했다. 그는 법과 관례를 어기고 가난하고 이름 없는 사람도 군인으로 받아들였는데 기존의 사령관은 이런 사람은 받지 않았고 여느 관직과 마찬가지로 재산을 평가해서 자격이 있는 사람에게만 무기를 주었다. 그러면 각 병사는 나라에 자신의 재산을 저당 잡히는 것이 관례였다.

그러나 마리우스는 이 일이 아닌, 귀족을 언짢게 하는 건방지고 오만한 연설로 가장 심각한 비난을 받았다. 자신이 돈 많고 태생이 귀한 자들의 나약함으로부터 집정관직을 약탈해왔으며 민중 앞에서 내세울 것이 있다면 몸에 난 상처이지, 죽은 자의 무덤이나 다른 사람의 형상이 아니라고 말했던 것이다. 그는 또 아프리카에서 승리하지 못했던 장군들, 즉 베스티아나 알비누스 등을 언급했다. 이름 있는 가문 출신이나 경험 부족으로 불운을 겪었던 자들이었다. 마리우스는 이런 장군들의 조상도 고귀한 태생이 아닌 용맹과 고귀한 업적을 통해 명망을 얻었으므로 마리우스 자신 같은 후손을 바라지 않았겠느냐고 물었다. 마리우스는 괜한 허세를 부리는 것도, 아무런 목적 없이 귀족의 미움을 사려는 것도 아니었다. 원로원에 대한 모욕을 반겼고 언사에 담긴 자부심으로 기백을 가늠하곤 했던 민중이 마리우스를 격려했고, 다수를 기쁘게 하고 싶다면 명망 있는 사람들을 봐주지 말라고 부추겼기 때문이다.

X.

마리우스가 아프리카로 건너가자 시기의 희생양이 된 메텔루스는 심기가 언짢았다. 전쟁을 결말지은 사람은 메텔루스 자신이었고 남은 일은 유구르타의 신병을 확보하는 일뿐이었는데 승리의 관과 개선 행진은 배은망덕으로 권력을 얻은 마리우스의 차지가 된 터였으므로 메텔루스는 마리우스를 만나기를 거부했다. 그는 새로이 레가투스가 된 루틸리우스를 시켜 마리우스에게 군대를 넘기도록 하고 은밀히 아프리카를 떠났다. 훗날 마리우스는 이 잘못에 대한 천벌을 받게 되는데 마리우스가 메텔루스의 승리의 영광을 빼앗았듯 술라가 마리우스의 영광을 빼앗았기 때문이다. 이 사연은 간단하게 언급하고 넘어가겠다. 더 자세한 내용은 술라의 생애 편에 주어져 있다.*

복쿠스는 내륙쪽 야만 민족의 왕으로 유구르타의 장인이었는데 유구르타의 세력 확장을 걱정했던 복쿠스는 사위의 불성실함을 핑계 삼아 전쟁 중 도움을 거부하다시피 했다. 그러나 로마군을 피해 방랑하던 유구르타는 마지막 희망에 기대어 복쿠스에게 도움을 청했고 복쿠스는 선의보다는 탄원자에 대한 배려로 유구르타를 받아들였고 가까이 두었다. 표면적으로 복쿠스는 사위를 대신해 마리우스와 연락을 취했고 사위를 내어줄 수 없다며 단호한 어조를 썼다. 그러나 은밀히 사위를 배신할 작정이었으므로 루키우스 술라에게 사람을 보냈다. 마리우스의 재무관이었던 술라는 원정 중에 복쿠스에게 도움을 준 적이 있었다.

그러나 술라가 복쿠스에 대한 철저한 신뢰를 가지고 찾아오자 복쿠스는 마음이 바뀌어 후회스러웠다. 그는 유구르타를 넘길지 술라를 붙잡아 가둘지 여러 날 고민을 거듭했다. 그러나 결국 계획했던 대로 사위를 배신했다. 유구르타를 산 채로 술라에게 인도한 것이다.

이것이 마리우스와 술라 간의, 로마를 멸망에 이르게 할 뻔했던 지독하고 치유할 수 없는 증오를 키운 첫 번째 씨앗이었다. 마리우스를 미워

---

* 「술라」편 III.

• 『붙잡혀 술라의 앞에 선 유구르타』. 가브리엘 드 보르본의 그림.

한 여러 사람은 술라가 유구르타를 붙잡은 영광을 독차지하기를 원했고 술라는 유구르타를 건네주는 복쿠스의 모습을 새긴 인장 반지를 제작해 끼고 다녔다. 수시로 이 반지를 사용함으로써 술라는 남과 영광을 나누기를 극도로 싫어하는 호전적이고 야심 찬 마리우스를 자극했다. 게다가 마리우스의 적은 술라를 매우 칭찬했다. 전쟁의 첫째이자 가장 위대한 업적은 메텔루스의 공으로, 그러나 마지막 업적이자 전쟁의 종료를 술라의 공으로 돌림으로써 민중이 마리우스에 대한 존경을 멈추고 술라에게 주로 충성하게 할 목적이었다.

XI.

그러나 곧 마리우스에 대한 이 모든 시기와 증오와 비방이 흩어져 사라졌다. 서쪽에서 위험이 다가오고 있었던 까닭이다. 나라는 위대한 장군을 필요로 했고 전쟁이라는 대홍수에서 나라를 구할 키잡이를 찾아 두리번거렸다. 민중은 고귀하거나 돈이 많은 집안의 후보는 거들떠보지도 않고 마리우스가 성안에 없는데도 그를 집정관으로 선출했다. 유구르타 생포 소식이 들려오자마자 테우토네스와 킴브리 족에 대한 소문이 들려왔기 때문이다. 사람들은 침략이 임박한 적의 규모와 세력에 대한 소문을 처음에는 믿지 않았으나 알고 보니 적의 규모는 소문보다 컸다. 무장한 병사가 총 30만 명이 전진해오고 있었으며 그보다 훨씬 더 많은 여인과 아이들이 함께 이동하고 있었다. 적은 이 많은 인구가 머물 수 있는 땅과 성을 찾고 있었으며 과거 갈리아 사람들이 튀르레니아 사람들로부터 이탈리아의 가장 비옥한 영토를 빼앗고 점령했다는 사실을 들어 알고 있었다.

두 민족은 다른 민족과 교류가 없었고 굉장히 먼 거리를 이동해온 터였으므로 정확히 어떤 민족이고 어디서 출발했기에 갈리아와 이탈리아에 마침 구름처럼 내려앉고 있는지 좀처럼 알 수 없었다. 북해까지 퍼져 살고 있는 게르마니 족의 일부라는 추측이 가장 널리 퍼져 있었다. 눈이 밝은 파랑이었고 킴브리는 강도를 뜻하는 게르마니아 말이었기 때문이다.*

여러 다른 역사가는 두 민족의 숫자를 내가 위에서 언급한 것보다 더 높게 잡는다. 게다가 용감하고 담대했으므로 대적할 무리가 없었다. 싸울 때는 불과 같은 속도와 힘으로 진격했으므로 아무도 공격을 받아냈지 못했고 가로막는 자는 죄다 먹잇감이자 전리품이 되었다. 심지어 갈리아 트란살피나를 방어할 임무를 띠고 배치된 여러 로마 군대와 지휘관도 불명예스러운 파멸을 맞았다. 오히려 형편없이 저항함으로써 이방 민족의 군대가 로마를 덮치게 하는 역할을 톡톡히 했다. 앞을 가로막는 로마군을 무찌른 침략군은 적으로부터 빼앗은 전리품을 보고는 로마를 파괴하고 이탈리아를 약탈할 때까지 어디에도 정착하지 않겠다고 마음먹었기 때문이다.

XII.

이 같은 소식이 여러 곳에서 날아들자 로마 민중은 마리우스에게 지휘를 맡겼다. 두 번째로 집정관직에 선출된 것인데 법은 성안에 없는 후보의 선출을 금지하고 있었고 재임은 특정 기간이 지나야 할 수 있도록 규정하고 있었다. 그러나 민중은 마리우스의 집정관 선출에 반대하는 사람들의 말을 듣지 않았다. 공익의 요구에 법이 양보한 사례는 전에도 있었기 때문이다. 법을 무시하고 스키피오를 집정관으로 만든 이유는 로마를 지키기 위해서도 아니고 단지 카르타고를 파괴하고 싶어서였다. 그러나 현 상황은 더 위급하면 위급했지 덜하지 않았다. 따라서 민중의 뜻이 관철되었고 마리우스는 아프리카에서 군대를 끌고 바다를 건너왔다. 그리고 새해 첫날인 1월 초하루 집정관에 취임하는 동시에 개선행진을 했다. 그리고 이 행진에서 사슬에 묶인 유구르타를 선보였다.

로마 민중은 유구르타를 개선 행진에서 보리라고 생각지도 않았거니와 유구르타가 살아 있는 동안 적을 무찌른 것부터가 예상 밖이었다. 유구르타가 운명의 부침에 워낙 능숙하게 적응했기도 하고 용맹한 데다 몹시 영리하기까지 했던 까닭이다. 그러나 개선 행진에 끌려 나온 유구르타는 실성했다고 한다. 행진이 끝난 뒤 유구르타가 감옥에 던져지자 누군가는 옷을 찢었고 누군가는 귀걸이를 빼앗는 데 혈안이 되어 귓불까지 찢었다고 한다. 알몸으로 지하 감옥에 던져진 유구르타는 몹시 어리둥절해 하다가 입을 벌리며 웃더니 이렇게 말했다.

"맙소사! 이 로마식 목욕탕은 정말 춥다!"

비참한 유구르타는 엿새 동안 굶주림과 싸우며 마지막 순간까지 살고 싶은 욕구에 매달리다가 마침내 죄에 알맞은 처벌을 받았다.

그 밖에도 개선 행진에서 선보인 황금이 3천7백 리트라, 은 덩어리가 5천7백 75리트라, 은화가 28만 7천 드라크메였다고 한다.

행진이 끝난 다음 마리우스는 카피톨리움에 원로원을 소집했다. 그리고 부주의해서였든 제 행운을 자랑하며 거들먹거리고 싶어서였든 개선 행진 때의 차림 그대로 회의장에 들어섰다. 그러나 원로원 의원들이 불쾌한 기색을 드러내자 재빨리 눈치채고 자리에서 일어났으며 밖으로 나가 평소와 같은 자주색 테두리를 두른 토가로 갈아입고 돌아왔다.

XIII.

원정을 가는 길에도 마리우스는 군대를 완벽하게 만들기 위해 애를 썼다. 병사들에게 온갖 달리기와 긴 행군 훈련을 시켰으며 병사들이 스스로 제 짐을 나르고 음식을 만들게 한 것이다.*

XIV.

이때 마리우스에게 대단한 행운이 찾아온 것으로 보인다. 침략군이 썰물처럼 먼저 이베리아로 빠져나간 것이다. 이를 기회 삼아 마리우스는 병사들의 체력을 단련시키고 사기를 북돋아 용기를 강화했으며 무엇보다 자신이 어떤 사람인지 보여줄 수 있게 되었다. 복종과 바른 행동에 익숙해진 병사는 마리우스의 엄격한 권위의 행사나 단호한 처벌을 유익하고 정당하다고 여겼으며 모진 성격이나 거친 목소리, 그리고 시간이 지나면 익숙해지는 사나운 표정이 부하가 아닌 적에게 두려움을 일으킨다는 사실을 깨달았다. 그러나 무엇보다도 마리우스의 올곧은 법적 판단이 병사들을 기쁘게 했다. 다음은 그 예다.

마리우스의 조카 가이우스 루시우스는 마리우스의 부하 지휘관이었다. 가이우스는 대체로 평판이 좋은 사람이었으나 아름다운 젊은이들에게 약했다. 젊은 부하 트레보니우스를 사랑하게 된 가이우스는 트레보니우스를 여러 차례 유혹했으나 실패했다. 그러다 마침내 어느 날 밤, 하인을 보내 트레보니우스를 호출했다. 트레보니우스는 호출에 복종하지 않을 수 없었으므로 가이우스를 찾아왔으나 막사 안으로 안내를 받은 뒤 가이우스가 폭력을 행사하려고 하자 칼을 뽑아 죽였다. 마리우스는 이 사건이 발생했을 때 진영에 머물고 있지 않았다. 그러나 돌아와 트레보니우스를 재판에 부쳤다. 재판에서 트레보니우스를 비난하는 자는 많았으나 변호하는 사람은 단 한 명도 없었으므로 트레보니우스가 직접 단상에 올라가 자초지종을 설명했다. 그리고 증인을 세워 자신이 종종 가이우스의 요청을 거절해야 했으며 큰돈을 준다는 제안이 많았음에도 단 한 번도 그 누구에게 몸을 판 적이 없다고 주장했다. 그러자 기쁨과 존경심으로 가득 찬 마리우스는 용맹한 업적을 세운 사람에게 수여하는 관을 가져오게 했고 제 손으로 트레보니우스의 머리에 관을 씌웠다. 고결한 본보기가 필요한 시기에 누구보다 고결한 몸가짐을 보여준 데 대한 대가였다.

이 소식이 로마로 전해졌고 마리우스가 세 번째로 집정관직에 선출되는데 적지 않는 도움을 주었다. 로마 민중은 봄이 오면 적이 침략해 올 것이라고 예상했으므로 마리우스가 아닌 다른 누구에게도 지휘를 맡기고 싶지 않았던 것이다. 그러나 적은 예상했던 시점에 오지 않았고 마리우스의 집정관 임기는 다시 한 번 끝이 났다. 집정관 선거를 앞둔 시점에서 동료 집정관까지 죽자 마리우스는 마니우스 아퀼리우스에게 병력을 맡기고 로마로 왔다. 여러 훌륭한 시민이 집정관 후보로 나선 상황에서 마리우스는 호민관 가운데 민중에 가장 큰 영향력을 행사하고 있었던 루키우스 사투르니누스에게 칭찬과 관심을 퍼부어 제 편으로 끌어들였다. 사투르니누스는 시민을 상대로 긴 연설을 하며 마리우스를 집정관으로 선출하라고 부추겼다.

마리우스는 겉으로는 관직을 사양하는 척하며 집정관이 되길 원하지 않는다고 선언했으나 사투르니누스는 이처럼 위험한 시기에 군의 지휘를 거부한다면 역적이나 다름없다고 비난했다. 사투르니누스가 마리우스의 사주에 연극을 하고 있다는 사실은 명백했고 연기 실력은 형편없었다. 그러나 민중은 마리우스의 능력뿐만 아니라 마리우스가 가진 행운이 필요한 시기임을 깨달았으므로 그를 네 번째로 집정관에 선출했다. 그리고 귀족의 존경을 받았고 평민도 싫어하지 않았던 카툴루스 루타티우스를 동료로 뽑았다.

XV.

적이 근접했다는 소식을 들은 마리우스는 재빨리 알페스 산맥을 건너 로다누스 강변에 방어를 강화한 진영을 세웠다. 그리고 진영 안에 상당한 물자를 비축했다. 식량 부족 때문에 소신대로 전투를 수행하지 못하는 일이 없기를 바랐기 때문이다. 바다를 통해 물자를 수송하는 일은 과거에는 길고 값비싼 과정이었으나 마리우스는 이 일을 쉽고 빠르게 만들었다. 로다누스 강이 바다와 맞닿은 어귀에는 파도의 영향으로 진흙과 모래, 점토가 포개어져 있었고 이 때문에 수송선이 강으로 들어가는 과정은 까다롭고 힘들었으며 느렸다. 따라서 마리우스는 이곳으로 군대를 이끌고 와서 다른 할 일이 없는 병사들에게 대규모 수로를 만들게 했다. 그리고 이 수로로 강을 우회시켰으며 해안의 적당한 위치로 끌어왔다. 큰 배가 뜰 수 있는 깊은 내포로 물이 파도를 이루지 않고 매끄럽게 흘러나올 수 있는 곳이었다. 수로의 이름은 아직도 마리우스다.

한편 적은 두 무리로 나누어졌다. 킴브리 족은 내륙의 노리쿰을 통해 전진해서 카툴루스와 맞서는 역할을 맡았고 테우토네스와 암브로네스 족은 해안을 따라 리구리아를 지나 마리우스를 향해 갈 예정이었다. 그러나 킴브리 족 군대는 오랜 시간 지체하며 시간을 낭비한 반면 테우토네스와 암브로네스 족은 즉시 출발하였고 인접한 지방을 가로질러 마리우스 앞에 나타났다. 숫자는 셀 수 없었고 모습은 오싹했으며 말과 고함소리는 다른 어느 민족과도 달랐다. 들판 대부분을 뒤덮은 적은 진영을 치고 마리우스에게 도전장을 내밀었다.

XVI.

그러나 마리우스는 아무런 관심도 갖지 않고 부하들을 진영의 방벽 안에 가두어 놓았고 용맹을 자랑하고 싶어 하는 자들을 신랄하게 비판했으며 사기가 충천한 나머지, 달려나가 전투를 하고자 하는 자들을 역적이라고 불렀다. 승리나 전리품을 욕망으로 품어서는 안 될 것이며 거대한 전쟁의 먹구름과 벼락을 어떻게 막고 이탈리아의 안전을 확보할 것인가 생각해야 한다고 마리우스는 부하 지휘관과 동료들 사이에서 말했다. 한편 병사들은 돌아가며 방벽에 배치해서 적을 관찰하게 했다. 이런 방식으로, 기괴하고 사나운 적의 모습이나 고함 소리를 두려워하지 않도록 훈련한 것이다. 나아가 적의 무기와 움직임에 적응시켜 공포스럽게 보였던 대상이 시간이 흐름에 따라 관찰을 통해 익숙하게 느껴질 수 있도록 했다. 낯섦은 공포스러운 대상에 그 대상이 가지고 있지 않은 속성을 부여한다고 생각했고 익숙해지면 정말로 두려운 대상도 더 이상 공포를 유발하지 않는다고 생각했기 때문이다.

기대했던 대로 매일 적을 지켜본 병사들은 적을 보고 더 이상 놀라지 않았을 뿐만 아니라 적의 위협과 참기 힘든 허세를 듣고 분노가 치밀었으며 분노는 사기를 북돋아 타오르게 했다. 적은 주변 지방을 죄다 약탈하고 폐허로 만들고 있었으며 때로는 로마 진영의 방벽을 몹시 무모하고 뻔뻔스럽게 공격했으므로 병사들의 분노 섞인 불만은 마리우스의 귀에까지 가닿았다.

"장군님은 도대체 우리가 얼마나 비겁해 보이면 우리를 여인네들처럼 가두어 놓고 전투에 못 나가게 하시는 건가? 우리는 자유 시민 아닌가. 가서 물어보세. 이탈리아를 위해 싸울 또 다른 군대를 기다리고 계시는지, 우리는 구덩이나 파고 진흙이나 나르고 강물 흐름이나 바꿀 때 부를 작정이신지. 그러려고 우리를 그렇게 훈련시키셨나? 로마로 돌아가면 동료 시민에게 수로나 팠다고 자랑할 작정이신가? 아니면 적에 패배한 카르보와 카이피오처럼 될까 두려워하시는 건가? 하지만 그 둘은 명성도 능력도 우리 장군님보다 훨씬 뒤지고 그 둘이 이끌었던 군대도 우리와는 달랐어. 여기 앉아 동맹국이 약탈을 당하는 광경을 즐기느니 차라리 무어라도 하고 그 사람들처럼 죽는 게 낫겠네."

XVII.

마리우스는 이런 불만이 있다는 사실을 알고 매우 기뻤다. 그는 병사들을 못 믿어서가 아니라 어떤 신탁에 따라 승리를 거머쥘 적절한 때와 장소를 기다리고 있다고 말하고 군대를 진정시켰다. 실제로 마리우스는 이름이 마르타인 쉬리아 여인을 가마에 태워 정성스럽게 데리고 다녔는데 예지 능력이 있는 여인이었다고 한다. 이 여인은 원로원 앞에서 전쟁에 관한 예언을 말하고자 했으나 거절을 당한 적이 있었다. 그러다 여인들을 접견한 자리에서 능력을 선보였는데 그중에서도 마리우스 아내의 발치에 앉아 검투사가 싸우는 장면을 보다가 누가 승리할지 맞춘 것이다. 그러자 마리우스의 아내는 이 여인을 남편에게 보냈고 마리우스도 마르타의 능력에 감탄했다. 그리하여 마르타는 늘 가마에 실려 군대를 따라다녔으며 제물을 바칠 때에는 두 겹으로 된 자줏빛 외투를 입고, 가는 띠와 꽃으로 장식한 창을 들고 다녔다. 이 같은 광경을 본 여러 사람들은 마리우스가 여인을 정말 믿기 때문에 그렇게 내세우는지, 아니면 믿는 척하며 함께 연기하고 있는지 궁금해했다.

그러나 뮌도스의 알렉산드로스가 전하는 독수리에 관한 일화는 실로 놀랍다. 마리우스의 군대가 승리하기 전 머리 위에는 언제나 독수리 두 마리가 떠다녔고 행군을 할 때도 따라다녔다는 것이다. 병사들은 두 독수리를 잡아 목에 청동 고리를 끼운 뒤 놓아주었으므로 이 고리로 독수리를 알아볼 수 있었다. 그들은 독수리를 볼 때마다 인사를 했고 행군을 할 때 독수리가 나타나면 승리를 확신하고 기뻐했다고 한다.

여러 다른 징조도 나타났다. 대부분은 특별하지 않은 징조였지만 이탈리아의 도시 아메리아와 투데르에서는 밤사이 하늘에 불붙은 창과 방패가 나타났다고 한다. 창과 방패는 처음에는 서로 다른 방향으로 움직이다가 충돌했으며 전투 중인 병사들과 같은 대형과 움직임을 보여주었고 마침내 일부가 퇴각하고 일부가 추격을 하며 전체가 서쪽으로 사라졌다는 것이다. 뿐만 아니라 이 무렵 위대한 어머니 여신 퀴벨레의 사제가 펫시누스에서 와서 말했다. 로마가 전쟁에서 당당히 승리하리라고 여신이 신전에서 선언했다는 것이다. 원로원은 사제의 말을 믿기로 하고 승리를 기념하는 신전을 지어 바치기로 투표로 결정했다. 그러나 바타케스가 민회 앞에 나와 같은 이야기를 하려고 하자 민중 호민관 아울루스 폼페이우스가 그를 사기꾼이라 부르며 막았고 욕을 퍼부으며 연단에서 몰아냈다. 그런데 이 사건은 바타케스의 말에 더 큰 힘을 실어주고 말았다. 민회가 해산되고 집으로 돌아간 아울루스는 갑자기 발생한 고열로 1주일도 지나지 않아 죽었기 때문이다. 소문은 곧 온 사방으로 퍼졌다.

XVIII.

마리우스가 꼼짝도 하지 않았기 때문에 테우토네스 족은 진영을 습격하여 사로잡으려고 시도했다. 그러나 방벽에서 수많은 창과 화살이 날아왔고 적병이 일부 전사했다. 결국 적은 방해받지 않고 알페스 산맥을 지날 생각으로 짐을 싸들고 로마군 진영을 지나 전진하기 시작했다. 늘어선 적병의 행렬과 행렬이 지나가는 데 걸린 시간은 적군의 엄청난 규모를 명백하게 드러냈다. 멈추지 않고 이동했음에도 마리우스의 방벽을 지나는 데 엿새가 걸렸다고 전해지기 때문이다.

적은 로마 진영을 스치듯 지나며 아내에게 전할 소식이 없는지 묻더니 웃음을 터뜨렸다.

"곧 우리가 차지할 테니까."

그러나 적이 로마 진영을 지나 제 갈 길을 가자 마리우스도 진영을 철수하고 가까이 뒤따르며 언제나 적과 가까운 곳에 멈추었고 멀리 떨어지지 않았다. 대신 밤을 안전하게 보낼 수 있도록 방비를 튼튼히 하고 앞에 유리한 지형을 놓았다. 이렇게 두 군대는 행군을 계속하다가 아쿠아이 섹스티아이라는 곳에 다다랐다. 알페스 산맥에서 멀지 않은 곳이었으므로 마리우스는 전투를 벌일 준비를 했다. 그는 유리하지만 물이 풍부하지 않은 위치에 진영을 쳤다. 말하자면 병사들의 투쟁심을 자극하기 위한 선택이었다.

여러 병사가 불만을 품고 갈증이 나면 어떡하느냐고 물었더니 마리우스는 적의 방벽 근처에 흐르는 강물을 가리키며 강에서 물을 길어올 수 있지만 그 대가로 피를 흘려야 한다고 했다. 병사들은 대답했다.

"그러면 우리 피가 마르기 전에 공격 명령을 내려주시면 어떻겠습니까?"

마리우스는 침착하게 대답했다.

"먼저 방비를 강화한다."

XIX.

마리우스의 병사들은 마지못해 복종했으나 수많은 하인들은 마실 물도 없고 가축에게 먹일 물도 없었던 까닭에 한데 뭉쳐 강으로 내려갔다. 물통과 함께 손도끼나 큰 도끼, 칼이나 창을 든 사람도 있었다. 싸워서라도 물을 긷겠다는 의지였다. 처음에는 적병 소수만이 이들과 싸웠다. 적의 대부분은 목욕을 한 뒤 식사를 하고 있었고 아직 목욕 중인 병사도 있었기 때문이다. 이곳은 따뜻한 물이 땅에서 솟아나오는 지역이었고 하인들은 이 놀랍고도 편안한 장소에서 휴식을 즐기고 있는 적병을 놀라게 하고 말았다. 적의 고함 소리는 더 많은 적병을 데려왔고 마리우스는 하인들이 피해를 입을까 걱정하는 병사들을 더 이상 제지하기 힘들었다.

뿐만 아니라 적의 부대 가운데 가장 호전적이며 과거 만리우스와 카이피오의 군대를 무찔렀던 무리가 식사를 하다 말고 벌떡 일어나 무기를 집어 들었다. 이들은 암브로네스 족으로 그 숫자만 3만이 넘었다. 식사를 막 마친 적은 배가 부르고 몸이 무거웠으며 진한 포도주에 들뜨고 혼미한 상태였음에도 마구잡이로 무질서하게 달려들지 않았고 적의 고함 소리도 모호하지 않았다. 대신 박자에 맞추어 무기를 부딪치고 그 소리에 맞추어 뛰다가 때때로 "암브로네스"라고 민족의 이름을 외쳤는데 서로를 격려하기 위해서였거나 공격해오는 적에게 밝혀 미리 겁을 주기 위해서였다.

이들을 가장 먼저 덮친 이탈리아 측 부대는 리구리아 인의 부대였다. 리구리아 인들은 적이 외치는 소리를 듣고 암브로네스는 저희 조상의 이름이기도 하다며 똑같이 따라했다. 실제로 리구리아 인은 저희가 암브로네스 족의 후손이라고 생각한다. 양 측이 맞붙기 전까지 이 외침은 한 번은 이쪽에서 한 번은 저쪽에서 울려 퍼졌다. 서로 번갈아가며 외쳤고 그때마다 상대편보다 더 크게 외치려고 애썼으므로 이 외침은 전투병들의 사기를 북돋고 불태웠다.

두 암브로네스 족은 강을 사이에 두고 떨어져 있었다. 적은 강을 건너 대형을 갖추는 데 성공하지 못했는데 앞줄이 강을 건너자마자 리구리아 병사들이 달려들었고 백병전이 벌어졌기 때문이다. 곧이어 로마군이 리구리아 군을 도우러 높은 지대에서 진격해 내려왔고 적을 압도해 패주시켰다. 암브로네스 족 대부분은 강에 몰려 있었고 여기서 죽임을 당했으므로 강물은 적의 피와 시신으로 가득 찼다. 로마군이 강을 건너자 남은 적병은 감히 맞서 싸우지 못했고 로마군은 적의 진영과 수레에 닿을 때까지 계속해서 적병을 죽였다. 진영에 다다르자 여인들이 손에 칼과 도끼를 들고 로마군을 맞았으며 분노가 담긴 오싹한 비명을 지르며 퇴각한 아군 병사와 그 추격자 모두의 접근을 막으려고 했다. 퇴각한 아군 병사는 역적으로 여겼고 추격자는 적으로 여겼기 때문이다. 여인들은 전투병들과 섞여 맨손으로 로마군의 방패를 빼앗거나 칼을 붙잡았으며 상처가 나고 손발이 잘려나가는 데도 맹렬한 기세는 끝까지 사그라지지 않았다. 이렇게 강에서의 전투는 지휘관의 의도에 따라서라기보다 우연히 벌어졌다고 한다.

XX.

수많은 암브로네스 족 병사를 무찌른 로마군은 철수했고 밤이 찾아왔다. 그러나 큰 승리를 거두었음에도 로마군은 승리의 찬가를 부르지도 않았고 막사에서 술을 마시지도 않았다. 식사를 하며 친근한 대화를 나누지도 않았으며, 전투를 싸워 이긴 자들의 가장 큰 기쁨, 즉 편안한 수면을 즐기지도 못하고 두려움과 소란 속에 밤을 지새웠다. 진영에는 방벽도 울타리도 없었고 패배를 맛보지 않은 적병이 아직 수없이 많이 남아 있었기 때문이다. 전투에서 살아남은 암브로네스 족 병사들이 본대와 합류하자 적의 진영에서는 밤새 곡소리가 이어졌는데 사람의 울음이 나 신음 소리 같지 않았고 날짐승의 포효나 울부짖는 소리에 가까웠다. 저주와 통탄까지 섞인 이 막대한 적군의 소리는 공중으로 퍼져 주변 언덕과 강을 따라 이어진 골짜기를 울렸다.

들판 전체가 무시무시한 소란으로 가득 차자 로마군은 두려움에 휩싸였고 마리우스 자신도 무질서하고 혼란스러운 야간 전투를 예상하며 불안을 느꼈다. 그러나 적은 밤에도 다음 날에도 공격해오지 않았으며 군대를 정비하고 전투를 준비하는 데 시간을 보냈다.

한편 적군은 좁고 경사진 골짜기에서 바라다보이는 위치에 있었고 이 골짜기에는 나무가 우거져 있었으므로 마리우스는 클라우디우스 마르켈루스에게 중무장 보병 3천을 주어 전투가 시작될 때까지 골짜기에 잠복해 있다가 적의 후방에 나타날 것을 지시했다. 한편 자신은 늦지 않게 식사를 마치고 수면을 취한 나머지 병사들을 이끌고 동틀 무렵 진영 전면에 배치했으며 기병대를 들판으로 내보냈다. 이를 본 테우토네스 족은 로마군이 들판으로 내려와 대등하게 싸울 때까지 기다리지 않고 흥분한 채 서둘러 무장을 하고 언덕 위로 달려 올라왔다. 그러나 마리우스는 지휘관을 전선의 모든 지점으로 보내 병사들로 하여금 전열을 굳게 지키도록 했다. 그리고 적이 사정거리 안에 들어오면 먼저 투창을 던지고, 그 다음 칼을 꺼내 들고 방패를 이용해 적을 몰아붙이라고 지시했다. 적이 딛고 선 땅이 오르막이고 일정치 않았으므로 강한 타격을 입힐 리 만무했고 엮어든 방패도 힘이 없을 터였으니 적이 계속해서 움직이고 흔들릴 것이라고 마리우스는 예상했다. 지시를 마친 마리우스는 솔선수범을 보였다. 어느 병사보다 잘 단련된 몸이었고 용맹스럽기로 말하면 누구도 그를 넘어설 수 없었기 때문이다.

XXI.

지시에 따라서 로마군은 적이 공격해오길 기다렸다가 교전을 벌였으며 오르막을 오르려는 적을 막고 조금씩 들판으로 밀어붙였다. 들판에 몰린 적이 마침내 평지에서 전열을 구축하는데 후방에서 고함 소리가 들리고 소란이 일었다. 때를 보던 마르켈루스가 전투 함성이 언덕 위로 들려오자마자 부하들을 풀어놓았고 큰소리로 고함을 치며 적의 후방을 공격해 최후방의 적병들을 쓰러뜨렸기 때문이다. 후방의 적병은 그 앞의 대열로 밀려들었고 곧이어 적군 전체가 혼란에 빠졌다. 적은 이런 이중의 공격에 오래 버티지 못하고 대열을 벗어나 도망을 쳤다. 추격에 나선 로마군은 1만 명이 넘는 적병을 죽이거나 생포했으며 적의 막사와 짐수레, 재산을 빼앗았다. 병사들은 투표를 통해, 슬쩍 빼돌린 물건을 제외한 모든 전리품을 마리우스에게 주었다. 이것은 대단한 선물이었으나 원정에서 그가 세운 공에 비해서는 충분하지 못하다고 여겨졌다. 위험이 그만큼 컸던 까닭이다.

전리품의 분배나 전사자 숫자에 대한 이견도 있다. 그럼에도 맛살리아 사람들은 전사자의 뼈로 포도밭의 울타리를 쳤다고 하기도 하고 죽은 적병의 시신이 썩고 겨우내 그 위로 비가 내리자 토양이 매우 비옥해졌고 거름이 아주 넓고 깊이 스며들었으므로 이듬해부터 작황이 넘치도록 풍부했다고 한다. 이는 시신이 썩는 과정에서 "밭이 살찐다"는 아르킬로코스의 말을 확인해준다. 또한, 대규모 전투가 끝난 뒤에는 뜻밖의 호우가 내리곤 한다는 말이 있다. 어떤 신적인 힘이 하늘에서 정화수를 보내 땅을 적시고 신성하게 만드는 것인지, 피와 부패하는 시신이 공중으로 올려보낸 습하고 묵직한 증기가 응결하여 아주 사소한 원인에도 쉽고 빠르게 커다란 변화를 가져오는 것인지 그것은 알 수 없다.

XXII.

전투가 끝나고 마리우스는 적으로부터 빼앗은 무기와 전리품 가운데 개선 행진에서 선보일 아름답고 온전하고 적절한 것들을 골랐다. 그 밖의 것들은 거대한 장작더미에 쌓아 장대한 희생 의식을 치를 준비를 마쳤다. 병사들은 무기를 들고 머리에는 화관을 쓰고 장작더미 주변에 섰고, 관례에 따라 테두리를 자줏빛으로 장식한 외투를 걸친 마리우스는 타는 횃불을 양손으로 들고 하늘을 향해 치켜세웠다. 그가 장작더미에 불을 붙이려는 찰나 동료들이 말을 타고 빠르게 다가오는 모습이 보였다. 모두가 의아해 하며 깊은 침묵을 지키는 가운데 말을 탄 마리우스의 동료들이 가까이 다가왔다. 동료들은 말에서 뛰어내려 마리우스에게 인사를 선네며 마리우스가 다섯 번째 집정관에 당선되었다는 소식을 전했고 이 소식이 담긴 편지를 전했다. 승리만으로도 기뻤으나 기뻐할 또 다른 커다란 이유가 생긴 군대는 희열에 넘쳐 일제히 큰 함성을 내질렀으며 무기를 부딪치며 소란을 피웠다. 부하 지휘관들이 새로이 가져온 월계관을 쓴 마리우스는 장작더미에 불을 붙이고 제물을 바쳤다.

XXIII.

그러나 세상에 존재하는 어떤 힘이 있어 아무리 위대한 업적이라도 아무것도 섞이지 않은 순수한 기쁨을 가져올 수 없게 만든다. 그게 운명이든 인과응보든 숙명이든, 선과 악을 섞어 인간 삶을 다양하게 만드는 이 힘은 며칠 지나지 않아 마리우스에게 동료 카툴루스에 관한 소식을 전했고 이는 고요하고 평온한 하늘에 찾아온 먹구름처럼 로마를 또 다른 공포의 폭풍 속으로 몰아넣었다.

킴브리 족에 맞서 알페스 산맥을 넘는 길목을 수비하고 있던 카툴루스가 병력을 여러 갈래로 나누었다가 전력이 약화될 것을 우려해서 수비를 포기하고 즉각 이탈리아의 평지로 내려왔다는 소식이었다. 여기서 그는 적과 아군 사이에 아티소 강을 두고 양 둑에 적의 도강을 막기 위한 튼튼한 요새를 지었다. 그리고 강을 가로지르는 다리를 만들었는데 적이 산맥을 지나 요새를 공격해올 경우 반대편 사람들을 도와주기 위함이었다. 그러나 적은 로마군을 우습게 보고 무모하게 그 뒤를 따랐다. 꼭 필요해서라기보다 힘과 용기를 과시하고 싶었으므로 적은 옷도 없이 눈보라를 견디었고 얼음과 깊게 쌓인 눈을 지나 정상으로 올라갔다. 그리고 거기서부터는 넓은 방패를 깔고 앉아 타고 내려오는 방식으로 깊은 균열이 많은 미끄러운 절벽을 내려왔다.

적은 강물 근처에 진영을 치고 어떻게 건널지 살피다가 곧 강물을 둑으로 막기 시작했다. 옛이야기 속 거인들처럼 근처 언덕에서 나무를 뽑아 뿌리째 강물에 던져 넣는가 하면 부서진 절벽, 흙더미도 쏟아 넣어 물길을 바꿔놓았다. 또한, 강물에 놓인 다리의 교각을 향해 무거운 물건을 흘려보내 물건이 부딪힐 때마다 다리가 떨렸으므로 마침내 로마군 대부분이 겁을 집어먹고 진영을 버리고 퇴각을 시작했다.

그러자 카툴루스는 모든 면에서 훌륭한 지휘관답게 자신의 명예보다 동료 시민의 명예를 더 귀하게 여긴다는 사실을 보여주었다. 후퇴를 멈추라는 지시가 먹히지 않고 병사들이 공포에 휩싸여 달아나고 있는 모습을 본 카툴루스는 표장을 들라고 지시한 뒤 이것과 함께, 퇴각하는 군대의 맨 앞으로 가서 선두에 선 것이다. 불명예가 조국이 아닌 자기 자신에 돌아오기를 바랐기 때문이며 퇴각하는 군대가 도망치는 것이 아니라 장군을 따르는 것처럼 보이게 하고 싶었기 때문이다.

적은 아티소 강 저편의 요새를 공격해 사로잡았다. 그러나 요새를 방어하던 로마인들이 조국의 이름이 부끄럽지 않게 누구보다 용감하게 싸웠으므로 적은 로마 병사들로 하여금 청동 황소에 맹세를 하게 하고 풀어주었다. 이 황소는 추후 전투가 끝난 뒤 승리를 기념하는 주요 전리품으로서 카툴루스의 집에 놓여졌다고 한다. 그러나 적이 아티스 강의 요새를 사로잡은 직후에는 이 지역에 방어할 사람이 없었고 적은 물밀듯 밀려와 주변 영토를 약탈했다.

XXIV.

이러한 상황에서 마리우스가 로마로 부름을 받은 것이다. 로마에 도착한 마리우스가 원로원이 기꺼이 허락한 대로 개선 행진을 하리라는 기대가 지배적이었다. 그러나 마리우스는 개선 행진을 거부했다. 부하와 전우들로부터 그들이 응당 받아야 할 영예를 빼앗고 싶지 않아서였을 수도 있다. 혹은 첫 번째 승리의 영광을 나라의 운명에 신탁信託한 뒤 두 번째 승리를 쟁취했을 때 더 큰 영광으로 돌려받고자 함으로써 민중을 격려하고 싶었을 수도 있다.

때에 적절한 말을 마친 뒤 마리우스는 카툴루스와 합류하러 나섰다. 그는 카툴루스를 격려하는 한편, 갈리아에 있는 병사들을 불러들였다. 군대가 모이자 파두스 강을 건넜고 파두스 이편의 이탈리아 땅에 있는 적을 몰아내려고 애썼다. 그러나 적은 전투를 거부했는데 형제인 테우토네스 족을 기다리고 있다는 이유에서였다. 킴브리 족은 테우토네스 족이 늦어지는 이유를 알 수 없다고 했다. 테우토네스 족이 전멸한 사실을 정말로 몰랐기 때문이거나 믿지 않는다고 여겨지고 싶었기 때문일 수 있다. 실제로 킴브리 족은 테우토네스 족에 관한 소식을 가져오는 사람들을 가혹하게 대했고 마리우스에게 사람을 보내 킴브리 족과 형제들을 위한 영토와 여러 도시를 요구했다. 마리우스가 킴브리 족 사절단에게 형제가 누구냐고 묻자 사절단은 테우토네스 족이라고 말했고 이 말을 들은 모든 로마인들이 폭소를 터뜨렸다. 마리우스는 비웃으며 말했다.

"그렇다면 형제들 걱정은 하지 마십시오. 우리가 이미 영토를 주었고 그 영토를 영원히 누리게 될 테니."

사절단은 마리우스의 빈정거림을 알아듣고 그를 비난하며 킴브리 족이 당장 응징하겠다고 했고 테우토네스 족도 당도하는 즉시 응징할 것이라고 선언했다. 그러자 마리우스가 말했다.

"사실 이미 왔습니다. 형제를 안아보지도 못하고 가실 수는 없지요."

이 말과 함께 마리우스는 족쇄를 찬 테우토네스 족의 왕들을 불러오게 했다. 도망치던 중 세콰니 족에 의해 알페스에서 붙잡힌 이들을 마리우스가 데리고 있었기 때문이다.

XXV.

소식을 전해들은 킴브리 족은 다시 한 번 마리우스를 향해 진격했다. 그러나 마리우스는 잠자코 진영의 수비에 정성을 쏟았다. 이 전투를 준비하는 과정에서 마리우스가 투창의 구조를 개선했다고 알려져 있다. 이때까지, 창끝으로 들어간 창의 자루는 철못 두 개가 고정하고 있었다. 그러나 마리우스는 이 가운데 하나를 빼고 그 자리에 쉽게 부러질 수 있는 나무못을 넣게 했다. 이렇게 하면 투창은 적의 방패에 똑바로 꽂히지 않았고 나무못이 부러지면서 창끝이 구부러졌으며 자루는 땅에 끌리며 쉽게 빠지지 않았다.

이윽고 킴브리 왕 보이오릭스가 수행원 소수를 이끌고 진영으로 다가왔으며 마리우스에게 영토의 소유권을 놓고 싸울 날과 장소를 정하라고 했다. 마리우스는 로마가 싸움에 관한 한 적의 조언을 듣는 일은 없다고 못 박으면서도 이번만은 킴브리 족의 청을 들어주겠다고 말했다. 그런 후, 사흘 뒤 베르켈라이 평원에서 싸우기로 했다. 로마 기병대가 싸우기에도 적합했고 킴브리 족 군대가 설 공간도 충분한 곳이었다.

정해진 시간이 되자 로마군은 전투 대형을 갖추었다. 카툴루스는 병사가 2만 3백이었고 마리우스의 병사는 3만 2천에 달했다. 마리우스의 병사가 두 날개로 갈라지고 그 중앙에는 카툴루스가 섰다고 이 전투에서 싸웠던 술라가 기록하고 있다. 술라에 따르면 마리우스는 주로 말단에서, 그리고 양 날개에서 충돌이 일어나기를 기대하고 있었다. 카툴루스가 싸움에 참여하지 못하고 적과 교전조차 하지 못하는 가운데 제 부하들만 공로를 인정받기 원했기 때문에 이처럼 병력을 배치했다는 것이다. 실제로 전선이 특히 긴 전투일 경우, 중앙은 대개 뒤로 빠지게 된다. 카툴루스 또한 자신이 전투에서 보여준 행동을 변호하면서 비슷한 주장을 했고 마리우스에게 몹시 부당한 대우를 받았다고 비난했다고 한다.

킴브리 족 군대의 보병은 방벽을 지나 천천히 전진했는데 대오의 깊이가 전선의 길이와 같아 각각 30스타디온이었다. 한편 1만 5천에 달하는 기병은 화려한 모습을 자랑하며 나타났다. 투구는 무서운 날짐승의 입이나 낯선 짐승의 머리를 닮아 있었고 여기 높은 깃 장식이 달려 있어 적병의 키는 실제보다 훨씬 커 보였다. 적은 또한, 철로 된 흉갑을 차고 있었고 번쩍이는 흰 방패를 들고 있었다. 투창은 한 사람당 두 개를 가지고 있었고 백병전에서는 크고 무거운 칼을 썼다.

XXVI.

그러나 적은 로마군을 향해 곧장 달려들지 않았고 우측으로 틀어 로마군이 저들과 좌측의 기병대 사이로 들어오도록 서서히 유도했다. 로마군 지휘관은 적의 교묘한 수법을 눈치챘으나 병사들을 제지하는 데 성공하지 못했다. 한 병사가 적이 도망간다고 외치자 모두가 추격을 시작했기 때문이다. 곧 적의 보병대가 마치 움직이는 거대한 바다처럼 공격을 시작했다. 그러자 마리우스는 손을 씻고 두 손을 하늘을 향해 들어올리며 신들에게 황소 백 마리를 제물로 바치겠다고 약속했다. 카툴루스 또한 같은 식으로 두 손을 올리고, 신전을 봉헌함으로써 행운을 기념하겠다고 맹세했다. 마리우스는 제물을 바치기도 했는데 희생된 제물을 보자 큰소리로 외쳤다고 한다.

"승리는 내 것이다."

그러나 술라에 따르면 공격이 시작된 뒤 마리우스에게 벌어진 일은 신의 불만을 드러냈다. 예상대로 엄청난 먼지 구름이 일었고 두 군대는 서로를 볼 수 없었으므로 마리우스는 처음 공격을 시도했을 때 적의 전선을 지나쳐 들판을 헤맸다는 것이다. 그런데 하필이면 적의 군대가 카툴루스의 군대를 맹렬히 공격했고 카툴루스와 병사들이 가장 치열한 전투를 도맡게 되었다. 술라는 자신도 카툴루스의 군대에 속해 있었다고 한다. 술라에 따르면 로마군은 적군의 얼굴에 쏟아진 햇볕과 열기 덕분에 우세했다.

앞서 언급했듯 적은 추위를 견디는 데는 익숙했으며 춥고 그늘진 지역에서 살던 사람들이었다. 따라서 열기에는 속수무책이었다. 적은 땀을 뻘뻘 흘렸고 숨 쉬는 것도 힘겨워했으며 방패를 들어 얼굴을 가릴 수밖에 없었다. 전투가 벌어진 때가 하지 이후였고 로마식으로 말하자면 섹스틸리스 달, 즉 8월의 초승달이 뜨기 사흘 전이었던 것이다. 뿐만 아니라 먼지 구름은 적을 가렸기 때문에 로마군의 사기에 도움이 되었다. 멀리 있는 엄청난 적의 규모를 볼 수 없었던 까닭에 눈앞의 적을 향해 달려들어 몸으로 맞붙어 싸울 수 있었고 남아 있는 적의 숫자에 겁을 먹지 않은 것이다. 게다가 로마 병사들의 신체는 고된 훈련에 익숙했고 완벽하게 단련되어 있었기 때문에 태양이 작열하는 가운데 적을 향해 질주하며 공격하였는데도 땀을 흘리거나 숨을 헐떡이는 병사가 단 한 명도 없었다. 이것은 카툴루스 자신이 병사들을 칭송하며 기록한 사실이라고 한다.

XXVII.

적의 가장 훌륭한 전사들을 비롯한 대다수가 도망도 쳐보지 못하고 그 자리에서 잘려나갔다. 대열이 흩어지는 것을 막기 위해 앞줄의 병사들이 허리띠를 통과하는 긴 사슬로 서로 묶여 있었던 까닭이다. 한편 도망치는 데 성공한 적병은 제 진영의 참호까지 밀려났는데 로마군은 여기서 몹시 비극적인 광경을 목도한다. 검은 옷을 입은 여인들은 수레 옆에 서서 도망 오는 전사들을 죄다, 오라비가 되었든 아버지가 되었든 죽였고 어린아이들을 목을 졸라 죽여 수레바퀴 밑에 던지거나 소 떼의 발아래 던졌으며 이어서 제 목을 땄다. 한 여인은 수레의 채 끝에 목을 매달고 죽었는데 양 발목에 아이들이 매달려 있었다. 한편 남자들은 목을 매달 나무가 충분하지 않았으므로 소의 뿔이나 다리에 목을 매고 소를 막대기로 찔러서 소에 끌려가거나 밟혀 죽었다. 이런 자살 행위에도 6만 명 이상이 포로로 잡혔고 죽은 자의 숫자는 이 두 배였다고 한다.

적의 재산은 마리우스 부하들의 몫으로 돌아갔지만, 전투에서 나온 전리품, 즉 표장과 나팔 등은 카툴루스의 진영으로 갔다고 전해진다. 그리고 카툴루스는 이것을 주요 증거로 삼아 제 부하들이 승리를 따냈다고 주장했다. 승리의 영광에 관한 논란은 자연히 병사들 사이에서도 불거졌고 파르마에서 온 사절단이 중재를 맡게 되었다. 카툴루스의 병사들은 이 사절단을 적의 시신들 사이로 데려갔는데 시신들을 꿰뚫은 창은, 자루에 카툴루스의 이름이 새겨져 있는 창이 분명했다.

그러나 승리의 영광은 마리우스에게 돌아갔는데 그가 이전의 전투에서 승리했기 때문이기도 하고 지위가 더 높았기 때문이기도 하다. 뿐만 아니라 시민은 마리우스를 로마의 세 번째 건립자로 칭송했는데 그가 막아낸 위험이 갈리아 침공 때의 위험에 뒤지지 않는다는 이유였다. 시민들은 처자식과 집에서 즐거운 시간을 보낼 때 마리우스에게, 그리고 신들에게 음식과 포도주를 바치는 의식을 치렀으며 마리우스가 홀로 두 차례의 개선 행진을 해야 한다고 고집했다. 그러나 마리우스는 그렇게 하지 않았고 카툴루스와 함께 개선 행진을 했다. 엄청난 행운을 경험하고도 겸손할 줄 아는 사람임을 과시하고 싶었던 것이다. 병사들이 두려웠기 때문일 수도 있다. 카툴루스가 개선 행진의 영예를 누리지 못할 경우, 마리우스 또한 그 영예를 누리지 못하도록 막기 위해 싸울 준비를 마친 병사들이 있었기 때문이다.

XXVIII.

마리우스의 다섯 번째 집정관 임기는 이렇게 끝이 나고 있었으나 마리우스는 마치 처음으로 집정관에 도전하는 사람처럼 여섯 번째 선거에 심혈을 기울였다. 과도한 관심을 기울여 민중의 마음을 사려고 했고 호의를 사기 위해 민중에게 언제나 양보했다. 이렇게 함으로써 집정관의 품격과 위엄에 해를 입혔을 뿐만 아니라 자기 본성을 모독하기도 했다. 마리우스는 시민의 말에 복종하는 사람이 되고 싶어 했지만, 태생적으로 그 정반대의 사람이었기 때문이다. 정치적 위기나 동요하는 군중 앞에서 마리우스의 야망은 그를 몹시 주저하게 만들었고 마리우스가 전투에서 보여주었던 끄떡없는 단호함은 그가 민회를 상대할 때 사라지고 없었으므로 마리우스는 별것 아닌 칭송이나 비난에도 불안해했다. 언젠가 그는 천 명에 달하는 카메리눔 시민에게 전쟁에서 용맹을 과시한 대가로 시민권을 부여하려고 했는데 이 행위를 불법으로 간주하는 사람들이 있었고 일부는 마리우스를 고발했다. 그러자 마리우스는 무기가 부딪치는 소리에 법의 목소리를 듣지 못했다고 대답했다. 그러나 마리우스가 가장 두렵고 끔찍하게 여긴 것은 법이 아닌 민회 안의 고함 소리였던 것으로 보인다.

아무튼 전장에서 마리우스는 쓸모 있는 존재였으므로 힘과 권위가 있었던 반면, 공직 생활에서는 주도권이 제한적이었으므로 군중의 선의와 호의에 기댈 수밖에 없었고 누구보다 훌륭한 사람이 되기보다 누구보다 위대한 사람이 되는 데에만 관심이 있었다. 그 결과 모든 귀족 시민과 충돌하게 되었다. 그러나 마리우스가 가장 두려워한 사람은 마리우스의 배은망덕을 이미 경험했던 메텔루스였다. 진정으로 탁월한 메텔루스야말로 비뚤어진 방법으로 민중의 호의를 얻고 군중을 기쁘게 함으로써 조종하려고 하는 자들의 적이었다. 따라서 마리우스는 메텔루스를 추방할 음모를 꾸몄다. 이 목적을 위해 뻔뻔스럽기 그지없는 사투르니누스와 글라우키아와 힘을 합쳤는데 두 사람은 언제든 마음대로 부릴 수 있는 궁핍하고 말 많은 자들의 무리를 거느리고 있었고 이 무리의 도움으로 법을 제안하곤 했다. 마리우스는 또한 병사들을 부추겨 그들이 민회에서 시민과 어울리게 함으로써 메텔루스를 누를 수 있는 파벌을 조성했다.

마리우스가 여섯 번째로 집정관에 당선된 사연에 대해서는 루틸리우스가 전하고 있다. 루틸리우스는 대체로 진실을 아끼는 솔직한 사람이었으나 마리우스와 개인적으로 다툰 적이 있었다. 루틸리우스에 따르면 마리우스는 부족들 간에 상당한 돈을 풀어놓고 표를 매수해서 메텔루스가 선거에서 지게 만든 다음, 동료보다는 하인에 가까운 발레리우스 플락쿠스를 동료 집정관으로 선출되게 했다. 로마는 코르비누스 발레리우스를 제외하고 한 사람을 이처럼 여러 차례 집정관에 당선시킨 역사가 없었다. 그러나 코르비누스의 경우 첫 번째 임기와 마지막 임기 사이에 45년이라는 시간이 있었으나 마리우스는 연달아 여섯 번 집정관에 오른 것이다.

XXIX.

마지막 집정관 임기 동안 마리우스는 사투르니누스의 악행에 가담했기 때문에 특히 미움을 받았다. 사투르니누스와 호민관직을 두고 경쟁하던 노니우스를 죽인 일 때문이었다. 호민관이 된 사투르니누스는 농지법을 제안했는데 이 법의 어느 조항에 따르면 원로원 의원들은 민중이 투표하는 대로 따르고 어떤 반대도 하지 않겠다고 맹세해야 했다. 원로원에서 마리우스는 겉으로는 이 조항에 반대하는 척했고 맹세를 하지 않겠다고 선언했으며 분별 있는 사람이라면 그 누구도 맹세하지 않을 것이라고 밝혔다. 법 자체가 나쁘지 않더라도 원로원이 설득을 당해, 혹은 자유 의지로 법을 인정하는 대신 인정을 강요당한다면 원로원에 대한 모욕이라는 주장이었다. 그러나 이것은 마리우스의 진심이 아니었고 메텔루스를 옭아 넣을 치명적인 속임수였다.

마리우스는 거짓말도 사람의 능력이자 탁월함에 속한다고 생각했으므로 원로원 앞에서 뱉은 말을 중요하게 여기지 않았고 지킬 생각도 없었다. 그러나 메텔루스는 흔들리지 않는 사람이었고 "정직은 위대한 탁월함의 토대"라고 말했던 핀다로스와 생각이 같았다. 따라서 마리우스는 메텔루스가 원로원 앞에서 맹세를 하지 않겠다고 선언하게 만든 다음, 맹세를 거부한 이유로 민중의 씻을 수 없는 미움을 받게 하고자 했다. 일은 계획대로 되었다.

메텔루스가 예상대로 맹세를 하지 않겠다고 선언한 것이다. 이후 원로원은 잠시 해산되었다. 그러나 며칠 뒤 사투르니누스가 원로원 의원들을 민회로 불러냈고 맹세를 강요했다. 마리우스가 연단으로 나오자 주위가 고요해졌고 모두의 눈이 그에게로 쏠렸다. 그러자 마리우스는 원로원에서 있었던 자신의 과장되고 성실치 못했던 말들에 긴 작별을 고한다고 말하며 이토록 중요한 문제에 관해 단정적으로 의견을 말하기에는 목구멍이 너무 좁으나 법이 요구한다면 법에 복종해 맹세를 하겠다고 했다. 마리우스는 이런 궤변으로 수치를 가리려고 시도한 것이다. 그러자 민중은 마리우스의 맹세를 환영하며 박수를 쳤으나 귀족은 몹시 좌절했고 안면을 바꾼 마리우스를 증오했다.

이어서 원로원 의원들은 민중이 두려웠던 나머지 순서대로 맹세를 했고 곧 메텔루스 차례가 왔다. 메텔루스의 동료들은 메텔루스에게 맹세를 하라고 애원하며 맹세를 하지 않으면 사투르니누스가 맹세를 거절한 의원에게 가하기로 제안한 돌이킬 수 없는 형벌의 표적이 된다고 했다. 그러나 메텔루스는 뜻을 접고 맹세를 하지 않았으며 원칙에 따라, 수치스러운 일을 하기보다는 어떤 고통이든 참아내겠다는 자세로 포룸을 떠났다. 메텔루스는 곁에 있는 사람들에게 말하기를, 부당한 짓은 비열한 자의 몫이고 아무런 위험이 가로막고 있지 않을 때에는 누구나 옳은 일을 할 수 있지만, 위험한 상황에서 명예로운 행동을 할 수 있는 사람만이 선하고 진실된 사람이라고 했다.

그러자 사투르니누스는 감찰관이 메텔루스에게 불과 물, 그리고 머물

곳을 금지해야 한다는 명령을 투표에 부쳤다. 민중 가운데 가장 비열한 자들이 여기 찬성했고 메텔루스를 죽게 내버려둘 작정이었다. 그러나 가장 훌륭한 시민들은 메텔루스를 동정했으며 서둘러 그의 주변으로 몰려들었다. 그러나 메텔루스는 자신 때문에 파벌이 생기는 것에 반대했으므로 신중한 판단에 따라 스스로 로마를 떠나기로 했다.

"사태가 수습되어 민중이 마음을 바꾸면 민중이 나를 다시 부를 것이고 사태가 그대로라면 나는 이곳에 없는 게 낫습니다."

그러나 유배 기간 메텔루스가 얼마나 큰 호의와 존경을 누렸으며 그가 어떻게 로도스에서 철학 연구를 하며 지냈는지는 메텔루스의 생애• 에 더 자세히 기록해둘 것이다.

XXX.

이제 마리우스는 사투르니누스에게 도움을 준 대가로 말없이 그가 극도로 무모하게 권력을 휘두르는 모습을 지켜보아야만 했다. 이렇게 마리우스는 자신도 모르는 사이 다스릴 수 없는 악행을 초래하게 되었고 이는 무력과 학살을 통한 폭정과 체제의 전복으로 이어지게 된다. 군중의 비위도 맞추고 싶었고 귀족도 두려웠던 까닭에 비열하기 그지없고 극히 이중적인 행위를 범하게 된 것이다. 어느 날 밤이었다. 주요 귀족 시민들이 마리우스의 집으로 찾아와 사투르니누스에게 등을 돌리라고 부추겼다. 마리우스는 이들이 모르게 다른 문으로 사투르니누스를 집안으로 들였다. 그러고는 설사병을 핑계로 귀족 시민들에게 갔다가 사투르니누스에게 갔다가 하면서 두 측을 자극하고 서로 충돌하게 만들고자 했다.

• 이 작품은 현존하지 않는다.

그러나 원로원과 기사 계급이 함께 모여 분노를 표출하기 시작하자 마리우스는 부하들을 이끌고 포룸으로 가서 이들이 카피톨리움에 피신을 하지 않을 수 없게 만들었으며 물을 끊어 투항을 유도했다. 카피톨리움으로 가는 수도를 끊은 것이다. 그러자 원로원과 기사 계급은 투쟁을 포기하고 마리우스를 불렀으며 이른바 피데스 푸블리카, 즉 시민에 대한 믿음을 바탕으로 항복하기로 했다. 마리우스는 이들을 구하기 위해 모든 노력을 다했으나 소용없었고 이들은 포룸으로 내려오자마자 죽임을 당했다.

이 일로 마리우스는 귀족과 민중의 미움을 동시에 받았다. 이후 감찰관 선거가 다가왔을 때 마리우스는 모두의 예상과 달리 후보로 나서지 않았으며 변변찮은 사람들이 당선되게 내버려두었는데 선거에 나갔다가 패배할까 두려웠기 때문이다. 그러면서도 동료 시민의 삶과 생활 방식을 엄격하게 감찰함으로써 미움을 받고 싶지 않다는 말로 체면치레를 했다.

XXXI.

메텔루스를 다시 로마로 불러들이는 제안이 발의되자 마리우스는 말로 그리고 행동으로 여기 완강하게 반대했으나 애써도 소용이 없다는 사실을 깨닫고 마침내 포기했다. 시민들이 기꺼이 이 제안에 찬성했으므로 메텔루스가 귀국하는 광경을 차마 볼 수 없었던 마리우스는 캅파도키아와 갈라티아로 떠났다. 어머니 여신에게 약속했던 제물을 바치러 간다는 명목이었으나 실은 로마 사람들이 의심조차 하지 않은 다른 이유가 있었다.

마리우스는 평화로운 시절에나 공직 생활에 어울리지 않았고 무력을 통해 명성을 얻은 사람이었다. 그런데 아무것도 하지 않고 가만히 있으려니 영향력과 명성이 점점 희미해지는 것 같았던 마리우스는 새로운 일을 벌이고자 했다. 만약 아시아의 왕들을 부추기고 미트리다테스로 하여금 무기를 잡게 한다면 로마는 미트리다테스가 로마를 상대로 전쟁을 벌일 것이라고 여겨 마리우스에게 로마 군대를 맡길 터였다. 마리우스는 이런 방법으로 로마에 새로운 승리를 가져다주고 폰토스에서 빼앗은 전리품과 왕의 보물로 제 집을 장식하고 싶었던 것이다. 이런 이유에서, 미트리다테스가 마리우스에게 예의를 차리고 경의를 표했음에도 마리우스는 굽히지도 포기하지도 않고 말한 것이다.

"왕이시여, 로마보다 강해지든가, 잔말 말고 로마가 시키는 대로 하십시오."

왕은 이 말에 무척 놀랐다. 로마 말은 종종 들어본 적 있었으나 그처럼 대담한 말은 처음이었다.

XXXII.

로마로 돌아온 마리우스는 포룸 근처에 살 집을 지었다. 손님이 먼 거리를 걷는 수고를 하지 않아도 된다는 이유였다. 거리가 멀어서 더 많은 손님이 인사를 오지 않는다고 생각했을 가능성도 있다. 그러나 사실은 마리우스가 대화를 하거나 정치적인 도움을 줄 때 남보다 세련되지 못했기 때문에 마치 평시의 무기처럼 무시당한 것이다. 민중이 마리우스보다 더 존경했던 여러 사람 가운데 마리우스를 가장 자극한 자는 술라였다. 술라가 세력을 얻게 된 것은 귀족이 마리우스를 시기했기 때문이고 술라는 마리우스와의 다툼을 제 정치 활동의 토대로 삼고 있었다. 누미디아 왕 복쿠스가 로마의 동맹국 왕으로 정해졌을 때 복쿠스는 카피톨리움에 승전비를 든 승리의 여신상을 세웠는데 그 곁에는 술라에게 유구르타를 건네는 모습을 빚은 금빛 형상을 두었다. 술라가 그처럼 자신이 이루어낸 영광을 가로채는 것을 본 마리우스는 분노와 광기에 휩싸여 복쿠스가 봉헌한 형상을 끌어내릴 준비를 했다. 술라 또한 격분한 상태였고 갑자기 로마로 닥쳐온 동맹시 전쟁이 아니었다면 내전이 일어날 수도 있는 상황이었다. 동맹시 전쟁은 이탈리아 민족 가운데 가장 전쟁에 능하고 숫자가 많은 민족들이 로마에 대항해 힘을 합치면서 벌어졌는데 하마터면 로마는 패권을 잃을뻔 했다. 적의 병력과 무력이 만만치 않았을 뿐만 아니라 로마에 뒤지지 않는 놀라운 용기와 능력을 갖춘 지휘관들이 있었기 때문이다.

XXXIII.

다양한 사건이 많았고 전세가 극히 변화무쌍했던 이 전쟁은 술라의 명성과 권력에 많은 보탬이 되었고 마리우스로부터 그만큼을 빼앗아갔다. 마리우스는 공격을 할 때 느렸고 언제나 지체하며 주저했다. 예순여섯을 넘긴 나이였으므로 노년이 그가 갖고 있던 정력과 불길을 꺼뜨렸기 때문일 수도 있고 마리우스 자신이 말했듯 신경이 병들었고 몸이 말을 듣지 않는데 괜한 수치심에 주제넘게 고생스러운 원정을 견디어 보겠다고 나섰기 때문일 수도 있다.

그럼에도 마리우스는 적병 6천을 무찌르는 대승을 거두었다. 또한, 적이 주변에 참호를 파고 포위하고 있는 가운데 적의 과한 욕설과 도발이 심히 불쾌했던 상황에서도 적의 꾀에 말리지 않고 때를 기다릴 줄 알았다. 적들 가운데 힘과 권력이 으뜸이었던 푸블리우스 실로는 마리우스에게 이렇게 말했다고 한다.

"그대가 그렇게 위대한 장군이라면 이리 내려와 우리랑 싸우시오."

그러자 마리우스는 대답했다.

"그대가 그렇게 위대하다면 원치 않는 나를 어디 싸우게 해보시오."

언젠가 적군이 공격할 기회를 주었으나 로마군이 비겁하게 이 기회를 잡지 못했고 결국 양 측이 철수한 적이 있었다. 그때 마리우스는 병사들을 소집해 말했다.

"적군과 제군들 중에 누가 더 비겁했다고 말해야 할지 모르겠다. 적은 그대들의 등을 보지 못했고 그대들은 적의 목덜미를 보지 못했으니."

그러나 결국 마리우스는 병환으로 인해 더 이상 지휘할 수 없다는 이유로 지휘권을 내려놓았다.

XXXIV.

그러나 이탈리아가 마침내 굴복하고 여러 로마 시민이 여러 민중 지도자의 도움을 받아 미트리다테스 전쟁의 지휘권을 두고 경쟁하고 있을 때 지극히 대담했던 호민관 술피키우스는 모두의 예상을 뒤엎고 마리우스를 내세웠으며 그를 미트리다테스에 대항해 로마군을 이끌 총독으로 임명하자고 제안했다. 민중의 의견은 갈렸다. 일부는 마리우스를 선호했으나 일부는 술라를 총독으로 요청했으며, 노환과 감기에 지쳤다고 말했던 마리우스에게 바이아이에서 뜨거운 목욕이나 하며 건강을 돌보라고 했다.

마리우스는 실제로 미세눔 곶과 가까운 바이아이에 값비싼 주택을 소유하고 있었으며 이 주택은 그토록 수많은 전쟁과 원정을 주도했던 사람의 집치고는 몹시 호화스러웠고 지나치게 우아했다. 코르넬리아는 이 집을 7만 5천 드라크메에 샀고 오래지 않아 루키우스 루쿨루스가 2백5십만 드라크메에 구입했다고 한다. 그만큼 급격히 아낌없는 소비 행태가 고개를 들었고 로마에서의 삶이 그만큼 심하게 사치스러워졌다는 의미였다. 그러나 마리우스는 젊은이 못지않은 경쟁의식을 드러내며 노령과 질환을 벗어던지고는 매일 캄푸스 마르티우스로 내려가 젊은이들과 운동을 하면서 여전히 무기를 다룰 때 기민하며 말을 다루는 능력도 탁월하다는 사실을 보여주었다. 그러나 노년에 마리우스의 몸집은 탄탄하지 못했고 비대하고 무거웠다.

노력하는 마리우스의 모습에 만족하고 캄푸스로 내려가, 의욕적으로 경쟁에 참여하는 마리우스를 지켜보는 사람도 있었다. 그러나 대다수는 마리우스의 탐욕과 야망을 보고 몹시 안타까워했다. 가난을 탈피해 최고의 부를 얻었고 무명을 벗어나 최고의 지위까지 올랐음에도 여전히 운을 믿으려고 했고 존경을 받고 가진 것을 조용히 즐기는 데 만족하지 못했기 때문이다. 대신 마치 가진 게 아무것도 없는 사람처럼, 개선행진을 하고 명성을 얻고도 그 나이에 캅파도키아와 에욱세이노스 해로 나가 미트리다테스의 지방관 아르켈라오스와 네오프톨레모스와 담판을 짓고자 했기 때문이다. 그러자 마리우스는 아들에게 군사 훈련을 시키기 위해 직접 원정에 참여하고자 한다고 설명했는데 사람들은 이것을 몹시 우스꽝스러운 이유라고 생각했다.

XXXV.

이 와중에 나라가 오랫동안 은밀히 앓고 있었던 질병이 겉으로 드러나기 시작했고 마리우스는 술피키우스의 무모함에서 공화국을 무너뜨릴 가장 적절한 도구를 찾았다. 술피키우스는 모든 면에서 사투르니누스를 존경했고 모방했으나 사투르니누스의 정치적인 조처들만은 수동적이고 소극적이었다고 비난하는 사람이었다. 술피키우스 자신은 주저할 줄 모르는 사람이었고 기사 계급 6백 명을 호위병으로 두고 이들을 반反원로원이라고 이름 붙일 정도였다. 또한 무장한 병력을 이용해 회의를 집행하는 두 집정관을 공격했으며 한 집정관이 포룸에서 도망을 치자 그 아들을 붙잡아 살육했다.

그러나 다른 집정관 술라는 추격을 당하는 도중 마리우스의 집을 지나가게 되었고 마리우스의 집 안으로 들이닥치는 뜻밖의 행동을 했다. 추격자들은 마리우스의 집을 지나쳐갔으므로 술라를 놓쳤고 술라는 마리우스 자신이 다른 문을 통해 무사히 내보내 준 덕분에 서둘러 진영을 찾아갈 수 있었다고 한다.

그러나 술라는 회고록에서 말하기를 마리우스의 집으로 몸을 피한 것이 아니라, 칼을 빼 든 술피키우스 일행이 그를 에워싸고 마리우스의 집으로 몰고 갔기 때문에, 술피키우스가 강요하고 있던 조처에 대해 마리우스와 의논하기 위해 마리우스의 집으로 들어갔다고 했다. 그리고 거기서 결국 포룸으로 가서 술피키우스와 일행이 요구한 대로 모든 공무를 중단하게 하는 집정관 명령을 취소했다고 한다.

공무 정지 명령이 취소되고 모든 상황을 제 손아귀에 넣게 된 술피키우스는 민중으로 하여금 투표를 통해 마리우스를 지휘관에 임명하게 만들었다. 마리우스는 떠날 차비를 하면서 먼저 두 군사 호민관을 보내 술라의 군대를 넘겨받도록 했다. 그러나 술라는 3만 5천이 넘는 군단병 부하들로 하여금 이를 거부하게 하고 군대를 이끌고 로마를 향해 진격했다. 술라의 부하들은 마리우스가 보낸 두 호민관을 덮쳐 죽이기도 했다.

마리우스 또한 로마에 있던 술라의 여러 동료를 죽였고 술라의 노예들에게 자유를 줄 테니 제 편에 와서 싸우라고 권유했다고 한다. 그러나 넘어간 노예의 수는 셋에 지나지 않았고 마리우스는 로마로 진입하려는 술라의 군대에 맞서 제대로 저항해보지도 못하고 신속하게 쫓겨나 도주했다고 한다. 성을 나서자마자 동료들은 뿔뿔이 흩어졌고 마리우스는 자기 소유의 농장 솔로니움에 몸을 피했다. 그리고 아들을 시켜 멀지 않은 장인 무키우스의 저택에서 식량을 가져오게 하고 자신은 해안에 위치한 오스티아로 내려갔다. 친구 누메리우스가 이곳에 배를 마련해놓은 까닭이었다. 오스티아에 다다른 술라는 아들을 기다리지 않고 손자 그라니우스만을 데리고 배를 띄웠다.

아들 마리우스는 무키우스의 저택에 다다랐으나 물건을 챙기고 짐을 싸는 동안 날이 밝았으므로 적의 경계를 완전히 벗어나지는 못했다. 수상쩍게 여긴 기병 몇몇은 저택을 향해 다가오기 시작했다. 마침 무키우스 농장의 관리인은 기병을 보자마자 마리우스를 콩이 실린 수레에 숨겼다. 그리고 수레에 황소를 매어 성으로 향하면서 기병을 지나쳤다. 이 덕분에 아들 마리우스는 아내의 집으로 갈 수 있었고 거기서 원하는 것을 구한 다음, 밤을 틈타 해안으로 내려갔으며 아프리카로 향하는 배를 타고 바다를 건넜다.

XXXVI.

아버지 마리우스는 바다로 나간 뒤 순풍을 만나 이탈리아 해안을 따라 항해할 수 있었다. 그러나 테르라키나에 살고 있는 게미니우스라는 유력자가 두려웠던 마리우스는 선원들에게 테르라키나를 피해야 한다고 말해두었다. 선원들은 마리우스의 바람대로 하고 싶었지만 바람 방향이 바뀌어 해안을 향해 불기 시작했고 커다란 파도가 일었다. 배는 세찬 파도를 견딜 수 있을 것 같지가 않았다. 뿐만 아니라 마리우스가 멀미로 고생하고 있었으므로 일행은 키르케이이 근방의 해안가로 힘겹게 배를 이끌었다.

폭풍우가 심해졌고 식량이 떨어져 갔으므로 일행은 배에서 내려 방황했다. 뚜렷한 목적은 없었으나 극도의 난국에 처한 경우 대개 그렇듯 현재의 괴로운 상황을 벗어나려고 끊임없이 애를 썼고 불확실한 미래에 희망을 걸었다. 일행에게 육지는 적이었고 바다도 적이었다. 일행은 사람을 만날까 두려웠고 사람을 만나지 못할까 두려웠다. 식량이 떨어진 참이었기 때문이다. 그러나 오후 늦게 가축을 치는 몇 명을 만날 수 있었다. 사내들은 가진 것은 없었으나 마리우스를 알아보았고 수많은 기병이 찾아다니고 있으니 빨리 피하라고 했다. 마리우스는 혼비백산했고 설상가상으로 일행은 굶주림에 정신을 잃어가고 있었다. 마리우스 일행은 잠시 길을 벗어나 깊은 숲으로 들어갔고 거기서 깊은 괴로움 속에 밤을 보냈다.

날이 밝자 마리우스는 어쩔 수 없이, 그리고 힘이 완전히 소진되기 전에 쓸모 있게 소비하고자 해안을 방황했다. 일행을 격려하던 마리우스는 아주 오래된 예언에 따라 아껴두고 있는 마지막 소망이 남아 있으니 투쟁을 포기하지 말자고 말했다. 마리우스 로마 성밖에 살던 매우 어린 시절 떨어지는 독수리의 둥지를 외투로 받아낸 적이 있었다. 이 둥지에는 새끼 일곱 마리가 있었다. 그 광경을 본 마리우스의 부모는 감탄하며 예언자들에게 의미를 물었다. 예언자들은 마리우스가 누구보다 빛나는 인물이 될 것이며 최고 지휘권과 권력이 일곱 차례 주어질 운명이라고 말했다.

마리우스에게 실제로 이런 일이 있었다고 주장하는 사람들도 있고 순전히 꾸며진 이야기라고 말하는 사람들도 있다. 당시에 그리고 남은 도주 기간 동안 마리우스로부터 이야기를 들은 여러 사람이 이야기를 믿고 기록했다는 것이다. 한편 꾸며진 이야기라고 주장하는 사람들은 독수리가 한 번에 알을 두 개 이상 낳지 않는다고 말한다. 또한 "독수리는 알을 셋 낳고 그중 둘을 부화시키지만 하나에게만 먹이를 준다"는 무사이오스의 말도 틀렸다고 주장한다.

그러나 마리우스가 도주하는 동안 극한의 어려움 속에서 종종 일곱 번째로 집정관이 되겠다고 말을 했다는 사실은 대체로 인정된다.

XXXVII.

한편 이탈리아의 한 도시 민투르나이에서 20스타디온쯤 떨어져 방황하던 마리우스 일행은 멀리서 다가오는 기병대를 보았다. 때마침 바다에서는 상선 두 척이 지나가고 있었다. 그리하여 일행은 젖 먹던 힘까지 내서 급히 바다로 뛰어갔고 물에 몸을 던져 배로 헤엄치기 시작했다. 그라니우스와 일행은 두 상선 중 한 척에 가닿았고 바다 건너편에 있는 아이나리아 섬으로 갈 수 있었다. 그러나 비대하고 무거웠던 마리우스의 경우 물에 잠기지 않도록 두 노예가 용을 쓰며 가까스로 나머지 상선에 태웠다. 어느새 기병대는 근처까지 와서 선원들에게 외쳤다. 해안에 배를 댈 게 아니면 마리우스를 배 밖으로 던지고 원하는 어디로든 가라고 한 것이다. 그러나 마리우스가 눈물을 글썽이며 간청했으므로 배의 우두머리들은 오락가락하다가 결국 마리우스를 넘기지 않겠다고 기병대에 대답했다.

기병대는 분노하며 돌아갔고 선원들은 다시 한 번 계획을 바꾸어 해안을 향해 가기 시작했다. 그리고 리리스 강 어귀, 강이 넓어져 호수가 되는 위치에 닻을 내린 뒤 마리우스에게 일단 먹을 것을 가지고 배에서 내려 항해하기 좋은 바람이 불 때까지 지친 몸을 쉬고 힘을 모으는 게 좋겠다고 말했다. 대개 바다에서 불어오는 바람이 죽고 습지에서 꽤 강한 바람이 불 때 항해하기가 수월하다는 설명이었다. 마리우스는 조언을 받아들이기로 했고 선원들은 마리우스를 해변으로 데려다 주었다. 마리우스는 앞일은 까맣게 모른 채 잔디 위에 드러누웠다.

그러자 선원들은 신속히 배에 올랐고 닻을 올렸으며 도주했다. 마리우스를 기병대에 넘겨주자니 비겁한 것 같았고 도와주자니 저들의 안전이 걱정되었기 때문이다. 완전히 홀로 남은 마리우스는 한동안 해변에서 넋을 잃고 앉아 있었다. 그러다 마침내 정신을 차리고 걸어보려고 했지만 어떤 길도 나 있지 않아 느리고 힘겨울 수밖에 없었다. 마리우스는 깊은 늪과 진흙탕을 가로질러 마침내 고기잡이로 먹고사는 어느 노인의 오두막에 이르렀다. 마리우스는 이 노인의 발치에 엎드려 목숨을 살려달라고 애원했다. 그리고 이번 위험에서만 벗어난다면 상상조차 불가능한 보답을 해주겠다고 했다. 노인은 마리우스의 얼굴을 오래전에 본 적이 있었기 때문인지, 아니면 얼굴에서 비범함을 느꼈기 때문인지는 몰라도 쉬고 싶다면 오두막에 있어도 좋지만, 추격자를 피해 방황하는 중이라면 더 조용한 곳에 은신할 수 있게 해주겠다고 말했다. 마리우스는 은신할 수 있게 해달라고 간청했고 노인은 늪으로 데리고 가더니 물가의 구덩이에 웅크려 앉게 했다. 그런 다음 그 위로 갈대를 비롯한 풀더미를 덮었는데 이 풀 더미는 가벼워서 해를 입히지 않고도 마리우스를 가려주었다.

XXXVIII.

그러나 시간이 얼마 흐르기도 전에 오두막에서 나는 시끄럽고 어수선한 소리가 마리우스의 귀에 들어왔다. 게미니우스가 마리우스를 붙잡기 위해 테르라키나에서 사람을 보냈는데 그 무리가 마침 노인의 오두막을 찾아왔고 로마의 적을 받아주고 숨겨주었다고 노인을 겁주고 몹시 꾸짖은 것이다. 그래서 마리우스는 은신처에서 나와 옷을 벗어던지고 늪의

질퍽하고 탁한 물속으로 몸을 던졌다. 그러나 마리우스를 찾아 나선 무리를 벗어날 수는 없었고 그들은 진흙투성이가 된 마리우스를 끌어내 벌거벗은 그대로 민투르나이로 데려갔으며 이곳의 관리들에게 마리우스를 넘겼다. 로마는 모든 도시의 관리들에게 마리우스를 추격해 죽이라는 지시를 내려놓고 있었다. 그럼에도 민투르나이의 관리들은 먼저 이 문제에 대해 논의를 갖기로 결정했다. 그래서 일단 마리우스를 여인 판니아의 집에 안전하게 가두어 두었다. 판니아는 과거의 일로 마리우스에게 원한이 있다고 여겨진 여인이었다.

판니아는 한때 티틴니우스와 결혼을 했으나 이후 별거를 하며 결혼 지참금의 반환을 요구했는데 이 지참금의 액수가 상당했다. 그러나 티틴니우스는 판니아를 간통죄로 몰았다. 당시 여섯 번째 집정관 임기를 수행 중이었던 마리우스는 관련 재판을 주재했다. 사건을 듣고 보니 판니아는 방종한 여인이었고 티틴니우스는 이 사실을 알고도 판니아를 아내로 맞아 오래 살았던 것으로 밝혀졌다. 두 사람 모두를 역겹다고 생각한 마리우스는 남편에게 아내의 지참금을 돌려주라고 선고했으며 판니아에게는 수치의 낙인으로 동전 네 개를 벌금으로 매겼다.

그러나 마리우스가 붙잡혔을 당시 판니아는 억울한 일을 당한 여인처럼 행동하지 않았으며 마리우스를 보자마자 모든 원망을 제쳐놓았고 온 정성을 다해 그를 돌보며 격려했다. 마리우스는 이런 판니아를 칭찬했고 자신은 용기를 버리지 않았다고 말했다. 매우 상서로운 징조가 나타났기 때문이다. 그 징조란 이러했다.

마리우스가 남의 손에 이끌려 판니아의 집으로 왔을 때 문이 활짝 열렸고 나귀가 뛰어나왔다. 지척에 흐르는 샘에서 물을 마시기 위함이었다. 나귀는 마리우스를 건방지고 의기양양한 얼굴로 바라보면서 그의 앞에서 섰다가 시원하게 울음을 내뱉고는 씩씩하고 경쾌하게 곁을 지나갔다. 마리우스는 이를 징조로 여기고 신이 육지보다는 바다로 탈출하라는 계시를 내리고 있다고 해석했다. 나귀가 마른 여물을 놔두고 물을 마시러 갔기 때문이다.

판니아에게 설명을 마친 뒤 마리우스는 방문을 닫아달라고 지시하고 홀로 누워 휴식을 취했다.

XXXIX.

그러나 숙고를 거친 뒤 민투르나이의 여러 관리와 의회는 지체하지 말고 마리우스를 처형하기로 합의했다. 그러나 어느 시민도 이 임무를 맡으려고 하지 않았으므로 이야기에 따르면 갈리아, 혹은 킴브리 족 기병이 칼을 들고 마리우스가 있는 방으로 들어갔다. 마리우스가 누운 곳은 방 안에서도 빛이 잘 들지 않아 어두운 곳이었다. 그런데도 기병이 보기에는 마리우스의 눈에서 불길이 쏘아져 나오는 것 같았다. 이어서 어둠 속에서 우렁찬 목소리가 울려 퍼졌다.

"감히 가이우스 마리우스를 죽이러 왔느냐?"

그 즉시 이 외국인 기병은 방에서 뛰쳐나갔으며 이 한마디와 함께 칼을 던지고 대문을 나섰다.

"가이우스 마리우스를 죽일 수는 없습니다."

민투르나이에 자연히 불안이 널리 퍼졌고 이어서 동정심이 찾아왔으며 시민은 심경의 변화를 겪었다. 한때 이탈리아를 구원했던 사람을 도와주지는 못할망정 그를 상대로 불법적이고 배은망덕한 결정을 내린 스스로를 원망하기 시작한 것이다.

"그러니 그를 풀어주고 원하는 어디로든 떠나게 합시다. 그리고 주어진 운명을 이곳이 아닌 다른 곳에서 맞이하게 합시다. 궁핍한 마리우스를 누더기 차림으로 내쫓았다고 신들께서 우리에게 화를 내지 않으시기만을 기도합시다."

이런 결론에 다다른 민투르나이 사람들은 한꺼번에 마리우스의 방으로 쏟아져 들어가 마리우스를 에워쌌으며 해안으로 데리고 갔다. 너도나도 마리우스를 도우려 했고 모두 서둘렀지만 그럼에도 생각보다 많은 시간이 흘렀다. 바다로 향하는 앞길에 놓인 신성한 마리카 숲 때문이었다. 이 숲에 가지고 들어간 것은 가지고 나와서는 안 되게 되어 있었다. 그렇다고 이 숲을 돌아가자니 너무 많은 시간을 버릴 것 같았다. 그러나 마침내 연로한 시민이 마리우스의 안전을 위해서라면 어떤 길도 막아설 리 없다고 외치며 솔선수범해 배에 실을 물건을 일부 챙겨서 이 신성한 장소를 지나갔다.

XL.

이러한 열의 덕분에 만반의 준비가 신속히 끝났고 벨라이우스라는 자는 마리우스가 탈 배를 제공했다. 벨라이우스는 이후 이 광경을 그린 그림을 주문해서 제작했으며 마리우스가 배를 타고 바다로 나간 위치에 있는 신전에 봉헌했다. 순풍을 만난 마리우스는 운 좋게 그라니우스를 포함한 나머지 동료들이 있는 아이나리아 섬에 다다랐고 일행은 아프리카로 출발했다. 그러나 도중에 마실 물이 떨어졌고 시켈리아의 에뤽스에 배를 대지 않을 수 없었다.

그런데 마침 이 지역을 로마 법무관이 감시하고 있었고 마리우스는 배에서 내리다가 가까스로 체포를 면했다. 그러나 물을 구하러 해변으로 간 마리우스의 부하 열여섯은 죽임을 당했다. 마리우스는 전속력으로 바다로 나가 메닝스 섬으로 건너갔다. 거기서 그는 아들이 케테구스와 함께 무사히 도망쳤으며 누미디아 왕 이암프사스에게 도움을 구하러 가고 있다는 소식을 들었다. 이 소식에 조금은 기운을 얻은 마리우스는 용기를 내 메닝스에서 카르타고 근방으로 이동했다.

당시 아프리카의 속주 총독은 섹스틸리우스로 마리우스의 도움을 받은 적도 그에게 불의를 당한 적도 없었으며 마리우스 일행은 섹스틸리우스가 불쌍히 여겨 도움을 주리라고 예상했다. 그러나 마리우스가 일행 소수와 아프리카에 발을 디디자마자 한 관리가 나타나 마리우스를 막아서더니 말했다.

"총독 섹스틸리우스는 마리우스의 아프리카 상륙을 금지합니다. 복종하지 않는다면 총독은 원로원의 명령을 받들어 마리우스를 로마의 적으로 대우할 것을 선언합니다."

이 말을 들은 마리우스는 슬픔과 분노에 말을 이을 수가 없었고 한동안 침묵을 지키며 관리를 무서운 눈으로 바라보았다. 관리가 마리우스에게 할 말이 있느냐고 묻자 마리우스는 말했다.

"도망자 가이우스 마리우스가 카르타고의 폐허에 앉아 있는 모습을 보았다고 전하라."

마리우스가 제 운명의 역전을 카르타고의 운명과 비교한 것은 부적절하지 않았다.

한편 어느 길을 택해야 할지 망설이고 있었던 누미디아 왕 이암프사스는 아들 마리우스와 일행을 예우해 주었으나 일행이 떠난다고 할 때마다 핑계를 대고 붙잡아두었다. 이런 왕의 행동이 선의에서 나온 것이 아님은 분명했다. 그때, 아주 놀랍지는 않지만 일행의 탈출을 가능하게 만든 일이 일어났다. 아들 마리우스의 잘생긴 외모를 본 왕의 한 후궁은 마리우스가 제대로 대접을 받지 못하는 모습을 보고 안타까워했고 이 연민의 정은 애정으로 무르익었다. 마리우스는 처음에는 이 여인의 접근

• 카르타고의 폐허에 앉아 있는 마리우스의 모습을 그린 삽화.
•• 존 벤덜린(John Vanderlyn)이 그린 『카르타고의 폐허에 있는 마리우스』.
••• 『카르타고의 폐허에 있는 마리우스』. 파리, 뤽상부르크 공원.

을 거부했으나 머지않아 일행과 탈출할 방법이 한 가지밖에 없다는 사실을 깨달았고 여인의 행동이 순순한 애정에서 나온 것임을 알고 후궁의 사랑을 받아주었다. 그러자 후궁은 탈출을 도왔고 아들 마리우스는 일행과 함께 무사히 아버지에게 갈 수 있었다.

부자는 포옹을 나누고 함께 해변을 걷다가 전갈 두 마리가 싸우는 장면을 목격했다. 아버지 마리우스는 이를 불길한 징조로 여겼으므로 그 즉시 낚싯배를 타고 본토에서 멀지 않은 케르키나 섬으로 향했다. 그리고 부자가 바다로 나간 직후, 왕이 보낸 기병대가 두 사람이 떠나온 지점을 향해 달려가는 모습이 보였다. 마리우스가 이처럼 큰 위험을 벗어난 적은 일찍이 없었다.

XLI.

이 무렵 로마에서 날아온 소식에 따르면 술라가 보이오티아에서 미트리다테스의 부하 장군들과 싸우고 있는 가운데 두 집정관은 서로 다투며 결국 무기를 집어 들었다. 전투가 벌어졌고 여기서 승리한 옥타비우스는 제멋대로 통치하려 했던 킨나를 추방했으며 그 자리에 코르넬리우스 메룰라를 새로운 집정관으로 앉혔다. 그러자 킨나는 이탈리아에 흩어져 있던 병력을 모았고 옥타비우스와 동료 집정관을 상대로 새로운 전쟁을 벌였다.

마리우스는 이 소식을 듣자마자 이탈리아 땅을 향해 전속력으로 항해하기로 마음먹었다. 그리하여 마우루시오이 족 기병과 아프리카까지 흘러들어온 이탈리아 병사들을 데리고 아프리카에서 출발했다. 병력은 합쳐도 천이 넘지 않았다. 튀르레니아 지방 텔라몬에 상륙한 마리우스는 노예들에게 자유를 주었고 마리우스의 명성에 이끌려 해안으로 몰려온 근방의 여러 자유민 농부와 유목민 또한 부하로 삼았다. 며칠 안으로 마리우스는 대규모 병력을 꾸리고 함선 40척에 선원을 배치할 수 있었던 것이다.

한편 마리우스는 옥타비우스가 정의로운 통치를 추구하는 훌륭한 인물인 반면, 술라의 신뢰를 받지 못한 킨나가 확립된 법질서를 무너뜨리려고 한다는 사실을 알고 있었다. 따라서 병력을 이끌고 킨나와 합류하기로 결심했다. 그리고 킨나에게 사람을 보내 집정관으로 인정하겠으며 어떤 명령에도 복종하겠다고 제안했다. 제안을 받아들인 킨나는 마리우스를 총독으로 임명하고 그가 총독임을 보여주는 파스케스를 비롯한 여러 가지 표장을 보냈다. 그러나 마리우스는 그러한 장식이 제 처지에 어울리지 않는다고 말하고는 누추한 차림으로, 도주를 시작한 이후 자르지 않은 머리 그대로 어슬렁어슬렁 집정관을 만나러 왔다. 이미 일흔을 넘긴 마리우스는 연민을 불러일으키고자 했다. 그러나 자비를 갈구하는 마리우스의 얼굴에는 꾸미지 않은, 그러나 그 어느 때보다 무시무시한 표정이 어려 있었고 어두운 낯빛 사이로, 운명의 역전에 의해 꺾이기보다 더욱 포악해진 그의 성질이 번득이곤 했다.

XLII.

킨나와 인사를 나누고 킨나의 부하 병사들에게 자신을 소개한 마리우스는 즉시 일에 착수했고 당시 정세에 큰 변화를 가져왔다. 먼저 함대로 적의 곡물을 실은 배를 포위하고 상선을 약탈함으로써 로마로 가는 물자를 통제할 수 있었다. 그다음 해안가 도시들을 차지했고 오스티아 역시 도시 내부의 반역자 덕분에 넘겨받을 수 있었다. 마리우스는 오스티아의 재물을 약탈하고 주민 대부분을 죽인 다음, 강에 다리를 놓음으로써 적이 바다로부터 얻어야 하는 모든 물자를 차단했다. 이어서 군대를 이끌고 로마를 향해 진격한 마리우스는 야니쿨룸 언덕을 차지했다.

한편 옥타비우스는 능력이 모자라서가 아니라 법에 대한 지나친 집착 때문에 시급한 요구들을 등한시한 까닭에 스스로를 불리한 상황에 처하게 하였다. 여러 사람들이 해방을 조건으로 노예들에게 무기를 주어야 한다고 주장했으나 옥타비우스는 법에 따라 마리우스를 나라에서 몰아내려고 하는 와중에 노예를 나라의 일원으로 만들 수는 없다고 주장했다. 뿐만 아니라 아프리카에서 군대를 지휘했으며 마리우스의 계략으로 추방되었던 메텔루스의 아들 메텔루스가 로마로 왔을 당시 그가 옥타비우스보다 훨씬 더 훌륭한 지휘관이라고 생각했던 병사들은 옥타비우스를 버리고 메텔루스에게 갔으며 그에게 지휘를 맡아 로마를 구원해달라고 애원했다. 그러나 메텔루스는 격분하며 병사들에게 집정관에게 돌아갈 것을 명령했고 결국 병사들은 적의 편으로 넘어갔다. 메텔루스 또한 로마가 무사할 수 없다고 생각하고 로마를 떠나버렸다.

그러나 옥타비우스는 로마에 남았다. 일부 칼다이아 사람, 희생 의식의 집행자들, 시빌레의 서의 해석을 맡은 자들이 옥타비우스에게 다 잘 풀릴 것이라는 확신을 주었기 때문이다. 옥타비우스는 여러 가지 면에서 로마에서 가장 분별 있는 사람이었으며 스스로 불변하는 질서라고 여긴 나라의 관습과 법에 따라 집정관의 권위를 부적절한 영향력에서 분리하고자 누구보다 애쓴 사람이었다. 그런데 이런 그에게도 약점이 있었으니 정치가와 군인보다는 협잡꾼과 예언자들과 더 많은 시간을 보낸 것이다. 마리우스는 입성하기에 앞서 사내들을 보내 이런 옥타비우스를 연단에서 끌어내리게 했으며 학살했다. 죽임을 당한 옥타비우스의 품에서는 칼다이아 도표가 나왔다고 한다. 누구보다 뛰어났던 두 지휘관이었으나 마리우스는 예언의 덕을 보고 옥타비우스는 예언으로 인해 파멸했다는 사실은 기묘하다.

XLIII.

사태가 이러하자 원로원은 회의를 소집하고 킨나와 마리우스에게 대표단을 보냈다. 입성한 뒤 로마 시민을 살려달라고 간청하기 위함이었다. 그리하여 킨나는 집정관으로서 관직을 상징하는 의자에 앉아 대표단을 맞이했고 친절한 답변을 주었다. 그러나 마리우스는 한마디도 없이 집정관 곁에 서서 무거운 표정과 어두운 낯빛만으로 성안에서 대학살을 벌일 의도를 분명히 했다. 회담이 끝난 뒤 킨나와 마리우스는 로마로 향했다. 킨나는 호위병을 대동하고 입성했으나 마리우스는 성문에서 멈추어 서서는 화를 내며 마음에 없는 말을 했다.

"나는 법을 준수하는 사람이고 로마는 자유민의 나라이니 법에 따라 나라에서 추방을 당한 나를 성안으로 부르고 싶다면 나의 추방을 결정지었던 투표 결과가 또 다른 투표를 통해 취소되어야 할 것입니다."

이리하여 포룸에 민회가 소집되었는데 서너 부족이 투표를 마치자 마리우스는 가장을 벗어던지고 추방을 당했느니 어쩌느니 하는 잡스러운 소리도 그만두고 성안으로 들어갔다. 호위를 맡은 무리는 마리우스의 표장을 보고 몰려든 노예들 중에서 선택된 자들이었는데 마리우스는 이 무리를 바르뒤아이이라고 불렀다. 무리는 마리우스의 명령에 따라 여러 시민을 죽였고 심지어 그가 고개만 끄덕여도 죽였다. 원로원 의원과 법무관을 지낸 적이 있었던 안카리우스에게 마리우스가 아무런 인사도 하지 않자 주인의 눈앞에서 안카리우스를 죽이기도 했다. 이 이후 누군가가 마리우스에게 인사를 건넸을 때 마리우스가 아무런 대답을 하지 않으면 그 자체가 길바닥에서 죽여도 된다는 신호로 여겨졌다. 이리하여 마리우스 친구들조차 마리우스에게 다가가 인사를 건넬 때면 하나같이 불안과 공포로 가득 찼다.

수많은 사람이 죽고 킨나의 살인 욕구는 어느새 충족되었으나 마리우스의 분노는 날이 갈수록 상승했고 피를 갈구했다. 그리하여 마리우스는 조그만 의심이라도 가면 계속해서 죽여 나갔다. 어느 도시 어느 거리에서든 도망치거나 숨으려는 자를 추격하고 사냥하는 자로 가득 찼다. 뿐만 아니라 사람들이 인정과 우정에 가졌던 신뢰는 운명의 타격 앞에서 어떤 안전도 보장해주지 못했다. 자신에게 도망 온 사람을 살인자들에게 넘겨주지 않는 경우는 아주 드물었던 것이다. 따라서 코르누투스의 노예들이 보여준 행동은 칭송과 존경을 받아 마땅하다. 노예들은 주인을 집 안에 숨긴 다음 주변에 널려 있던 시신을 가져와 매달았다. 그리고 이 시신에 금반지를 끼운 다음 마리우스의 호위대에게 보여주었다. 그런 다음 마치 주인의 시신인 양 잘 꾸며 장례를 치러 주었다. 아무도 속임수를 눈치채지 못했고 코르누투스의 노예들은 남의 눈을 피해 코르누투스를 갈리아로 데리고 갈 수 있었다.

XLIV.

연설가 마르쿠스 안토니우스도 의리 있는 친구를 만났으나 그 덕은 보지 못했다. 가난한 평민이었던 이 친구는 로마의 주요 시민을 제 집으로 받아들이게 되자 가능한 극진히 대접하고 싶었다. 따라서 노예를 인근 술집으로 보내 포도주를 구해오게 했다. 노예가 평소보다 더 정성스럽게 포도주를 맛보았고 예전보다 질 좋은 포도주를 고르자 술집 주인은 평소처럼 갓 만든 평범한 술을 고르지 않고 고급스러우며 값비싼 술을 원하는 이유를 물었다. 그러자 아무것도 몰랐던 순진한 노예는 주인님이 집에 숨어 있는 마르쿠스 안토니우스에게 식사를 대접하려고 한다고 말했다.

노예가 집으로 가자마자 불경하고 사악한 술집 주인은 직접 마리우스를 찾아 나섰고 이미 저녁 식사를 시작한 마리우스에게 마르쿠스 안토니우스가 숨어 있는 곳을 알려주겠다고 했다. 마리우스는 소식을 듣자마자 기쁜 마음에 두 손을 맞잡았다. 자리에서 튀어 오르듯 일어나 직접 마르쿠스 안토니우스를 찾아갈 기세였으나 동료들이 그를 말렸다. 그래서 결국 안니우스에게 병사 소수를 딸려 보냈고 신속하게 안토니우스의 머리를 가지고 오라고 지시했다. 안토니우스가 머물고 있는 집 앞에 도착한 안니우스는 병사들을 안토니우스가 있는 방으로 올려보냈다. 그러나 병사들은 안토니우스를 보고 하나같이 옆 사람에게 그를 처치하라고 미루었다. 안토니우스의 말에는 설명을 초월하는 기품과 매력이 있었으므로 그가 목숨을 살려달라고 애원하기 시작하자 누구도 그에게 손을 댈 배짱이 없었고 심지어 얼굴을 똑바로 바라볼 수도 없어 하나같이 고개를 숙이고 눈물을 흘렸다. 병사들이 지체하자 직접 위로 올라간 안니우스는 안토니우스가 목숨을 살려달라고 간청하고 있는 가운데 병사들이 안토니우스의 말에 매료되어 수치심을 느끼고 있는 광경을 보았다. 결국 안니우스는 부하들을 욕하며 안토니우스에게 달려들어 제 손으로 그의 머리를 베었다.

한편 마리우스와 함께 집정관에 올랐고 킴브리 족을 누른 뒤 마리우스와 함께 개선 행진을 했던 카툴루스 루타티우스의 동료들은 카툴루스를 대신해서 제발 살려달라고 애원했다. 그러나 마리우스의 대답은 한결같았다.

"카툴루스는 죽어야 합니다."

그러자 카툴루스는 방에 스스로를 가두고 목탄을 잔뜩 피웠고 결국 질식해 죽었다.

목 없는 시체가 거리에 버려지고 발에 밟히는 와중에 누구도 죽은 이들 가엾이 여기지 않았다. 다만 그 광경에 진저리를 치며 두려워했을 뿐이다. 그러나 로마 시민을 가장 괴롭게 만든 것은 바르뒤아이이의 통제할 수 없는 방종이었다. 한 집안에서 가장을 살육하고 자녀들을 폭행하고 아내를 범하곤 했던 이들의 강탈과 살인 행위는 걷잡을 수가 없었다. 결국, 킨나와 세르토리우스는 의논 끝에 진영에서 수면을 취하는 바르뒤아이이를 덮쳤고 투창을 이용해 한 사람도 빠짐없이 꿰뚫었다.

XLV.

한편 마치 새로운 바람이 불 듯 온 사방에서 전령이 도착하여 술라가 미트리다테스와의 전쟁을 끝냈으며 속주를 되찾았고 대규모 병력을 이끌고 고향을 향해 항해하고 있다는 소식을 전했다. 이 소식은 나라 안에서 벌어지고 있었던 입에 담을 수 있는 악행을 잠시 진정시키고 중단하게 만드는 효과가 있었다. 전쟁이 코앞에 닥쳤다고 생각했기 때문이다.

이리하여 마리우스는 일곱 번째 집정관에 당선되었고 새해 첫날 임기를 시작한 마리우스는 섹스투스 루키누스라는 자를 타르페이아 바위에서 내던지도록 지시했다. 이것은 마리우스의 지지자들과 로마 시민에게 다시금 닥쳐온 불행을 예고한 무엇보다 의미 깊은 전조였다고 여겨진다.

그러나 마리우스 자신은 온갖 고생에 지쳐 있었고 마치 홍수처럼 밀려오는 불안에 빠져 있었기 때문에 진이 빠져 더 이상 기운을 차릴 수가 없었다. 새로운 전쟁과 또 다른 다툼, 겪어봐서 더 잘 아는 공포, 극심한 피로는 생각만 해도 마리우스를 압도하고 그의 정신을 뒤흔들었다. 게다가 위험을 감수하고 전쟁을 벌여야 하는 상대는 잡다한 군중이나 난동을 부리는 오합지졸을 거느린 옥타비우스나 메룰라가 아니었다. 한때 마리우스를 나라에서 몰아냈으며 미트리다테스를 에욱세이노스 해 저편에 막 가두어놓은 저 유명한 술라가 다가오고 있었다. 이런 생각에 몹시 괴로워하며 마리우스는 그동안 육지와 바다에서 쫓기며 겪었던 긴 방황, 도주, 위험한 순간들을 되짚어 보았고 지독한 좌절에 빠졌다. 밤마다 공포에 휩싸였으며 고통스러운 꿈을 꾸었다. 꿈에서는 이런 말이 자꾸만 반복되는 듯했다.

"암, 사자의 굴은 비어 있어도 끔찍한 법이지."

무엇보다도 잠을 이룰 수 없는 밤이 두려웠던 마리우스는 술잔치를 벌였고 적절하지 못한 시간에 술에 취했으며 나이를 생각하지 않고 불안에서 벗어나는 방편으로 술을 마셨다. 그리고 마침내 해안에서 소식이 도착하자 마리우스는 앞일이 두렵기도 했고 현재의 일만으로도 더할 나위 없이 지쳐 있었기 때문에 새로운 공포에 사로잡혔다. 이런 상태에서 마리우스는 아주 사소한 자극에도 늑막염에 걸려 버린 것이다. 이것은 철학자 포세이도니오스의 주장으로 포세이도니오스는 마리우스가 병에 걸린 뒤 마리우스와 함께 사절을 파견하는 문제에 대해 대화를 나누었다고 말한다.

그러나 가이우스 피소라는 역사가에 따르면 마리우스는 저녁을 먹고 친구들과 산책을 하다가 자기 생애에 대해 이야기하기 시작했다고 한다. 그는 아주 어렸던 시절부터 이야기를 시작해서 행운이 불운으로 바뀌거나 불운이 행운으로 역전되는 일이 잦았던 제 생애를 회고하며 분별 있는 사람으로서 더 이상 운명에 자신을 내맡길 수 없다고 말했다. 그리고 친구들에게 작별을 고한 뒤 이레간 침상에서 일어나지 않았으며 결국 죽었다고 한다.

마리우스가 병을 앓는 와중에 기이한 망상을 겪으면서 자신의 야심을 숨김없이 드러냈다고 말하는 사람도 있다. 망상 속에서 그는 미트리다테스 전쟁을 지휘하고 있었는데 실제 전쟁에서 취하던 온갖 태도와 몸짓에 탐닉했고 날카로운 고함을 지르는가 하면 공격 명령을 내렸다는 것이다. 마리우스의 시기심과 권력욕은 미트리다테스 전쟁을 향한 그토록 뜨겁고 꺼지지 않는 열정을 낳은 것이다. 따라서 일흔 살이 될 때까지 살았고 최초로 일곱 번 집정관에 올랐으며 여러 왕국을 동시에 만족시킬 주택과 재물을 소유했음에도 마리우스는 욕망을 다 채우고 완성하기 전에 죽어야 하는 제 운명을 한탄했다.

XLVI.

그러나 플라톤은 죽기 직전에 자신의 수호 정령과 운명의 여신을 칭송했는데, 첫째 비이성적인 짐승이 아닌 인간으로 태어났기 때문이며, 둘째 외국인이 아닌 헬라스 인으로 태어났기 때문이며, 셋째 소크라테스와 동시대를 살았기 때문이었다. 또한, 타르소스의 안티파트로스 역시 죽음을 앞두고 살아서 겪은 축복을 짚어보면서 고향에서 아테나이로 이어졌던 풍요로운 여정을 언급했다. 너그러운 운명의 여신의 모든 선물에 크게 감사해야 한다고 생각한 안티파트로스는 운명의 선물을 마지막까지, 인간이 제가 받은 은총을 가장 안전하게 저장할 수 있는 기억 속에 보관해 둔 것이다.

반면 생각이 없고 고민하지 않는 사람은 자신에게 벌어지는 모든 일들이 시간이 갈수록 사라지게 내버려둔다. 어떤 것도 쥐고 있거나 보관하고 있지 않기 때문에 축복을 받은 기억은 없고 희망으로만 가득하며 현재를 무시하고 앞일만을 본다. 그러나 미래는 운명의 여신이 앗아갈 수 있는 반면, 현재는 그럴 수 없다. 그럼에도 이런 사람들은 운명이 준 현재의 선물을 마치 자신과 상관없는 듯 제쳐놓고 미래와 미래의 불확실성을 꿈꾼다. 이것은 당연한 일이다. 이성과 교육을 통해 어떤 토대나 기초를 쌓기 이전에 물질적 축복을 축적하기 때문에 영혼의 채워지지 않는 욕구를 만족시킬 수 없는 것이다.

아무튼, 마리우스는 이렇게 일곱 번째 집정관직을 수행하기 시작한 지 17일 만에 죽음을 맞았다. 그 즉시 로마에는 무시무시한 폭군이 사라졌다는 사실에서 오는 엄청난 기쁨과 확신에 찬 희망이 퍼져나갔다. 그러나 며칠 후 시민은 구관을 대신해 더 원기 왕성한 새로운 주인이 생겼음을 깨달았다. 아들 마리우스가 몹시 지독하고 잔혹하게 굴며 로마의 가장 존경받는 여러 최고 시민을 죽인 것이다. 그는 적과 싸울 때 대담하고 위험을 꺼리지 않는다고 알려졌으므로 마르스의 아들이라는 이름을 얻었지만, 곧 본모습을 드러냈고 결국 베누스의 아들로 불렸다. 그러다 술라에게 쫓겨 팔레스트리나에 갇혔으며 제 목숨을 구하려고 여러 차례 헛된 시도를 했으나 결국 도시가 사로잡히고 빠져나갈 수 없게 되자 스스로 목숨을 끊었다.

아기스

아기스

I.

일부 작가는 익시온에 관한 설화를 명성을 사랑하는 자에게 적용할 수 있다고 말하는 데 근거가 없는 소리는 아니다. 익시온은 헤라가 아닌 헤라를 닮은 구름을 품었고 그 결과 켄타우로스가 생겨났다. 명성을 사랑하는 사람은 덕의 그림자에 지나지 않는 명성과 어울림으로써 참되고 혈통이 순수한 존재가 아닌 기괴한 서출의 존재만을 낳고 욕구와 열정을 채우려는 시도를 되풀이하며 이리 휩쓸렸다 저리 휩쓸렸다 한다.

• 들로네(Delaunay)의 『지옥으로 던져진 익시온』. 익시온이 아내 헤라를 탐하자 제우스는 익시온에게 헤라를 닮은 구름을 보냈고 익시온과 이 구름 사이에서 켄타우로스가 생겨났다. 이 죄로 익시온은 영영 멈추지 않는, 불타는 바퀴에 묶였다.

•• 란제티(Langetti)의 『고문을 당하는 익시온』.

소포클레스의 작품 속 목자는 가축에 대해 이렇게 말한다.

"우리는 이 녀석들의 주인이자 노예. 말 못하는 짐승이지만 귀 기울여야 하지."

•인간의 상반신, 말의 하반신을 가진 켄타우로스를 새긴 물병. 기원전 540-530년경.

군중의 욕구와 충동에 따라 행동하는 정치가가 이렇다. 민중 지도자, 통치자로 불리고자 시종이자 노예를 자청한다. 배의 망대에 올라 주위를 살피는 사람이 선장보다 먼저 앞길을 볼 수 있지만 선장의 명령을 기다리고 지시받은 대로 행동하는 것처럼, 명성에 집착하는 정치가는 통치자의 이름을 갖고 있지만 군중의 하인이다.

II.

명성에 따르는 민중의 신뢰가 업적의 달성을 수월하게 하는 경우를 제외하면 완전하고 완벽한 덕을 가진 사람은 명성이 조금도 필요하지 않다. 그러나 젊고 명예를 사랑하는 사람은 고귀한 행위를 통해 명성을 얻은 경우에 한해서 명성을 뽐내고 기쁘게 여겨도 좋다. 젊음 안에서 막 발생하고 싹트기 시작한 여러 미덕은 테오프라스토스가 말한 대로 타인의 칭송을 받아 올바르게 성장하며 자부심의 격려를 받아 완성되기 때문이다.

그러나 어디서든 지나침은 해가 되는 법이고 정치적 야망을 품은 사람에게는 치명적이다. 명예로운 행위가 명성을 가져다준다고 생각하는 대신 명성을 가져다주는 행위를 좋은 행위라고 여기고 큰 권력을 좇다

보면 명백한 실수를 하게 되고 광기에 빠지기 마련이기 때문이다. 포키온은 명예롭지 못한 부탁을 해온 안티파트로스에게 이런 말을 했다.

"포키온이 친구인 동시에 아첨꾼이 되어주길 바라서는 안 된다."

비슷한 말을 군중에게도 해야 할 필요가 있다.

"같은 사람을 통치자이자 노예로 둘 수는 없다."

뱀의 머리를 이끌고자 했던 뱀의 꼬리에 관한 우화도 이런 상황에 적합하다. 언제나 따라다니는 게 지겨웠던 꼬리가 하루는 제가 앞장을 서겠다고 주장한다. 그렇게 앞장을 서게 된 꼬리는 무턱대고 앞으로 나가다가 곤란에 처하고 머리는 상처를 입는다. 자연을 거슬러 눈도 귀도 없는 부위를 따르도록 강요받은 결과이다. 민중의 호의를 얻기 위한 정치 활동을 하는 사람도 마찬가지다. 무작정 움직이는 군중을 따르다가 원래로 돌아가지도 못하고 무질서의 진행을 막지도 못한다.

군중의 호의에서 오는 명성에 관해 이야기하기 시작한 까닭은 티베리우스와 가이우스 그락쿠스의 운명이 그 영향력을 일깨워주고 있기 때문이다. 그락쿠스 형제는 본성이 매우 관대했고 매우 관대한 가정 교육을 받은 데다 매우 관대한 정책을 채택했음에도 파멸을 맞았다. 명성을 향한 부적절한 욕망을 가졌기 때문이 아니라 명성을 잃는 데 두려움을 가졌기 때문이다. 그리고 이 두려움에는 합당한 원인도 있었다. 동료 시민이 베풀어준 상당한 친절을 갚지 않는 행위는 빚을 갚지 않는 행위와 다름없는 수치라고 생각한 것이다. 따라서 두 사람은 뛰어난 정치적 수완을 발휘하여 민중이 내려준 명예에 보답하고자 했으며 고마운 마음으로 정치에 봉사한 결과 더욱더 존경을 받았다. 이 결과 그락쿠스 형제에게는 민중에 대한 열정이, 민중에게는 형제에 대한 열정이 동일하게 불붙었고 형제는 저도 모르는 사이, 지속하자니 더는 명예롭지 못하고 멈추자니 수치스러운 여러 사업에 휘말린 것이다.

그러나 독자는 내 이야기를 읽고 각자 판단하기를 바란다. 그락쿠스 형제에 비교할 두 민중 지도자는 스파르테의 왕 아기스와 클레오메네스다. 두 사람도 그락쿠스 형제처럼 민중을 떠받들었고 오랫동안 사라졌던 명예롭고 정의로운 정치 체제를 되살리고자 했다. 그리고 그락쿠스 형제의 경우처럼 익숙한 탐욕을 줄이려 하지 않았던 귀족의 증오를 샀다. 아기스와 클레오메네스는 형제는 아니었으나 두 사람이 택한 정치적 행로는 서로 친척, 혹은 형제 관계에 있었다고 말할 수 있다. 사연은 이렇다.

III.

언젠가 금은을 향한 욕심이 스파르테로 흘러들자 민중은 재산을 지나치게 탐하고 아끼기 시작했으며 나아가 사치스럽고 나약하고 무절제한 방식으로 재물을 소비하고 즐기기에 이르렀다. 고결했던 스파르테가 거의 모든 면에서 추락하여 이름값을 못하고 바닥을 기는 상태는 아기스와 레오니다스가 왕이 될 때까지 지속되었다.

아기스는 에우뤼폰티데스 왕가의 후손으로 에우다미다스의 아들이자, 아시아로 건너가 당대의 가장 강력한 헬라스 인이 된 아게실라오스의 5대손이었다. 아게실라오스의 아들은 아르키다모스로 이탈리아의 만두리움에서 멧사피아 사람들 손에 죽었으나 맏아들 아기스와 둘째 에우다미다스를 남겼다. 에우다미다스는 아기스가 후계자를 남기지 않고 메갈로폴리스에서 안티파트로스의 손에 죽임을 당하자 왕위에 올랐고 아르키다모스에게 왕위를 물려주었다. 이 아르키다모스는 또 다른 에우다미다스에게 왕위를 물려주었고 에우다미다스는 아기스에게 물려주었는데 이 아기스가 이번 이야기의 주인공이다.

한편 클레오뉘모스의 아들 레오니다스는 아기아데스 왕가의 자손으로 플라타이아에서 마르도니오스를 무찌른 파우사니아스의 7대손이었다. 파우사니아스는 플레이스토아낙스를 낳았고 플레이스토아낙스는 아들 파우사니아스를 낳았는데 파우사니아스가 스파르테에서 추방을 당하여 테게아로 도주하면서 맏아들 아게시폴리스가 왕이 되었다. 이어서 아게시폴리스가 후계자를 남기지 않고 죽자 동생 클레옴브로토스가 왕위에 올랐는데 클레옴브로토스에게는 두 아들 아게시폴리스와 클레오메네스가 있었다. 이 중 아게시폴리스는 단기간 왕위를 누렸고 아들을 남기지 않았지만 뒤이어 왕위에 등극한 클레오메네스는 맏아들 아크로타토스가 죽을 때까지 살다가 둘째 클레오뉘모스를 남기고 죽었다. 그러나 클레오뉘모스는 왕위에 오르지 못했고 클레오메네스의 손자이자 아크로타토스의 아들인 아레우스가 왕이 되었다. 그리고 아레우스가 코린토스 전투에서 죽자 아들 아크로타토스가 왕이 되었다. 아크로타토스도 메갈로폴리스에서 패하고 폭군 아리스토데모스에게 죽임을 당했으나 당시 왕비는 아기를 가진 상태였다. 왕비가 아들을 낳자 클레오뉘모스의 아들 레오니다스가 후견인이 되었다. 그러나 어린 왕은 성인이 되기 전에 죽었고 왕위는 레오니다스에게 돌아갔으나 시민은 이를 조금도 용인하지 않았다. 헌법의 붕괴로 옛 풍습이 사라져 가고 있다고는 해도 레오니다스는 조국의 전통과 매우 동떨어진 생활을 하고 있었다. 오랜 세월 동안 동방의 왕궁을 드나들었고 셀레우코스의 추종자로서 그에게 복종해온 터였기 때문이다. 그런 레오니다스는 나라 밖에 팽배해 있던 허영과 허식을, 어울리지 않는 헬라스의 상황과 법치 체제에 적용하려고 했다.

IV.

반면 아기스는 타고난 탁월함과 고귀한 기상이 레오니다스를 넘어섰을 뿐만 아니라 위대한 아게실라오스를 뒤따랐던 거의 모든 왕을 넘어섰다. 스파르테에서 가장 부유했던 어머니 아게시스트라타와 할머니 아르키다미아를 비롯한 여인들의 보살핌을 받으며 풍족하고 호화로운 유년 시절을 보냈음에도 스무 살이 되기도 전에 쾌락을 단호히 멀리했다. 고운 외모에 어울리는 옷과 장신구를 벗었으며 모든 사치를 멈추고 피했다. 짧은 스파르테 식 외투를 자랑스럽게 입고 다니면서 식사를 할 때나 목욕을 할 때, 그 밖의 여러 생활 방식에서 스파르테 관습을 따랐으며 고대의 법과 질서를 회복하는 수단으로 사용할 수 없다면 왕권이 필요 없다고 선언했다.

V.

이쯤에서 언급하자면 아테나이로부터 패권을 빼앗은 라케다이몬스파르테의 옛 이름으로 금은이 흘러들어오기 시작하자마자 나라는 질병과 부패를 경험하기 시작했다. 그러나 스파르테의 모든 가문은 뤼쿠르고스가 분배한 그대로* 토지를 보유하고 있었고 토지는 가문 내에서만 상속할 수 있었으므로 이러한 질서와 평등이 여러 다른 폐단에도 불구하고 어느 정도 나라를 지탱하고 있었다. 그러나 어느 강력하고 고집스러우며 난폭한 에피타데우스라는 자는 에포로스**에 선출되자마자, 아들과 다투고 있었으므로, 살아 있는 동안이든 유언장을 통해서든 원하는 사람

---

* 「뤼쿠르고스」 편 VIII.
** 임기 1년의 스파르테 관리로 왕을 견제하는 역할을 했다.

에게 토지를 물려줄 수 있는 법을 제안했다. 에피타데우스는 개인적인 원한을 해결하고자 법을 제안했지만, 동료 시민은 탐욕을 채우고자 이 법을 승인했으며 이로써 무엇보다 훌륭한 제도를 없앴다.

권세와 영향력이 있는 자들이 그 즉시 아무런 양심의 가책도 없이 토지를 확보하기 시작했으며 정당한 상속자의 유산을 빼앗아갔다. 나라의 부는 빠르게 소수의 손안에 들어갔고 대다수에게 가난이 당연시되었다. 가난한 자들은 고귀한 목적에 시간을 낭비할 수 없었으며 자유민답지 못한 일을 업으로 삼게 되었고 재산을 가진 자에 대한 증오를 키웠다. 그 결과 예로부터 이어져 온 스파르테 가문이 7백이 채 남지 않게 되었고 그 가운데 백 개 남짓한 집안만이 분배된 토지와 추가로 획득한 토지를 소유하고 있었다. 한편 평범한 대중은 재산도 시민으로서의 권리도 없었으므로 나태한 생활을 할 수밖에 없었으며 바깥 나라와의 전쟁을 막는 데 어떤 열의도 정력도 보이지 않았고 국내의 정세를 뒤집고 흔들 기회만 호시탐탐 노리고 있었다.

VI.

아기스는 시민의 숫자를 다시 최대로 늘리고 모든 시민을 평등하게 만들 수 있다면 훌륭한 업적이 되리라는 생각에 민중의 의향을 살피기 시작했다. 젊은 사람들은 뜻밖으로 신속하게 왕의 생각에 귀를 기울였으며 덕을 향한 경쟁을 위해 선뜻 옷을 벗어던졌다. 자유를 쟁취하고자, 왕을 따라 옛 생활 방식을 마치 헌 옷처럼 내팽개친 것이다.

그러나 장년층 대부분은 지나치게 부패한 나머지, 뤼쿠르고스의 이름만 들어도 마치 주인을 버리고 도망쳤다가 도로 붙잡혀 온 노예처럼 벌벌 떨었다. 이들은, 현 정세를 안타깝게 여기고 스파르테의 옛 명예를 갈구하는 아기스를 꾸중했다. 반면 리뷔스의 아들 뤼산드로스, 엑파네스의 아들 만드로클레이다스, 그리고 아게실라오스는 왕의 큰 뜻에 공감하고 뜻을 이루려는 왕을 지지했다.

뤼산드로스는 누구보다 명망 있는 시민이었으며 계획을 실행에 옮기기로는 만드로클레이다스를 따라올 헬라스 인이 없었는데 그는 총명하고 꾀가 많은 데다 배짱도 두둑했다. 왕의 외삼촌이었던 아게실라오스는 출중한 연설가였고 나약하고 욕심이 많기는 했지만, 아들 힙포메돈의 격려와 부추김을 받고 있었다. 힙포메돈은 여러 전쟁에서 눈부신 명성을 얻었고 젊은 층의 지지를 받고 있었으므로 큰 영향력을 행사할 수 있었다. 그러나 아게실라오스가 왕의 계획에 참여하게 된 진정한 이유는 법을 바꾸어 무수한 빚을 탕감받고자 했기 때문이다.

아기스는 아게실라오스까지 설득하고 난 뒤 외삼촌의 도움을 받아 어머니를 설득하러 나섰다. 아게실라오스의 누이였던 아기스의 어머니는 무수한 신하와 친구, 채권자를 거느리고 있었으므로 나랏일에 상당한 영향력을 행사할 수 있었고 여러 공적인 영역에서 큰 역할을 하고 있었다.

VII.

왕의 어머니는 아들의 부탁을 듣고 처음에는 놀라움을 금치 못했으며 가능하지도, 이득이 되지도 않는 일을 추진하려는 어린 아들을 막으려고 했다. 그러나 아게실라오스는 왕의 계획이 실현 가능하며 그 결과가 유익할 것이라고 설득했고 왕은 아들의 야망과 명성을 위해 재산을 기여해 달라고 어머니에게 간청했다. 재산만으로 아기스는 다른 왕들과 맞먹을 수 없었다. 프톨레마이오스와 셀레우코스의 지방 총독이나 관리가 거느린 하인과 노예가 가진 재산만 해도 스파르테의 모든 왕들의 재산을 합친 것보다 많았다.

그러나 아기스는 뛰어난 자제력과 우직함, 넓은 아량으로 다른 왕의 사치를 넘어서고자 했고, 모든 시민이 재산을 공유하고 평등하게 살게 함으로써 대단히 훌륭한 왕이라는 명성을 얻고자 했다. 어린 왕이 숭고한 야망을 이처럼 설파하자 듣고 있던 집안의 여인들은 벅찬 가슴에 생각을 완전히 바꾸었고 고귀한 길을 택하고자 하는 마음에 고취되어 어디 홀린 사람처럼 아기스의 계획을 추진하고 재촉하는 데 뛰어들었다. 그리고 남자 동료에게 사람을 보내 도움을 청하는가 하면 다른 여인과도 대화를 나누었다. 스파르테의 남자는 언제나 아내의 말을 듣는다는 사실, 그리고 남자가 집안일에 관여하기보다 여인이 바깥일에 관여하기가 더 수월하다는 사실을 잘 알고 있었기 때문이다.

이 당시 스파르테의 부는 대부분 여성의 손안에 있었고 이는 아기스의 과업을 힘들고 어렵게 만들었다. 스파르테 여성은 고급문화가 결여된 가운데 유일하게 행복감을 안겨 주었던 호화로운 생활을 더 이상 할 수 없게 된다고 생각했을 뿐만 아니라 부를 통해 누렸던 존경과 영향력이 사라질 것을 염려해 아기스의 계획에 반대했다. 그래서 레오니다스 왕을 찾기에 이르렀고 그가 나이가 더 많으니 아기스가 뜻을 이루지 못하게 막아달라고 간청했다.

레오니다스는 부유층을 돕고 싶었으나 반란을 일으키고자 안달이었던 민중을 두려워했다. 따라서 드러내놓고 아기스에 반대하지는 않았지만, 비밀리에 아기스의 계획에 해를 입히려고 애썼으며 주요 관리들 앞에서 아기스를 비난함으로써 계획을 무산시키려고 했다. 그는 아기스가 부유층의 재산을 가난한 시민에게 제공함으로써 독재권을 사들이고 토지의 분배와 부채의 탕감을 통해 대규모 호위대를 사들이고 있을 뿐이지 스파르테의 시민을 늘리려는 목적이 아니라고 했다.

VIII.

그러나 아기스는 뤼산드로스를 에포로스에 당선시키는 데 성공했고 그를 통해 원로원에 법안을 상정했다. 채무를 탕감하고 토지를 분배한다는 내용을 골자로 하는 법안으로 펠레네와 타위게토스, 말레아와 셀라시아의 물줄기 안쪽에 있는 땅을 4천5백 부지로 나누고 바깥쪽에 있는 땅을 1천5백 부지로 나눈 다음 바깥의 더 큰 부지는 무기를 들 수 있는 지방민에게 나누어주고 작은 부지는 스파르테의 원주민에게 나누어주되 자유민 교육을 받았고 몸이 튼튼하며 혈기가 왕성한 지방민이나 외국인에게도 시민권을 주어 숫자를 채운다는 계획이었다. 또한, 시민은 4백 명 혹은 2백 명씩 15개 집단으로 나뉘어 공동식사를 하고 옛 스파르테 시민이 따랐던 삶의 방식을 실천한다는 내용이었다.

IX.

이 레트라•가 원로원에 소개되자 의견은 둘로 갈렸다. 따라서 뤼산드로스는 민회를 소집했고 시민 앞에서 직접 법을 설명했다. 만드로클레이다스와 아게실라오스도 오만한 소수가 반대한다고 해서 스파르테의 품위가 땅에 떨어지는 것을 보고 있지만 말라고 애원했다. 그리고 스파르테가 재물을 사랑하기 시작하면 치명적인 결말을 맞게 된다고 말했던 과거의 신탁을, 그리고 최근 파시파에가 보낸 신탁을 떠올려 보라고 권했

• 레트라는 본래 뤼쿠르고스가 신탁을 받아 제정했던 불문법을 칭했던 말이다.

다.

파시파에 신전은 탈라마이에 있었고 이 신전의 사제는 큰 존경을 받고 있었다. 혹자는 파시파에가 아틀라스의 딸이며 제우스와 파시파에 사이에 암몬이 태어났다고 말한다. 프리아모스 왕의 딸 캇산드라가 탈라마이에서 죽었고 파시파에라는 이름이 의미하는 대로 '모두에게' 신탁을 '드러냈기' 때문에 파시파에라고 불렀다는 설도 있다. 그러나 퓔라르코스는 파시파에가 아뮈클라스의 딸이었고 본명은 다프네이며 아폴론의 구애를 피해 도망치다가 같은 이름을 가진 나무로 변했다고 말한다. 이후 다프네를 딱히 여긴 아폴론이 예언 능력을 주었다는 것이다. 어찌 되었든 뤼쿠르고스가 애초에 만들었던 법에 따라 모든 스파르테 인은 평등해야 한다는 것이 파시파에의 뜻이었다.

마지막으로 아기스 왕이 시민 앞에 나와 짧은 서론을 마치고는 제정하고자 하는 법을 위하여 큰 기여를 하고자 한다고 밝혔다. 먼저 넓은 경작지와 목초지를 포함하는 자신의 토지를 공동의 재산으로 만들 예정이며 현금 6백 탈란톤도 내놓는다고 했다. 뿐만 아니라 어머니와 할머니, 친지와 동료들도 모두 동참하기로 했다고 밝혔는데 스파르테에서 누구보다 부유한 사람들이었다.

X.

민중은 젊은 왕의 넓은 아량에 감탄했고 기쁨에 넘쳤다. 2백 년 만에 스파르테에 부끄럽지 않은 왕이 나타났다고 생각했기 때문이다. 그러나 레오니다스는 그 어느 때보다 열심히 반대했다. 아기스 왕이 한 것처럼 재산을 내놓기도 싫었지만 내놓는다고 해도 부유층 전체가 재산을 공유한다면 그 공은 제일 처음 내놓은 사람에게 돌아가리라고 생각했기 때문이다. 따라서 레오니다스는 뤼쿠르고스가 정의롭고 존경받아 마땅한 왕이었냐고 물었다. 아기스가 그렇다고 대답하자 레오니다스는 물었다.

"뤼쿠르고스 왕이 언제 부채를 탕감해주고 외국인에게 시민권을 주었습니까? 오히려 외국인을 추방하지 않는다면 나라가 건강할 수 없다고 여기지 않았습니까?"

그러나 아기스는 뤼쿠르고스가 빚을 탕감했을 뿐 아니라 화폐를 없앴으며 성안의 외국인보다는 스파르테의 관습과 생활 방식을 못 견디는 사람을 더 못마땅하게 바라보았다고 대답했다. 그리고 외국 땅에서 자라고 동방의 여인과 결혼해 아이를 낳은 레오니다스가 모르는 게 당연하다고 했다. 또 뤼쿠르고스가 스파르테의 관습을 못 견디는 사람을 추방하려고 한 것은 사실인데 그런 사람을 적대시해서가 아니라 그런 사람의 생활 방식과 습관에 다른 시민이 물들고 사치와 나약함, 탐욕을 품게 될까 봐 염려되었기 때문이라고 말했다. 그리고 테르판드로스와 탈레스, 페레퀴데스는 외국인이었으나 이들의 노래와 철학이 주는 가르침이 언제나 뤼쿠르고스의 가르침과 일치했기 때문에 스파르테에서 무궁한 존경을 받았다고 했다. 아기스는 덧붙였다.

"왕은 엑프레페스를 칭송하시지요. 엑프레페스는 에포로스일 당시 악사 프뤼니스의 악기에 달린 현 아홉 개 중 두 개를 까뀌로 잘랐습니다. 티모테우스 시대의 관리들도 같은 행동을 했습니다. 그런데 스파르테에서 사치와 호화로움, 허영을 금지하려는 저를 꾸중하시다니요. 옛 관리들도 음악의 과장되고 불필요한 부분이 우리 삶과 습관에 오늘날과 같은 영향을 미치는 것을 막고자 했습니다. 우리 삶과 습관의 과잉과 불협화음 때문에 도시 전체가 귀에 거슬리는 소음을 내고 있습니다."

XI.

이 일이 있고 평민은 아기스의 편에 섰지만, 부유층은 레오니다스에게 저들을 버리지 말아 달라고 간청했다. 또한, 법안을 민중 앞에 상정할지 결정하는 원로원에 얼마나 간청하고 따졌는지 한 표 차이로 법안은 기각되고 말았다. 그러나 여전히 에포로스 직을 유지하고 있던 뤼산드로스는 옛 법을 들어 레오니다스를 고발할 채비를 갖추었다. 이 법에 따르면 헤라클레스의 자손은 외국 여자와 자식을 낳을 수 없었고 스파르테를 떠나 외국인 사이에 정착하면 처형당했다. 여러 사람을 통해 레오니다스에 대한 이 같은 비방을 퍼뜨린 뤼산드로스는 전통에 따라 동료 에포로스들과 함께 하늘이 보내는 신호를 관찰하기 시작했다.

전통에 따르면 스파르테의 에포로스는 9년마다 맑은 그믐밤을 정해 침묵 속에서 하늘을 바라본다. 만약 별똥별이 떨어지면 왕이 신들에게 잘못을 범했다고 결정하고 왕의 권한을 빼앗는데 때로는 델포이나 올륌피아에서 보내온 신탁이 유죄로 판명된 왕을 구원하기도 한다.

뤼산드로스는 바로 이 별똥별 신호를 보았다고 주장하며 레오니다스를 고발했고 그가 셀레우코스의 부하가 준 아시아 여인을 아내로 삼아 자식 둘을 낳았다고 주장하는 증인을 내세웠다. 그러나 여인이 레오니다스를 미워하고 싫어했기 때문에 어쩔 수 없이 고향으로 돌아와야 했고 당시 왕위를 이을 직계 자손이 없었으므로 왕이 되었다는 것이다. 뤼산드로스는 레오니다스를 고발하는 동시에 클레옴브로토스를 설득해 왕권을 주장하게 했다. 클레옴브로토스는 레오니다스의 사위로 왕족이었다.

그러자 레오니다스는 겁을 집어먹고 탄원자로서 청동 신전의 아테네를 찾았다. 레오니다스의 딸도 남편 클레옴브로토스를 버리고 아버지와 함께 탄원자가 되었다. 결국, 레오니다스는 법정에 출두하지 않아 폐위되었고 클레옴브로토스가 왕위에 올랐다.

XII.

바로 이 시점에서 뤼산드로스의 임기가 끝났다. 새로운 에포로스들은 레오니다스를 부추겼다. 아테네 신전을 어서 떠나, 부채 탕감과 토지 분배를 제안함으로써 법을 어긴 뤼산드로스와 만드로클레이다스를 고발하라는 주장이었다. 그러자 법적 위험에 처한 뤼산드로스와 만드로클레이다스는 두 왕이 합심해 에포로스의 명령을 묵살하도록 만들었다. 에포로스의 권력은 본래 두 왕의 불화에서 나왔기 때문이다. 에포로스들은 한 왕이 공익에 반하는 행동을 할 경우 더 유익한 소언을 하는 왕에게 힘을 실어주는 역할을 했다. 그러나 두 왕이 의견을 같이하면 두 왕의 힘은 확고해졌고 에포로스는 법에 따라 반대 의견을 낼 수 없었다. 두 왕이 의견을 달리하면 중재자 역할을 하면서 특권을 누렸지만, 의견을 같이하면 간섭할 수 없었던 것이다.

뤼산드로스가 설득한 대로 두 왕은 동료들과 함께 광장으로 나가 에포로스들을 자리에서 일으켜 세웠고 그 자리에 다른 에포로스들을 임명했는데 이때 아게실라오스도 에포로스가 되었다. 그런 다음 젊은이 상당수를 무장시키고 감옥에 있는 죄수를 모두 풀어주었다. 죄수들이 학살을 시작하리라고 여긴 상대편은 겁에 질렸다. 그러나 아무도 죄수의 손에 목숨을 잃지 않았다. 오히려 아게실라오스가 테게아로 도망을 치려는 레오니다스를 죽이고자 길 떠난 레오니다스에게 부하들을 보냈을 때 이를 안 아기스 왕은 믿을 만한 지지자들을 보내 레오니다스를 호위하고 무사히 테게아로 데려가게 했다.

XIII.

아기스의 계획이 이처럼 착실히 진행되고 있었고 누구도 반대하거나 방해하려고 하지 않는 가운데, 아게실라오스 단 한 사람이 모든 것을 흔들고 망쳐놓았다. 그는 탐욕이라는 극도로 수치스러운 질병이, 무엇보다 고결하고 스파르테에 진정으로 어울리는 계획을 파괴하게 내버려두었다. 아게실라오스는 값진 토지를 매우 많이 가지고 있었으나 빚도 엄청났다. 그러나 빚은 갚을 수 없었고 토지는 내놓고 싶지 않았기 때문에 아기스 왕을 설득했다. 두 계획을 동시에 진행한다면 나라에 큰 동요가 일어날 테지만, 먼저 부채를 탕감함으로써 재산을 소유한 시민의 호감을 산다면 그들이 이후 토지의 분배를 기꺼이, 그리고 이견 없이 받아들일 것이라고 주장하였다.

뤼산드로스의 의견도 같았는데 그도 아게실라오스의 속임수에 넘어간 것이다. 결국, 이들은 스파르테 말로 클라리아, 즉 차용증을 광장으로 가져오게 한 다음 한데 모아놓고 불을 질렀다. 불길이 솟구치자 부유층과 채권자들은 무거운 마음으로 돌아갔다. 그러나 아게실라오스는 조롱이나 하듯 이보다 밝고 순수한 불길을 본 적이 없다고 외쳤다.

이윽고 민중은 토지의 분배를 요구했고 두 왕은 이를 시행하라는 명령을 내렸다. 그러나 아게실라오스가 매번 훼방을 놓거나 핑계를 대면서 시간을 끌었고 어느새 아기스 왕은 원정에 나가게 되었다. 동맹을 맺은 아카이아 사람들이 스파르테에 원군을 요청했기 때문이다. 아이톨리아 군대가 메가라를 지나 펠로폰네소스를 침략할 태세였으므로 아카이아 사령관 아라토스가 이를 막기 위해 병력을 모집하던 가운데 스파르테의 에포로스들에게 편지를 보내온 것이다.

XIV.

에포로스들은 즉시 아기스 왕을 내보냈다. 아기스는 거느린 병사들의 포부와 열정 덕분에 사기가 충천해 있었다. 젊은 병사 대부분은 가난했지만, 빚도 죄도 면제를 받은 상태였으며 원정을 마치고 돌아오면 토지도 분배를 받을 것으로 예상했기 때문에 아기스 왕에 대한 놀라운 충성심을 갖고 있었다. 펠로폰네소스를 가로질러 행군하며 어떤 폐도 끼치지 않았고 무례하게 굴지도 않았으며 아무 소리도 내지 않다시피 했기 때문에 여러 도시는 이를 신기하게 바라보았다. 스파르테 밖 헬라스 사람들은 군대에서 가장 어린 축에 속하는 아기스 왕에 대해 병사들이 저토록 엄청난 존경심과 경외심을 갖고 있다면 위대한 아게실라오스나 저 유명한 뤼산드로스, 옛 시절의 레오니다스가 지휘하는 스파르테 군대의 기강은 과연 어땠을까 궁금해했다.

소박한 생활 습관, 고생을 마다치 않는 정신, 일반 병사와 다름없는 옷과 무기를 가진 데서 오는 자부심을 가진 아기스 왕에게 군중은 실로 존경을 표하고 헌신했다. 물론 부유층은 아기스의 개혁적인 방식을 좋아하지 않았다. 이 방식이 불온한 힘을 얻어 각지의 평민들 사이에서 옳지 못한 본보기로 자리 잡을까 두려웠기 때문이다.

XV.

아기스가 코린토스 근처에서 합류했을 때 아라토스는 적과 정식으로 전투를 펼칠 것인지 고민하고 있었다. 여기서 아기스는 강력한 열의뿐만 아니라 이성적이고 신중한 용기도 보여주었다. 펠로폰네소스로 향하는 관문을 버리고 적이 통과하게 내버려두기보다는 승패를 가르는 전투를 벌이는 것이 낫다고 주장하고 이렇게 덧붙인 것이다.

"그렇지만 아라토스 장군께서 연장자시고 아카이아 군대의 사령관이니 장군의 뜻에 따르겠다. 저들을 지휘하거나 저들에게 명령을 내리자고 내가 온 것이 아니라 지원을 하고 함께 원정에 참여하고자 온 것이니."

그러나 시노페 출신 바톤은 아라토스가 전투를 하자고 부추겼음에도 아기스가 이를 거절했다고 말한다. 이는 바톤이 아라토스의 기록을 읽지 못한 탓이다. 이 기록에서 아라토스는 수비에 집중해야 한다고 주장하면서 농부들이 추수를 거의 다 끝냈으니 전투에 모든 것을 걸기보다 적이 지나가게 내버려두는 것이 낫다고 적고 있다.

결국, 전투를 벌이지 않기로 한 아라토스는 동맹군에게 철수 명령을 내리고 기꺼이 지원을 와 준 동맹군을 칭송했으며 어느새 모두의 존경을 받게 된 아기스는 군대를 이끌고 소요와 반란이 일고 있는 스파르테로 되돌아갔다.

XVI.

에포로스였던 아게실라오스는 자신을 제지하던 아기스가 없어지자 돈이라면 어떤 불의도 가리지 않았으며 심지어 때도 되지 않았는데 고집 끝에 달력을 바꾸더니 열세 번째 달을 만들고 세금을 걷었다. 뿐만 아니라 자신에게 피해를 본 사람들이 해코지를 할까 두려웠고 온 세상의 미움을 받고 있었으므로 무장한 호위대를 거느렸고 이들의 보호 아래 일을 보러 다녔다. 한편 클레옴브로토스 왕을 철저히 무시하는 시늉을 했고 아기스 왕은 왕이라서가 아니라 친척이기 때문에 조금 덜 무시하는 시늉을 했다. 또 아게실라오스가 다시 에포로스에 선출될 것이라는 소문을 퍼뜨리고 다녔다.

이런 이유에서, 아게실라오스를 적대시했던 사람들은 지체하지 않고 위험을 무릅썼다. 힘을 모아 테게아에 있던 레오니다스를 공공연히 스파르테로 데려왔고 그가 왕권을 행사하도록 한 것이다. 그러자 평민조차 레오니다스를 반겼다. 토지 분배가 약속대로 이루어지지 않아 격분한 참이었기 때문이다. 결국, 아게실라오스는 추방되었고 아들 힙포메돈 덕분에 살았다. 뛰어난 기백으로 동료 시민의 사랑을 받고 있었던 힙포메돈이 아버지를 대신해 애원한 덕분이었다. 한편 아기스는 아테네의 청동 신전으로 몸을 피했고 클레옴브로토스는 포세이돈 신전에 탄원자로 갔다. 레오니다스가 클레옴브로토스 왕에게 더한 원한을 품고 있었기 때문이다. 실제로 레오니다스는 아기스 왕은 건드리지 않았지만 클레옴브로토스는 군대를 이끌고 찾아갔고 도착해서는 그를 격렬하게 비난했는데 사위로서 장인을 끌어내릴 계책을 세우고 장인의 왕권을 빼앗아갔으며 추방을 도왔기 때문이다.

XVII.

클레옴브로토스는 아무 항변도 하지 못하고 난처한 모습으로 침묵을 지켰다. 그러나 레오니다스의 딸 킬로니스가 이번에는 남편의 편을 들고 나섰다. 아버지가 억울한 일을 당하자 저도 억울해 하며 왕위에 오른 남편을 버리고 불행한 아버지를 돌보았던 킬로니스였다. 아버지가 성안에서 탄원자로 있을 때에도 함께했고 성밖으로 쫓겨났을 때에도 언제나 아버지의 운명을 슬퍼하며 남편에게 모진 원망을 품었지만 두 사람의 운명이 뒤바뀌자 킬로니스는 다시 탄원자로서, 양옆에는 두 아이를 끼고 두 팔로 남편을 껴안았다. 지켜보는 모든 사람은 킬로니스의 절개와 헌신적인 태도에 눈물을 흘렸다. 흐트러진 옷과 머리를 매만지며 킬로니스는 말했다.

"아버지, 제가 이런 차림을 하고 이런 모습을 한 이유는 남편을 동정하기 때문이 아닙니다. 아버지께서 슬픈 일을 겪고 나라에서 쫓겨나셨을 때부터 아픔은 흔들리지 않는 제 친구이자 동행이었습니다. 이제 아버지께서 스파르테 왕이 되셨고 적을 물리치셨으니 제가 이런 꼴로 계속 살아야 하겠습니까? 아니면 왕족으로서 눈부시게 성장을 한 채 젊었던 시절의 지아비가 아버지의 손에 죽는 모습을 보아야 하겠습니까? 제 지아비가 처자식의 눈물을 이용해 아버지를 설득하고 아버지의 마음을 돌릴 수 없다면, 사악한 계략을 꾸민 벌로 아버지께서 바라는 것보다 더 심각한 대가를 치르게 될 것입니다. 사랑하는 아내가 자신보다 먼저 죽는 꼴을 보게 될 테니까요. 남편의 마음도 아버지의 마음도 움직이지 못한 여인이 살아서 다른 여인들을 볼 낯이 있겠습니까?

저는 아내로서 딸로서 곁에 있는 사랑하는 남자들의 불행과 불명예를 나누고자 태어났습니다. 남편이 합당한 이유가 있어 죄를 범했다 할지라도 전 아버지 편을 들고 남편을 단죄함으로써 변명할 기회를 주지 않았습니다. 그러나 왕권이 자식을 무시하고 사위를 죽여가면서까지 가져야 하는 중요한 것임을 아버지께서 세상 앞에 보인다면 오히려 사위에게 손쉬운 변명의 기회를 허락하시는 셈입니다."

XVIII.

이같이 탄원하며 킬로니스는 남편의 머리에 얼굴을 기댄 채 슬픔에 상하고 문드러진 두 눈을 지켜보는 사람들에게 돌렸다. 그러자 레오니다스는 동료들과 논의한 끝에 사위에게 신전을 나와 스파르테를 떠나라고 했다. 그러나 딸에게는 몹시 사랑한다고 말하며, 남편의 목숨을 아무런 대가 없이 살려 주었으니 아버지를 버리지 말고 곁에 남아달라고 애원했다. 그러나 킬로니스는 설득당하지 않았고 남편이 자리를 뜨려고 하자 한 아이는 남편의 품에 안기고 한 아이는 제가 안은 뒤 신의 제단에 경의를 표하고 남편과 함께 길을 떠났다. 클레옴브로토스가 헛된 야망으로 철저히 타락한 자가 아니었다면 왕국을 차지한 일보다, 추방을 당했을지언정 아내를 되찾은 일을 더 큰 축복으로 여겼을 것이다.

클레옴브로토스를 나라 밖으로 추방한 뒤 레오니다스는 임기가 남은 에포로스를 모두 해임하고 새 에포로스를 임명했으며 즉각 아기스의 목숨을 빼앗기 위한 음모를 짜기 시작했다. 먼저, 신전에서 나와 왕권을 나눠 갖자고 설득했다. 레오니다스는 아기스가 젊고 의욕이 넘쳤던 나머지, 남들과 마찬가지로 아게실라오스에게 철저히 속아 넘어갔으며 그런 아기스를 민중은 용서한 지 오래라고 했다.

그러나 아기스는 의심을 거두지 못했고 신전을 떠나지 않았다. 결국, 레오니다스 자신은 아기스를 상대로 더 이상 거짓말을 하거나 꾀를 부리지 않기로 했다. 그러나 암파레스와 다모카레스, 아르케실라오스는 멈추지 않았다. 이들은 신전으로 올라가 아기스와 대화를 나누는가 하면 신병을 넘겨받은 뒤 그를 신전에서 데리고 내려와 목욕탕으로 가기도 했다. 목욕이 끝난 뒤에는 도로 신전으로 보내주었다. 세 사람은 모두 아기스의 동료였으나 얼마 전 아기스의 어머니로부터 값비싼 의류와 술잔을 빌렸던 암파레스는 빌린 물건을 돌려주지 않으려고 아기스와 왕가의 여인들을 없앨 궁리를 하고 있었다. 그리고 누구보다 레오니다스의 지시를 따르는 데 열심이었고 에포로스로서 동료 에포로스가 아기스에 대해 악의를 갖게 하는 데 힘썼다고 한다.

XIX.

아기스는 대체로 신전에서 시간을 보냈지만 때때로 목욕탕으로 내려가기도 했다. 암파레스 일행은 아기스가 목욕을 하러 신전 밖으로 나왔을 때 붙잡기로 했다. 그리하여 아기스가 목욕을 끝낼 때까지 기다렸다가 그가 나오자 반갑게 인사하며 다가갔고 보통 젊은이들처럼 함께 걸으며 대화를 나누고 농담을 주고받았다. 그러나 도로가 감옥을 향해 갈라지는 지점에 이르자 암파레스가 에포로스의 자격으로 아기스에게 손을 댔다.

"아기스, 당신을 연행하겠으니 집행한 나랏일에 책임을 지시오."

키가 크고 건장한 다모카레스는 외투로 왕의 목을 감아 끌고 갔다. 나머지는 의논한 대로 뒤에서 왕을 밀었다. 아기스는 도와주는 사람도 친구도 없었기 때문에 결국 감옥에 던져졌다. 즉시 레오니다스가 커다란 용병 부대를 이끌고 감옥을 포위했고 에포로스들은 아기스가 감금된 감옥으로 들어갔다. 이어서 재판을 하는 것처럼 같은 편 원로원 의원들을 부른 다음, 아기스에게 저지른 죄를 스스로 변호하도록 지시했다.

젊은 왕은 에포로스의 위선에 코웃음을 쳤다. 암파레스는 그러다 후회할 것이라며 경솔하게 군 대가를 치르게 해주겠다고 위협했다. 그러나 한 에포로스는 아기스에게 혐의를 피할 방도를 분명히 제시하려는 듯 뤼산드로스와 아게실라오스의 강요가 있었는지 물었다. 아기스는 누구의 강요도 받지 않았고 존경하는 뤼쿠르고스를 모방하고자 그러한 공공 정책을 채택했다고 말했다. 그 에포로스는 다시 한 번, 저지른 일을 뉘우치는지 물었다. 그러나 젊은 왕은 더할 나위 없이 훌륭했던 계획이었으므로 조금도 뉘우치지 않으며 최고형을 받는다고 해도 후회하지 않으리라고 대답했다. 그러자 에포로스들은 아기스를 사형에 처하기로 하고 관리들로 하여금 그를 이른바 '데카스'로 끌고 가게 했다. 데카스는 사형을 선고받은 자들이 교살을 당하는 감옥 방을 의미한다.

그러나 관리들은 감히 아기스에게 손을 대지 못했고 그 자리에 있던 여러 외국인 병사들마저 왕의 몸에 손을 댈 경우 신이 노하기라도 할까 봐 몹시 꺼리며 주저했다. 그러자 다모카레스는 위협과 욕설을 퍼부으며 직접 아기스를 끌고 죽음의 방으로 데리고 갔다. 이미 많은 사람이 왕이 체포된 사실을 알고 있었고 감옥 입구에는 떠들썩한 군중이 수많은 횃불을 들고 모여 있었다. 아기스의 어머니와 할머니도 있었다. 군중은 스파르테의 왕이 시민 앞에서 재판을 받을 수 있게 해달라고 외치고 애원했다. 따라서 에포로스들은 왕의 처형을 서둘렀다. 더 많은 시민이 군집하면 밤사이 아기스를 빼앗길 것 같았기 때문이다.

• 재판을 받는 아기스. F. J. 굴드의 『어린이를 위한 플루타르코스: 그리스 인들의 이야기』에 수록된 삽화.

XX.

올가미가 있는 방으로 향하던 아기스는 관리 하나가 그를 불쌍히 여기며 눈물을 흘리는 모습을 보았다.

"울음을 멈추어라. 부당하고 무법적인 방식으로 처형을 당하지만 나는 나의 살인자들을 능가했다."

이같이 말하면서 아기스는 망설임 없이 올가미 앞에 목을 내밀었다.

한편 암파레스가 감옥 입구로 가자 아게시스트라타가 발치에 무릎을 꿇고 옛정을 생각해달라고 빌었다. 암파레스는 아게시스트라타를 일으켜 세우며 아기스가 해를 입을 일도, 죽을 일도 없다고 위로했다. 그리고 원한다면 들어가서 아들을 만나도 좋다고 했다. 아게시스트라타가 어머니와 함께 가게 해달라고 간청하자 암파레스는 그러지 못할 이유가 없다고 했다.

이리하여 두 여인을 감옥으로 데리고 들어온 암파레스는 감옥 문을 도로 잠그게 하고 먼저 아르키다미아를 사형 집행인들에게 인도했다. 조국의 여인 사이에서 매우 높은 명망을 누리며 평생을 살아온 고령의 아르키다미아가 사형을 당하자 암파레스는 아게시스트라타를 데카스 안으로 들여보냈다. 아게시스트라타가 방에 들어서자 바닥에 아들이 죽어 있고 어머니가 여전히 올가미에 매달려 있었다. 관리들을 도와 제 손으로 어머니의 시신을 내린 아게시스트라타는 시신을 아기스 옆에 누인 다음 정돈하고 덮었다. 이어서 아들을 껴안고 아들의 얼굴에 입을 맞추며 말했다.

"아들아, 남을 위한 네 지나친 배려와 네 따뜻한 마음과 인정이 너를, 그리고 우리를 죽음에 이르게 했구나."

문간에 서 있던 암파레스는 아게시스트라타의 말과 행동을 보고 안으로 들어와 성을 냈다.

"아들과 그렇게 생각이 같다면 운명도 같게 해주겠소."

아게시스트라타는 올가미 앞에 목을 내밀며 말했다.

"스파르테가 이 일로 덕을 볼 수만 있다면 기꺼이."

XXI.

이 슬픈 사건에 관한 소식이 성안에 퍼지고 시신 세 구의 장례가 치러지자 시민은 겁을 먹었지만 벌어진 일에 대한 비탄, 레오니다스와 암파레스를 향한 증오를 드러내지 못할 정도는 아니었다. 도리아 민족이 펠로폰네소스에 살기 시작한 이후로 이처럼 무시무시하고 극악한 일은 없었다고 민중은 생각했다. 심지어 적의 군대도 전투에서 라케다이몬의 왕을 만나면 선불리 손을 대지 못했고 왕의 권위에 대한 두려움과 경의에서 왕을 살려두었다.

이런 이유에서, 라케다이몬과 다른 헬라스 민족 사이에 여러 분쟁이 있었음에도 마케도니아 왕 필립포스 시대에 이르기까지 죽임을 당한 스파르테 왕은 레욱트라에서 창에 맞아 죽은 클레옴브로토스 하나였다. 그러나 멧세네 사람들은 테오폼포스 왕도 전투 중에 아리스토메네스의 손에 죽임을 당했다고 말한다. 라케다이몬은 이 주장을 부정하고 왕이 부상을 당했을 뿐이라고 한다. 여기에는 논란의 여지가 있다.

어쨌거나 아기스는 에포로스들이 사형에 처한 스파르테 최초의 왕이었다. 그러나 나라의 명성에 알맞은 고결한 행위를 선택한 아기스가, 잘못을 저질러도 보통 사면을 받곤 하는 젊은 나이에 죽임을 당한 것은 아기스의 동료들조차 아기스의 잘못으로 돌릴 수밖에 없었다. 레오니다스의 목숨을 살려둔 게 잘못이었고 누구보다 너그럽고 온화한 사람이었던 그가 레오니다스의 측근을 믿은 것도 잘못이었다.

PLUTARCH
LIVES

클레오메네스

I.

아기스가 죽자 동생 아르키다모스는 그 즉시 도주한 덕분에 레오니다스에게 붙잡히지 않았다. 그러나 레오니다스는 집에서 갓난 아들을 보살피고 있던 아기스의 아내를 데리고 갔고 아들 클레오메네스와 강제로 혼인시켰다. 클레오메네스는 결혼하기에는 너무 어렸으나 레오니다스는 아기아티스를 다른 사람에게 주고 싶지 않았다. 아버지 귈립포스가 가진 엄청난 토지의 상속자였고 젊고 아름답기로 헬라스에서 능가할 여인이 없었으며 품성도 훌륭했다.

아기아티스는 강제로 결혼하고 싶지 않다고 진심으로 애원했으나 결국 클레오메네스와 결혼한 뒤에는, 레오니다스를 증오했음에도, 어린 클레오메네스에게만은 선하고 애정 넘치는 아내였다. 클레오메네스는 아기아티스를 아내로 맞이하자마자 열렬히 사랑하게 되었으며 아기스와의 추억을 잊지 못하는 아내를 가엾이 여기고 종종 아기스의 생애에 대해 물었으며 아기스의 계획과 목적에 대해 이야기하는 아내에게 열심히 귀 기울였다.

뿐만 아니라 클레오메네스는 포부가 컸고 그릇도 컸으며 아기스만큼 자기 절제에 능하고 소박했다. 아기스처럼 놀라우리만치 양심적이거나 온화하지는 않았지만, 타고난 배짱은 이를테면 그가 명예로운 길을 따라 가도록 언제나 그를 부추기고 지독하게 재촉했다. 클레오메네스는 기꺼이 복종하는 백성을 다스리는 일이 무엇보다 좋겠지만 복종할 줄 모르는 백성을 누르고 더 나은 목표를 향해 이끄는 일 또한 나쁘지 않다고 생각했다.

• 클레오메네스의 얼굴을 새긴 은화. 기원전 227-222년경.

II.

그러니 스파르테의 당시 상태가 클레오메네스의 마음에 들지 않은 것은 당연하다. 시민은 게으름과 쾌락에 빠져 잠들어 있었다. 왕은 나랏일에 전혀 손을 대지 않았다. 재물을 가지고 호화롭게 생활하고자 하는 왕의 바람을 아무도 방해하지 않으면 그만이었다. 한편 공동의 이익은 외면을 받았고 개개인은 사적인 이득을 취하는 데 혈안이 되어 있었다. 아기스가 죽은 뒤로 군사 훈련이라든가 젊은 층의 자기 절제력, 끈기, 평등을 언급하려면 위험을 무릅써야 했다.

클레오메네스는 풋내기 시절부터 철학을 공부했다고도 한다. 보뤼스테니스의 스파이로스가 스파르테로 와서 젊은 층을 정성 들여 가르친 이후부터였다. 스파이로스는 키티온의 제논이 거느린 제자 가운데 가장 뛰어난 사람으로 클레오메네스의 사내다운 본성을 높이 샀으며 높은 포부를 부채질한 것으로 보인다.

노년의 레오니다스는 튀르타이오스가 어떤 시인이냐는 물음에 이렇게 대답한 적이 있다.

"젊은이의 영혼을 불타오르게 만들기 좋은 시인."

실제로 젊은이들은 튀르타이오스의 시를 듣고 신이 불어넣은 듯한 기운으로 가득 찼고 전투에서는 목숨을 아끼지 않았다. 그러나 대범하고 격렬한 본성을 가진 이에게 스토아학파의 가르침은 어느 정도 오해의 여지가 있고 위험하다. 반면 깊고 온화한 품성을 가진 사람 속으로 스며들면 가장 큰 효과를 발휘한다.

III.

레오니다스가 죽고 왕위를 물려받은 클레오메네스는 민중이 어느덧 철저히 타락해버렸음을 깨달았다. 부유층은 사적인 쾌락과 부의 증대를 위해 공공의 이익을 외면했으며 평민은 나라 안에서조차 비참한 처지를 면할 수 없었으므로 전쟁에 참여할 의욕도 옛 스파르테의 기강을 유지할 마음도 다 버린 상태였다. 또한, 클레오메네스 자신은 이름뿐인 왕이었고 모든 권력은 에포로스들의 손에 있었다.

그리하여 클레오메네스는 신속하게 기존 질서를 흔들고 바꾸고자 친구 크세나레스를 떠보았다. 크세나레스는 이른바 '영감을 불어넣는 사람'이었는데 스파르테에서 이것은 애인이라는 의미였다. 클레오메네스는 크세나레스에게 아기스가 어떤 왕이었으며 훗날 그를 죽음에 이르게 만든 행위를 위해 어떤 계획을 했고 어떤 도움을 받았는지 물었다.

처음에는 크세나레스도 기꺼이 과거 일을 떠올려 길고 자세히 설명했다. 그러나 클레오메네스가 아기스의 사연에 지나친 관심을 드러내고 아기스의 개혁안에 깊이 감동하여 같은 이야기를 계속해서 듣고 싶어 하자 클레오메네스를 심하게 꾸중하며 정신 상태를 문제 삼는가 하면 클레오메네스와 더 이상 만나지도 대화를 나누지도 않았다. 그러나 둘 사이에 어떤 다툼이 있었는지 누구에게도 말하지 않았고 클레오메네스도 자신을 이해한다고만 이야기할 뿐이었다.

크세나레스의 의중을 알게 된 클레오메네스는 다른 사람도 마찬가지 생각을 하리라고 여기고 홀로 계획을 짜기 시작했다. 그리고 평시보다는 전시에 개혁을 추진하기가 수월하리라는 생각에 싸움의 구실을 제공한 아카이아와의 전쟁에 나라를 휩쓸리게 했다.

당시 아카이아에서 가장 세력이 컸던 아라토스는 애초부터 펠로폰네소스의 모든 민족을 통일하려는 의도가 있었다. 그가 여러 전쟁과 긴 정치 생애를 통해 추구하던 목표가 바로 이것이었고, 이렇게 해야만 바깥의 적에 대항해 펠로폰네소스를 지킬 수 있다고 생각했다. 펠로폰네소스 사람 대부분이 아라토스와 생각을 같이했지만, 라케다이몬과 엘레이아 사람들, 그리고 라케다이몬 편에 선 아르카디아 사람들은 냉담했다. 따라서 레오니다스가 죽자마자 아라토스는 아르카디아를 괴롭히기 시작했고, 특히 아카이아와 인접한 아르카디아 영토를 약탈했다. 어리고 경험 없는 클레오메네스를 얕잡아보고 라케다이몬을 시험하기 위해서였다.

IV.

이에 에포로스들은 클레오메네스 왕을 벨비나에 있는 아테네 여신의 성역으로 보내 점령하게 함으로써 작전을 시작했다. 라코니아의 관문 역할을 하던 이 지점의 소유권은 당시 메갈로폴리스가 주장하고 있었다. 클레오메네스가 이 지역을 점령하고 방비했으나 아라토스는 공개적으로 항의하지 않았고 밤새 병력을 이끌고 테게아와 오르코메노스를 습격하려고 했다. 그러나 두 도시를 넘기려고 했던 세력이 겁을 집어먹는 바람에 철수해야 했다. 그래도 아라토스는 공격 시도를 들키지 않았다고 생각했다.

그러자 클레오메네스는 아라토스에게 편지를 보내 마치 가까운 친구에게 묻듯 밤새 어디 갔었냐고 빈정댔다. 아라토스는 클레오메네스가 벨비나의 방비를 강화하려한다는 소식을 듣고 막으러 갔었다고 답변했다. 그러자 클레오메네스는 그 소식이 사실이라고 대답하고는 "그나저나 괜찮다면 그 많은 횃불과 사다리는 왜 가져 갔는지 말해달라"고 했다. 아라토스는 클레오메네스의 농담에 폭소를 터뜨렸고 도대체 어떤 젊은 이인지 물었다. 그러자 라케다이몬에서 추방을 당했던 다모크라테스는 대답했다.

"라케다이몬을 어쩌실 생각이라면 서두르십시오. 이 어린 수탉의 발톱이 자라기 전에 움직이십시오."

이 일이 있고 클레오메네스가 기병 소수와 보병 3백을 이끌고 아르카디아로 원정을 갔을 때 에포로스들은 전쟁의 결과를 염려하여 클레오메네스에게 귀국을 지시했다. 그러나 클레오메네스가 돌아오자 아라토스는 카퓌아이를 사로잡았고 에포로스들은 다시 클레오메네스를 내보냈다. 클레오메네스가 메튀드리온을 사로잡고 아르골리스 주변 영토를 약탈하자 아카이아는 아리스토마코스 장군에게 보병 2만과 기병 1천을 주어 내보냈다.

클레오메네스는 이들을 팔란티온에서 만나 전투를 제안했으나 클레오메네스의 배짱이 겁났던 아라토스는 아리스토마코스가 전투에서 승패를 보게 허락하지 않았으며 퇴각을 명령했다. 아카이아는 이런 아라토스를 비난했고 5천이 채 되지 않는 라케다이몬 군대도 그를 비웃고 경멸했다. 이리하여 사기가 한껏 충천한 클레오메네스는 시민 앞에서 대담한 모습을 드러내기 시작했으며 근거가 없지 않은 옛 왕의 말을 상기시키곤 했다.

"라케다이몬은 적이 몇이냐고 묻지 않는다. 어디 있느냐고 물을 뿐이다."

V.

이후 클레오메네스는 아카이아와 전쟁을 벌이고 있는 엘레이아를 도우러 갔고, 철수 중인 아카이아 군대를 뤼카이온 산 근처에서 습격함으로써 군대 전체가 혼란 속에 도주하게 만들었다. 이 과정에서 무수한 적병을 부찌르고 수많은 포로를 확보했으며 아라토스가 죽었다는 소문이 헬라스에 널리 퍼질 정도였다.

그러나 이를 유용한 기회로 삼은 아라토스는 패배한 직후 만티네이아로 행군하여 모두의 예상을 뒤엎으며 도시를 사로잡아 점령했다. 그러자 라케다이몬은 의욕을 잃었고 클레오메네스가 더 이상 원정에 참여하는데 반대했다. 따라서 클레오메네스는 멧세네에서 아기스의 동생 아르키다모스를 불러내고자 했다. 아르키다모스는 아기스의 적법한 후계자였으므로 클레오메네스는 아르키다모스가 왕권을 차지함으로써 두 왕의 권력이 회복된다면 에포로스를 견제할 수 있으리라고 생각했다.

그러나 아기스를 살해했던 무리는 클레오메네스의 계획을 눈치챘고 아르키다모스가 왕이 되면 아기스를 죽인 죄로 처벌을 받을 것이 두려웠다. 그래서 아르키다모스가 비밀리에 스파르테로 돌아오자, 그를 반기고 왕권의 회복을 돕는 듯하다가 죽여 버렸다. 클레오메네스가 여기 반대했다는 것이 퓔라르코스의 주장이지만 그가 동료들의 말에 속아 이 불운한 사내를 살인자들에게 넘겨주었을 가능성도 있다. 그래도 주된 책임은 클레오메네스가 어쩔 수 없게 만든 살인자들에게 있었다.

VI.

그럼에도 단숨에 나라의 개혁을 시도할 작정이었던 클레오메네스는 에포로스들에게 뇌물을 주어 원정을 나갔다. 그는 또한 어머니 크라테시클레이아의 도움으로 다수의 시민을 제 편으로 만들었다. 크라테시클레이아는 아들과 목표를 같이 했고 아낌없이 여러 수단과 방편을 제공했다. 심지어 다시 결혼할 마음이 없었음에도 아들을 위해 명성과 영향력이 누구보다 뛰어났던 시민과 결혼을 했다고 한다.

클레오메네스는 병력을 이끌고 메갈로폴리스의 요새 레욱트라를 점령했다. 아라토스 휘하의 아카이아 군대는 재빨리 메갈로폴리스를 지원하러 왔고 클레오메네스는 메갈로폴리스 성벽 아래 병력을 정렬하고 싸우다가 패했고 달아나기 시작했다. 추격하던 아카이아 군대가 깊은 골짜기에 다다르자 아라토스는 더 이상 추격을 허용하지 않았다.

그러나 메갈로폴리스 사람 뤼디아다스는 분노를 참지 못하고 휘하의 기병대를 이끌고 수많은 넝쿨 식물과 웅덩이, 장애물이 있는 골짜기로 뛰어들었다. 그 결과 대열이 무너지고 혼란이 왔으며 곤란한 상황에 처하게 되었다. 이를 지켜본 클레오메네스는 타렌툼과 크레테 병사들을 보내 뤼디아다스와 싸우게 했고 뤼디아다스는 맹렬하게 저항하다 적의 손에 죽었다.

용기가 솟구친 라케다이몬 군대는 고함을 치며 아카이아 군대를 공격했고 적군 전체를 패주시켰다. 수많은 적병이 전사했고 클레오메네스는 적의 요청에 따라 적병의 시신을 돌려주었다. 그러나 뤼디아다스의 시신은 자기 앞에 대령하게 한 다음 자줏빛 옷을 입히고 머리에는 관을 씌운 뒤 메갈로폴리스 성문으로 돌려보냈다. 나라를 폭군으로부터 빼앗아 시민에게 자유를 되찾아주고 아카이아 동맹에 가담하게 만들었던 바로 그 뤼디아다스였다.

VII.

잔뜩 신이 난 클레오메네스는 아카이아와 전쟁을 벌이는 동안 모든 것을 제 손에 넣고 주무를 수만 있다면 쉽게 우위를 점할 수 있다고 생각했다. 그리하여 어머니의 새 남편 메기스토노오스에게 말하기를 먼저 에포로스들을 없애야 하고 재산을 시민 전체의 공동 소유로 만들어야 하며 전처럼 평등한 권리를 누리게 된 시민을 격려하고 자극함으로써 헬라스의 패권을 잡아야 한다고 했다. 클레오메네스의 주장에 설득당한 메기스토노오스는 동료 두어 사람을 더 포섭했다.

한편 이때 한 에포로스가 파시파에의 신전에서 잠을 자다가 놀라운 꿈을 꾸었다. 에포로스들이 업무를 처리하는 장소에 의석이 하나밖에 놓여 있지 않고 나머지 네 의석은 어디 가고 없었다. 그가 놀라워하자 신전에서 목소리가 흘러나와 이편이 더 낫다고 했다. 이 에포로스는 클레오메네스에게 꿈 이야기를 했다. 클레오메네스는 처음에는 이를 몹시 불편하게 여겼는데 계획을 눈치챈 에포로스가 자신을 시험한다고 생각한 까닭이다. 그러나 꿈 이야기를 전한 에포로스가 사실을 말하고 있다고 확신한 뒤에는 용기가 되살아났다.

클레오메네스는 자신의 계획에 가장 심하게 반발할 것 같은 시민들을 데리고 아카이아 동맹에 속하는 헤라이아와 알사이아를 사로잡았으며 오르코메노스에 식량을 전달했고 만티네이아 곁에 진영을 치고는 주변 지역을 누비며 긴 행군을 계속했다. 라케다이몬 군대는 녹초가 되었으며 클레오메네스가 스파르테로 돌아가려고 하자 대부분이 자진해서 아르카디아에 남겠다고 했다. 이리하여 클레오메네스는 용병 부대를 거느리고 스파르테로 출발했다. 그리고 행군하는 도중 자신에게 호감을 갖고 있다고 생각되는 사람들에게 계획을 말하고 에포로스들의 식사 시간에 맞추어 덮칠 수 있도록 천천히 전진했다.

VIII.

스파르테가 코앞에 다가왔을 때 클레오메네스는 에포로스들의 식사 장소로 에우뤼클레이다스를 보냈다. 군대에서 왕의 전갈을 가지고 왔다는 명목이었다. 그러나 테뤼키온과 포이비스, 그리고 두 모탁스, 즉 클레오메네스와 함께 자라난 헤일로테스* 두 사람이 병사 소수를 데리고 에우뤼클레이다스를 뒤따르고 있었다. 에우뤼클레이다스가 에포로스들과 대화를 채 끝내기도 전에 이들은 칼을 빼 들고 달려들어 에포로스들을 쳤다. 처음으로 공격을 받은 아귈라이오스는 칼을 맞자마자 쓰러져 죽은 척을 했으나 이후 몰래 몸을 추스르고 식당을 나와 작은 건물로 갔다. 이 건물은 공포의 신에게 봉헌된 신전으로 주로 닫혀 있었으나 이날만은 열려 있었다. 아귈라이오스는 이 신전으로 들어가 문을 잠갔다. 그러나 나머지 넷은 죽임을 당했고 도우러 온 열 명 남짓한 사람도 죽었다. 그러나 가만히 있었던 사람은 아무런 해도 입지 않았고 도시를 떠나려면 떠날 수도 있었다. 심지어 다음 날 신전에서 나온 아귈라이오스도 목숨을 건졌다.

• 헤일로테스는 스파르테의 노예를 통칭하는 말인데 이 중에서도 모탁스는 스파르테 아이들과 같은 교육을 받았으며 훗날 해방되거나 심지어 시민이 되기도 했다.

IX.

라케다이몬에는 죽음의 신, 웃음의 신에게 봉헌된 신전을 비롯한 여러 신전이 있고 공포의 신에게 바쳐진 신전도 있다. 스파르테 사람들이 공포의 신을 섬기는 이유는 공포가 해롭다고 생각해서 피하고자 함이 아니라 공포가 나라 체제를 지탱하는 주된 요인이라고 생각하기 때문이다. 아리스토텔레스에 따르면 이런 이유에서 에포로스는 임기를 시작할 때 전체 시민으로 하여금 수염을 깎고 법을 지킬 것을 명령하는 선언문을 공표한다. 법을 지켜야 가혹한 법의 처벌을 벗어날 수 있기 때문이다. 수염을 깎게 하는 이유는 젊은 층이 아무리 사소한 규칙이라도 따르도록 가르치기 위함인 듯하다.

한편 장년층은 용맹을 공포의 부재로 보지 않았고 비난에 대한 공포이자 수치에 대한 두려움으로 보았다는 것이 내 생각이다. 법을 가장 두려워하는 사람이야말로 적의 앞에서 가장 큰 용기를 내고 죽음을 피하지 않으려는 사람은 불명예를 가장 두려워하는 사람이다. "공포가 있는 곳에 경외심도 있다"는 말은 옳다. 호메로스도 말했다.

"저는 아버님이 존경스럽기도 하고 두렵기도 합니다."•

"말 한마디 없이, 지휘관에 대한 두려움으로."••

군중은 두려워하는 대상을 존경하는 경향이 크다. 이런 이유에서 라케다이몬 사람들은 에포로스에게 거의 절대적인 권력을 쥐여준 뒤 에포로스의 식당 옆에 공포의 신에게 바치는 신전을 지었다.

• 일리아드에서 헬레네가 프리아모스에게 하는 말.

•• 일리아드에서 아카이아 군대를 묘사하며.

X.

하던 이야기를 계속하자면 클레오메네스는 마침내 결심했던 날이 오자 추방할 시민 여든 명의 이름을 공개했고 에포로스 의석을 하나만 남겨두고 치웠다. 남은 의자에는 클레오메네스 자신이 앉아 집무를 볼 예정이었다. 이어서 그는 민회를 소집했고 자신의 행위를 해명했다. 클레오메네스에 따르면 뤼쿠르고스는 원로원과 왕의 권력을 혼합했고 오랫동안 나라는 다른 관리가 없이도 왕과 원로원이 다스릴 수 있었다. 그러나 이후 멧세네 전쟁이 늘어지자 원정을 떠난 두 왕이 나랏일을 보살필 수가 없었기 때문에 동료들을 택해 시민에게 봉사하게 했다. 이들은 에포로스, 즉 보호자로 불렸고 초기에는 왕의 조력자 역할을 잘해나갔다. 그러나 점차 권력을 제 손에 넣기 시작했고 사람들이 의식하지 못하는 사이 자체적인 기구를 만든 것이다. 클레오메네스는 그 증거로 사라지지 않고 전해져 내려오는 한 가지 관습을 들었다. 에포로스들이 왕을 소환할 때 왕은 첫 번째 소환에도 응하지 않고 두 번째 소환에도 응하지 않지만 세 번째 소환에야 일어나 에포로스들 앞에 출두하는 관습이었다. 그러나 에포로스의 관직에 무게를 더하고 권력을 확장한 아스테로포스는 훨씬 후대의 사람이었고 에포로스들이 선을 지킬 줄 알 때에는 에포로스들이 있는 편이 나았다.

그러나 에포로스들이 강탈한 권력을 이용해 왕을 몰아내고 재판도 없이 왕을 사형에 처하는 등 오랜 통치 방식을 뒤엎는가 하면 신이 내려준 스파르테의 지극히 훌륭한 헌법을 되찾고자 하는 사람들을 위협했으므로 클레오메네스는 더 이상 두고 볼 수 없었다고 말했다. 클레오메네스는 만약 국외에서 닥쳐온 재앙, 즉 사치와 낭비, 채무와 폭리, 그리고 이보다 더 오래된 해악인 부와 가난을 피 흘리지 않고 해결할 수 있었다면,

마치 용한 의사처럼 고통 없이 나라의 질병을 치유할 수 있었다면, 누구보다 행복한 왕이 되었을 것이라고 말했다. 그러나 불가피한 상황이었고 뤼쿠르고스 역시 마찬가지 입장이었다고 클레오메네스는 말했다.

뤼쿠르고스는 왕도 관리도 아니고 왕의 역할을 하려는 평범한 개인으로서 무장한 수행원들을 데리고 광장으로 진입했으며 겁을 먹은 카릴로스 왕은 신전으로 피신했다. 그러나 카릴로스 왕은 성품이 훌륭했고 나라를 사랑했으므로 신속히 뤼쿠르고스의 조치에 힘을 실어주었고 체제의 변경을 받아들였다. 그럼에도 뤼쿠르고스의 사례는 폭력이나 공포에 의지하지 않고 체제를 바꾸는 일이 얼마나 어려운지 보여준다고 클레오메네스는 말했다. 그리고 자신은 폭력과 공포를 최대한 절제했고 스파르테의 구원에 반하는 사람들을 길 밖으로 몰아낸 것뿐이라고 했다. 나머지 시민에게는 나라 전체가 공동의 소유로 주어질 것이며 채무자는 빚을 탕감받고 외국인은 검토와 평가의 대상이 되리라고 했다. 건장한 외국인에게 스파르테 시민권을 주어 나라를 지키는 데 이바지하게 만들기 위함이었다.

"이렇게 되면 나라를 지킬 사람이 없어 스파르테가 아이톨리아와 일뤼리아의 전리품이 되는 꼴을 보지 않아도 됩니다."

XI.

이 직후 클레오메네스는 솔선수범하여 재산을 공동 소유로 돌렸고 양부 메기스토노오스와 동료들도 뒤따랐다. 이어서 온 시민이 뒤따랐고 토지가 분배되었다. 클레오메네스는 추방된 시민에게도 각각 부지를 주었으며 사태가 가라앉으면 모두 불러들이겠다고 약속했다. 이어서 뛰어난 지방민에게 시민권을 수여함으로써 중장비 보병 4천 명을 모았고 이들에게 짧은 투창이 아닌 장창을 사용하는 법을 가르쳤으며 방패를 고정된 손잡이가 아닌 끈을 이용해 들고 다니도록 했다.

이어서 젊은층을 교육하고 전통적 교육 방식인 '아고게'를 재수립하는 데 힘을 썼는데, 당시 스파르테에 머물고 있던 스파이로스가 세부 사항의 처리를 도왔다. 전통적인 체력 단련과 공동 식사 제도도 신속하게 다시 정착되었는데 일부 시민은 어쩔 수 없이 따랐지만, 대부분은 기쁜 마음으로 극도로 소박한 스파르테의 전통적인 생활 방식을 따랐다. 뿐만 아니라 절대 권력이라는 이름이 주는 불편함을 덜고자 동생 에우클레이다스에게 왕위를 주었다. 스파르테를 같은 가문에서 온 두 왕이 다스린 것은 이때가 유일했다.

XII.

한편 아라토스와 아카이아 군대는 클레오메네스의 개혁이 왕위를 위태롭게 만들었다고 생각했고 스파르테에 어떤 동요가 일지 모르는 상황에서 왕이 감히 스파르테를 떠나 밖으로 나오지 못하리라고 생각했다.

반면 클레오메네스는 이런 때에 스파르테 군대의 각오와 열의를 적에게 자랑할 수 있다면 좋고 또 유익하리라고 생각했다. 따라서 메갈로폴리스 주변 영토를 침략했으며 상당한 재물을 약탈하고 너른 지역을 속속들이 짓밟았다. 그리고 멧세네에서 출발해 이 지역을 지나가던 극단을 붙잡았고 적의 영토에 극장을 지은 다음, 상금으로 40므나를 걸고 연극 경연을 주최했다. 그런 다음, 하루 종일 연극을 감상했는데 딱히 볼거리가 필요했기 때문은 아니었다. 적을 한껏 비웃어주고 싶었기 때문이기도 했고, 세상을 우습게 여기는 양 행동함으로써 자신의 능력으로 상황을 완벽히 통제하고도 남는다는 사실을 보여주고자 했다.

평소에는 헬라스나 마케도니아를 통틀어 오직 스파르테 군대에서만 광대, 곡예사, 무용수, 연주자를 찾아볼 수 없었고 어떤 방종이나 천박한 행위, 축제 분위기도 찾아볼 수 없었다. 젊은 병사는 주로 훈련을 했고 장년의 병사는 이들을 가르쳤으며 훈련이 끝나고 쉴 때면 스파르테 식 농담과 말장난을 주고받았다. 이런 놀이가 얼마나 유익한지에 대해서는 「뤼쿠르고스」 편에 적어두었다.

XIII.

이와 같은 생활 방식에 관한 한 클레오메네스는 스승의 역할을 했다. 그는 평민과 다름없는 소박하고 평범하며 가식이 없는 생활을 했고 모두가 배울 만한 자기 설제의 본보기였다. 이런 점은 그가 다른 헬라스 인을 대할 때 큰 장점으로 작용했다. 헬라스 사람들은 보통 왕을 접견할 때 왕의 재물이나 사치스러운 방식에 감탄하기보다 접견자에게 불쾌하고 무자비한 답변을 던지는 왕의 허세와 거드름에 증오심을 느꼈다.

그러나 진정한 왕이었으며 왕의 칭호도 갖고 있었던 클레오메네스를 접견할 때는 왕의 주변에 호화로운 자줏빛 외투나 덮개도, 침상과 가마도 없음을 보았다. 뿐만 아니라 클레오메네스는 수많은 전령과 문지기를 두어 접견자들의 임무를 길고 고통스럽게 만들지도 않았고 문서를 요구하지도 않았다. 꾸미지 않은 차림으로 몸소 나타나 방문객의 인사를 받고 도움이 필요한 사람들과 길게 대화를 나누었으며 쾌활하고 상냥한 태도로 시간을 내어주었다. 결국, 상대방은 왕의 매력에 끌려 완전히 빠져들기에 이르렀으며 클레오메네스야말로 헤라클레스의 유일한 자손이라고 선언하곤 했다.

클레오메네스가 식사하는 방에는 침상이 세 개밖에 없었으며 방은 매우 좁고 간소했다. 그러나 사절단이나 외국 친구를 접대할 때는 침상을 두 개 더 추가했고 하인들은 식탁에 조금이나마 더 신경을 썼다. 양념이나 과자를 더한 것은 아니지만 좀 더 후한 식사와 괜찮은 포도주를 대접한 것이다. 클레오메네스는 동료가 외국 친구를 대접하면서 공동 식사 때 먹는 검은 탕과 보리빵을 내어놓았다는 이야기를 듣고는 이렇게 말하기도 했다.

"외국 사람들 앞에서는 엄격하게 스파르테 방식만을 따를 것도 아니네."

상이 나간 뒤에는 발이 세 개 달린 틀 위에 포도주가 담긴 청동 그릇이 놓였다. 각 1코틸레*를 담을 수 있는 은그릇과 적지만 은술잔도 준비되어 원하는 누구든 마실 수 있었다. 그러나 아무도 술을 강요당하지 않았다. 음악은 없었고 필요치도 않았다. 손님이 심심하지 않도록 클레오메네스가 직접 말을 건넸고 질문을 하는가 하면 이야기를 풀어놓기도 했기 때문이다. 클레오메네스는 심각하거나 불편한 이야기는 꺼내지 않았고 무례하지 않으면서 매력을 풍기는 격의 없는 대화를 즐겼다. 선물과 뇌물로 사람의 마음을 사고 부패시키는 왕도 있었지만, 클레오메네스는 이 방법을 서툴고 부당하다고 여겼다. 가장 왕답고 고귀한 방법은 즐거움과 신뢰를 주는 대화와 이야기로 방문객의 마음을 사로잡는 것이라고 생각했다. 부하와 친구의 차이를 들면서 친구는 성격과 대화로 사로잡는 반면, 부하는 돈으로 사로잡을 뿐 다른 차이는 없다고도 했다.

---

* 액체의 무게 단위로 쓰일 때 1코틸레는 약 270그램.

XIV.

곧이어 만티네이아가 지원군을 요청했고 클레오메네스가 밤을 틈타 성안으로 들어가자 만티네이아 사람들은 아카이아 수비대를 몰아내고 클레오메네스에게 복종했다. 클레오메네스는 만티네이아 고유의 법과 체제를 회복시켜 주고 같은 날 테게아로 향했다. 그런 직후 아르카디아를 에둘러 아카이아 도시 페라이로 진군했다. 아카이아 군대와 붙든가, 아라토스로 하여금 페라이를 내팽개치고 도주하게 만들어 불명예를 안기든가 할 생각이었다. 휘페르바타스가 당시 사령관이었지만 아라토스가 아카이아 동맹의 최고 권력자였기 때문이다.

이어서 아카이아 군대 전체가 헤카톰바이온 근처 뒤마이에 진영을 치자 클레오메네스는 이들을 향해 진격했다. 그러나 적대적이었던 뒤마이와 아카이아 진영 사이에 스파르테 진영을 마련하는 것은 좋지 못하다고 생각하고 겁 없이 아카이아 군대에 도전장을 내밀었으며 교전을 강제했다. 그 결과 대승을 거두었고 적의 보병대를 패주시켰으며 여러 전사자를 냈을 뿐만 아니라 수많은 포로도 잡아들였다. 이어서 랑곤으로 가서 아카이아 수비대를 몰아냈으며 엘레이아 사람들에게 랑곤을 되돌려주었다.

XV.

아카이아 군대가 이처럼 완전히 압도당하자 2년마다 지휘관에 올랐던 아라토스는 지휘관직을 거부했고 어떤 부탁과 애원에도 귀를 기울이지 않았다. 국가라는 배가 극심한 폭풍우를 만난 상황에 남에게 키를 맡기고 책임을 내팽개치는 현명하지 못한 선택을 한 것이다. 반면 클레오메네스는 아카이아 사절단을 통해 온건한 요구 사항을 전달하는 듯했으나, 곧이어 새로운 사절단을 보내 헬라스의 총지휘권을 넘길 것을 요구했다. 그러나 그 밖의 문제에 관해서는 이의를 제기하지 않고 즉각 포로와 요새를 반환하겠다고 약속했다. 아카이아는 이 조건을 받아들이고 사태를 종결하는 데 동의했으므로 클레오메네스를 회의가 열리기로 예정된 레르나로 초대했다.

그런데 힘겨운 행군을 마친 뒤 너무 급히 물을 마신 탓에 클레오메네스는 피를 토했고 목소리가 나오지 않았다. 그래서 아카이아로 가장 중요한 포로들을 돌려보내고는 일단 회의 참석을 미루고 스파르테로 돌아갔다.

XVI.

이 일은 헬라스가 어떻게든 극심한 곤경에서 빠져나와 마케도니아의 탐욕과 오만을 피할 수 있는 기회를 앗아갔다. 아라토스가 아카이아를 뒷전으로 미루고 아카이아의 일에 훼방을 놓았기 때문이다. 클레오메네스 왕에 대한 불신과 두려움 때문이었는지, 왕이 거둔 뜻밖의 성공을 시기했기 때문인지, 그것도 아니면 33년 세월 아카이아 동맹을 이끌어 온 마당에 젊은이의 벼락출세에 명성과 권력을 박탈당하고 그토록 오랫동안 쌓아오고 관리해온 대업의 지휘권을 빼앗기기가 억울했기 때문인지 그 이유는 알 수 없다.

그러나 클레오메네스의 힘찬 기백에 몹시 놀란 아카이아가 아라토스를 무시하고, 펠로폰네소스를 고대의 상태로 돌려놓고자 하는 라케다이몬의 요구에 일리가 있다고 여기기에 이르자 아라토스는 어떤 헬라스 인도 해서는 안 될 잘못을 저질렀고 특히 군인이자 정치가였던 자신의 생애에 전혀 어울리지 않는 극도로 불명예스러운 일을 했다. 안티고노스를 헬라스로 불러들이고 펠로폰네소스를 마케도니아 인으로 가득 채운 것이다. 아라토스가 젊은 시절 아크로코린토스를 탈환하면서 펠로폰네소스에서 몰아냈던 바로 그 마케도니아 인이었다. 당시 아라토스는 모든 왕의 의혹과 적개심을 불러일으켰고 특히 안티고노스에 대해서 회고록에 온갖 악담을 늘어놓았었다. 아테나이를 마케도니아 수비대로부터 해방하기 위해 수많은 곤경과 위험을 견디었다고 제 입으로 말했던 아라토스가 훗날 마케도니아 무력을 제 나라와 제 집으로, 심지어 제 집안 여인들이 있는 안채로 끌어들인 것이다.

클레오메네스는 퇴폐적인 선율처럼 되어버린 고대의 정치 체제를, 뤼쿠르고스가 수립했던 절제된 도리아 식 제도와 생활에 따라 재정립하고자 했던 헤라클레스의 자손이었다. 그런데 아라토스는 이런 스파르테의 왕을 시퀴온과 트리타이아의 지도자로 임명하는 데 동의하지 않았다. 그리고 스파르테의 보리빵과 짧은 외투를 거부한 채 부의 폐지와 가난의 부활을 클레오메네스가 저지른 가장 끔찍한 악행으로 여기고 자신과 아카이아 전체를 마케도니아의 왕관과 자줏빛 외투, 마케도니아 민족, 동방의 명령 앞에 내던진 것이다. 심지어 클레오메네스에 복종하는 것처럼 보이지 않고자 안티고노스를 위해 희생 제물을 바쳤으며 머리에 꽃을 얹고 잔뜩 피폐해진 안티고노스를 칭송하는 찬가를 불렀다.

그러나 여러 방면에서 진정하고 위대한 헬라스 인이었던 아라토스를 비난하고 싶은 마음은 없다. 다만 남다른 탁월함을 추구하는 품성을 가진 사람조차 완전무결한 선에 이를 수 없게 만드는 인간의 나약한 본성에 연민을 느낄 뿐이다.

XVII.

아카이아 사람들이 회의를 열고자 다시 아르고스에 모였을 때 클레오메네스도 테게아에서 내려왔고 합의가 이루어지기를 모두가 고대했다. 그러나 아라토스는 안티고노스와 가장 중요한 문제들을 이미 확정 지었기 때문인지, 클레오메네스가 군중을 설득하거나 강요함으로써 뜻을 관철시키리라고 생각했기 때문인지 몰라도 클레오메네스가 볼모 3백을 받은 다음 홀로 아르고스로 들어오거나 군대와 함께 성밖에 있는 경기장 킬라라비온에 머물며 의견을 주고받아야 한다고 주장했다.

클레오메네스는 이 소식을 듣자마자, 회의를 개최하기로 한 시점에는 아무 조건도 달지 않았다가 뒤늦게 믿지 못하고 문전박대하는 처사는 부당하다고 주장했다. 그리고 이 문제에 대해 아카이아 사람들에게 보내는 편지를 썼는데 아라토스에 대한 비난이 대부분이었고 아라토스도 군중 앞에서 클레오메네스에 대한 비난을 장황하게 쏟아냈다. 이 직후 클레오메네스는 전속력으로 진영을 철수했고 아카이아에 전령을 보내 전쟁을 선포했다. 전령은 아르고스가 아닌 아이기온으로 보냈는데 아라토스의 주장에 따르면 이는 전쟁에 대비할 시간을 빼앗기 위함이었다.

한편 아카이아는 동요했으며 도시들은 반란을 일으킬 태세였고 평민은 토지의 분배와 부채의 탕감을 기대했다. 여러 주요 시민도 아라토스에게 불만이 있었고 일부는 그가 펠로폰네소스로 마케도니아 군대를 끌어들인 데 분노하고 있었다. 이러한 상황에 용기를 얻은 클레오메네스는 아카이아를 침략했다.

먼저 펠레네를 습격하여 사로잡았고 아카이아 수비대를 몰아냈다. 이어서 페네오스와 펜텔레이온을 스파르테 편으로 끌어들였다. 한편 코린토스와 시퀴온의 변절이 두려웠던 아카이아 사람들은 아르고스에서 기병과 용병을 보내 두 도시를 감시하게 하고 저들은 아르고스에 모여 네메아 제전을 벌였다. 군중이 축제에 여념이 없고 성안에 관중이 가득 찼을 때 급습한다면 더욱 큰 혼란을 일으킬 수 있다고 예상한 클레오메네스는 밤새 군대를 이끌고 아르고스 성벽 아래까지 갔으며 극장이 내려다보이는 아스피스 요새 주변을 점령했다. 이 지역은 험해서 쉽게 접근이 어려웠다. 이렇게 되자 아르고스 주민은 성을 수비할 꿈도 꾸지 못했고 시민 스무 명을 볼모로 잡힌 뒤 스파르테 수비대를 받아들였다. 또한, 라케다이몬과 동맹을 맺고 클레오메네스에게 최고 지휘권을 주기로 했다.

XVIII.

이 일은 클레오메네스의 명성과 권력을 크게 향상시켰다. 스파르테의 옛 왕들은 수차례 시도했음에도 불구하고, 아르고스의 지속적인 동맹을 확보하는 데 실패했었기 때문이다. 가장 뛰어났던 퓌르로스 장군도 적을 물리치고 아르고스로 들어갔으나 사로잡을 수 없었고 성안에서 죽임을 당했으며 부하 대부분도 함께 죽음을 맞았다. 따라서 사람들은 클레오메네스의 순발력과 지혜를 우러러보았고, 그가 솔론과 뤼쿠르고스를 모방해 채무를 탕감하고 재산을 균등하게 배분한다고 비웃었던 무리조차 그가 두 사람을 모방한 까닭에 스파르테에 변화를 야기할 수 있었다고 믿기 시작했다.

스파르테가 이전에 얼마나 열등하고 취약한 상태였는가 하면, 아이톨리아가 라코니아를 점령해 5만 명을 노예로 데려갈 정도였다. 이때 한 스파르테 노인은 적이 스파르테의 짐을 덜어줌으로써 오히려 나라를 도왔다고 말했다. 그러나 머지않아 본래의 풍습을 되찾고 이름난 훈련 과정에 재돌입하자마자 스파르테는 마치 뤼쿠르코스가 지켜보고 협조하는 듯, 헬라스의 패권을 되찾고 펠로폰네소스를 재차 손에 넣음으로써 용맹과 충심을 충분히 입증한 것이다.

XIX.

아르고스가 이처럼 클레오메네스의 손에 들어간 직후, 클레오나이와 플리오스도 클레오메네스에게 넘어갔다. 이때 아라토스는 코린토스의 친親 스파르테 무리를 재판하고 있었다. 뜻밖의 소식에 불안에 사로잡힌 아라토스는 코린토스가 클레오메네스 쪽으로 기울고 있으며 아카이아 군을 쫓아내고 싶어한다고 생각하고 시민들을 회의장에 소집한 다음, 성문을 통해 몰래 빠져나갔다. 그리고 거기서 부하가 대령한 말을 타고 시퀴온으로 갔다.

아라토스가 기록한 바로는 코린토스 사람들은 말을 타고 하루라도 빨리 아르고스에 있는 클레오메네스를 찾아가려다가 말을 죄다 망쳤다고 한다. 한편 클레오메네스는 아라토스를 붙잡지 않고 도망가게 내버려두었다고 코린토스 사람들을 꾸중했다고 한다. 메기스토노오스는 아라토스를 찾아가 아크로코린토스를 넘기라는 클레오메네스의 요구를 전달했으며 그 대가로 상당한 돈을 제공하겠다고 말했다. 당시 아크로코린토스는 아카이아 수비대가 지키고 있었다. 그러자 아라토스는 자신이 정세를 지배하고 있지 않고 정세가 자신을 지배하고 있다고 대답했다고 한다. 아라토스의 기록에 따르면 그렇다.

클레오메네스는 아르고스에서 북으로 진군하며 트로이젠, 에피다우로스와 헤르미오네를 사로잡고 코린토스에 이르렀다. 아카이아 수비대가 버티고 있는 요새는 포위하고 아라토스의 동료와 재산 관리인들을 소환한 뒤 아라토스의 주택과 재산의 유지와 관리를 맡겼다. 그리고 다시 멧세네 사람 트리튀말로스를 아라토스에게 보내 아크로코린토스를 아카이아와 라케다이몬이 공동으로 수비하자고 제안했으며 그 대가로 아라토스가 프톨레마이오스 왕으로부터 받는 금액의 두 배를 주겠다고 약속했다. 그러나 아라토스는 제안을 받아들이지 않았고 아들을 비롯한 여러 볼모를 안티고노스에게 보냈으며 아크로코린토스를 안티고노스에게 넘기도록 아카이아 사람들을 설득했다. 그러자 클레오메네스는 시퀴온의 영토를 침략하여 약탈했으며 코린토스가 투표를 통해 아라토스의 재산을 클레오메네스에게 선물했을 때 이를 받았다.

XX.

안티고노스가 대규모 병력을 이끌고 게라네이아 산맥을 넘고 있을 때 클레오메네스는 이스트모스보다는 오네이아 산맥을 철저히 방비하는 편이 더 낫겠다고 생각했고 고도로 훈련된 마케도니아 보병대와 정식으로 맞붙기보다 지형전을 통해 힘을 빼기로 했다. 클레오메네스가 계획을 실행에 옮기자 안티고노스는 위험한 상황에 처했다. 식량이 충분하지 않았고 클레오메네스가 잠복해 있는 가운데 억지로 밀고 나가기란 쉬운 일이 아니었다. 뿐만 아니라 밤새 적의 눈을 피해 레카이온을 지나려다 전사자를 내고 쫓겨나고 말았다.

클레오메네스는 기운이 솟았고 부하들은 승리에 들뜬 마음으로 저녁 식사를 했다. 그러나 안티고노스는 까다로운 작전이 불가피한 상황에 처했으므로 낙담했다. 남은 방법은 헤라이온 곶으로 행군하여 수송선에 군대를 태우고 시퀴온으로 이동시키는 방법이었는데 상당한 시간이 소요되고 엄청난 준비 과정을 요하는 일이었다.

그러나 어느새 저녁이 찾아온 가운데 아르고스에서 아라토스의 동료들이 배를 타고 안티고노스를 찾아왔다. 아르고스가 클레오메네스에 대항해 반란을 일으킬 준비를 마쳤기 때문이었다. 역모의 주동자는 아리스토텔레스였고 클레오메네스가 기대와 달리 부채를 탕감해주지 않아 분노한 아르고스 군중을 설득하기는 어렵지 않았다. 아라토스는 안티고노스로부터 병사 1천5백을 받아 에피다우로스로 배를 띄웠다. 그러나 아리스토텔레스는 아라토스를 기다리지 않고 시민의 선두에 서서 요새의 수비대를 공격했으며 티목세노스가 시퀴온에서 아카이아 군을 이끌고 지원을 왔다.

XXI.

클레오메네스는 자정 무렵 이 소식을 들었다. 화가 난 클레오메네스는 메기스토노오스를 불러 즉각 지원군을 데리고 아르고스로 갈 것을 명령했다. 아르고스 시민을 믿어도 좋다고 클레오메네스를 안심시키고 수상쩍은 시민들의 추방을 막은 장본인이 바로 메기스토노오스였기 때문이다. 메기스토노오스를 보내고 난 뒤 클레오메네스는 병사 2천을 데리고 몸소 안티고노스를 감시했으며 코린토스 시민을 격려하며 아르고스에 큰 문제가 생긴 것은 아니고 소수가 동요하고 있을 뿐이라고 말했다. 그러나 아르고스 성안으로 들어갔던 메기스토노오스가 전사하고 수비대가 몹시 힘겨운 싸움을 계속하며 빈번하게 클레오메네스에게 전령을 보내자 클레오메네스는 적이 아르고스를 손에 넣고 길목을 봉쇄한 다음 마음대로 라코니아 영토를 짓밟고 무방비 상태의 스파르테를 포위할까 두려웠다.

결국, 클레오메네스는 군대를 이끌고 코린토스를 떠났고 그 즉시 안티고노스는 코린토스에 입성하여 수비대를 주둔시켰다. 한편 아르고스에 다다른 클레오메네스는 성벽을 오를 작정으로 행군을 마친 병력을 집결시켰고 아스피스 요새 밑으로 뚫린 굴을 통해 요새로 질러갔다. 그리고 요새 안에서 여전히 아카이아 군을 상대로 싸우고 있던 수비대와 합류했다. 또 사다리를 이용해 도시 일부를 손에 넣었고 크레테 궁수를 배치해 적을 거리로 나오지 못하게 했다. 그러나 안티고노스가 중무장 보병대를 이끌고 고지에서 들판으로 내려오고 있고 기병은 이미 성안으로 쏟아져 들어오고 있었으므로 클레오메네스는 아르고스의 재탈환을 포기하고 주변의 부하를 모두 데리고 안전하게 요새에서 내려왔으며 성벽을 따라 퇴각했다.

순식간에 위대한 정복 전쟁에서 승리하고 단 한 번의 원정만으로 펠레폰네소스 전체의 주인이 될 뻔했던 클레오메네스는 마찬가지로 순식간에 모든 것을 잃어버렸다. 일부 동맹국은 지체하지 않고 곧장 적의 편에 섰고 일부는 시간이 흐른 뒤 안티고노스에게 나라를 넘겼기 때문이다.

XXII.

클레오메네스의 원정은 이렇게 끝이 났고 그는 군대를 이끌고 고향으로 향하는 길에 테게아 근처에서 밤을 맞았다. 그때 스파르테에서 전령이 찾아와 새로운, 더욱 심각한 비보를 전했는데 바로 왕비가 죽었다는 소식이었다. 클레오메네스가 큰 승리를 하고도 끝까지 버티지 못하고 자꾸만 스파르테로 돌아간 것은 아기아티스에 대한 사랑과 깊은 헌신 때문이었다. 클레오메네스가 누구보다 아름답고 현명한 아내를 잃은 젊은이답게 비탄에 빠진 것은 당연하다.

그러나 아내를 잃었다고 해서 고결한 정신과 위대한 기백에 반하거나 어울리지 않는 행동을 하지는 않았다. 평소와 다름없는 언행과 복장, 태도를 유지했고 지휘관들에게 의례적인 지시를 내렸으며 테게아의 안위를 챙겼다. 그리고 다음 날 스파르테로 돌아가 집에 있는 어머니와 자식들과 함께 합당한 방식으로 아내를 애도했으며 그 직후 공익을 위해 계획했던 조치들을 시행하는 데 착수했다.

한편, 아이귑토스 왕 프톨레마이오스는 클레오메네스에게 도움을 주기로 약속했지만 어머니와 자식들을 볼모로 요구했다. 클레오메네스는 오랫동안 이것을 어머니에게 차마 말할 수 없었다. 종종 어머니 앞에서 말을 꺼내려다가도 그만 입을 다물어버렸기 때문에 어머니는 아들을 수상쩍게 여기고 아들의 동료들에게 아들에게 혹시 말 못할 사정이 있는지 물었다. 그리고 마침내 클레오메네스가 용기를 내어 어머니에게 말을 꺼내자 어머니는 따뜻한 웃음을 터뜨리며 말했다.

"그동안 용기가 없어 꺼내지 못하고 있었던 이야기가 이것입니까? 어서 어미를 배에 태워 이 보잘것없는 몸을 스파르테에 가장 유익하다고 생각되는 곳으로 보내십시오. 여기 멍하니 앉아 있다 늙어 죽기 전에."

곧 모든 준비가 끝나고 일행은 무장한 군대의 호위를 받으며 육로로 타이나로스에 다다랐다. 크라테시클레이아는 배에 오르기 전에 클레오메네스와 단둘이 포세이돈 신전으로 들어갔고 깊은 슬픔과 고뇌에 빠진 아들에게 포옹과 입맞춤을 한 뒤 말했다.

"라케다이몬 왕이시여, 남들 앞에서는 울거나 스파르테 사람답지 못한 행동은 하지 맙시다. 이것만은 우리 힘으로 가능한 일이니까요. 한편 운명에 달린 문제는 신께서 바라시는 대로 따를 수밖에 없습니다."

이 말과 함께 표정을 가다듬은 크라테시클레이아는 어린 손자를 데리고 배에 탔으며 선장에게 신속히 바다로 나가자고 했다. 아이귑토스에 도착한 크라테시클레이아는 프톨레마이오스 왕이 안티고노스가 보낸 사절을 맞이하고 있으며 그의 제안을 고려하고 있다는 사실을 깨달았다. 또한, 아카이아가 클레오메네스에게 협정을 요청하고 있으나 클레오메네스가 어머니를 염려해서 프톨레마이오스의 동의 없이 전쟁을 끝맺지 못하고 있다는 사실을 알고는 아들에게 전갈을 보내 스파르테에게 합당하고 이익이 되는 결정을 해야 하며 한 노파와 소년 때문에 언제까지 프톨레마이오스를 두려워해서는 안 된다고 말했다. 불행과 마주한 크라테시클레이아의 태도가 이와 같았다고 한다.

XXIII.

안티고노스가 포위 공격 끝에 테게아를 사로잡고 오르코메노스와 만티네이아를 습격하자 좁은 라코니아에 갇힌 클레오메네스는 5므나를 지급할 수 있는 노예에게 자유를 주는 방식으로 5백 탈란톤을 모았으며 이들 가운데 2천 명을 마케도니아 식으로 무장시켰다. 안티고노스의 흰 방패 부대에 대적할 무리였다. 그리고 전혀 뜻밖의 대규모 작전을 펼칠 계획을 짰다. 메갈로폴리스는 당시 아무런 도움 없이도 스파르테만큼이나 크고 강했으며 아카이아와 안티고노스의 지원을 받을 수도 있었다. 안티고노스가 멀지 않은 곳에 진영을 치고 있었고 아카이아가 안티고노스를 불러들인 것도 메갈로폴리스 때문이라고 여겨졌다.

클레오메네스의 계획은 이 도시를 잡아채는 것이었다. 이 이름난 성과가 얼마나 빠르고 갑작스러웠는지 잡아챘다는 표현만큼 알맞은 말이 없다. 그는 부하들에게 닷새 치 식량을 주고 아르고스 영토를 짓밟을 듯 셀라시아로 이끌었다. 그러나 거기서 메갈로폴리스의 영토로 내려갔으며 로이테이온에서 병사들에게 저녁을 먹인 다음 헬리코스를 지나 메갈로폴리스 성으로 진군했다. 성에서 멀지 않은 위치에서 클레오메네스는 판테오스에게 라케다이몬 병사로 이루어진 2개 부대를 주었다. 그리고 메갈로폴리스에서 방비가 가장 약하다고 알려진, 두 성탑 사이의 성벽을 공략하게 했다.

그동안 클레오메네스는 나머지 병력을 이끌고 천천히 뒤따랐다. 판테오스는 이 지점뿐만 아니라 성벽 대부분이 무방비 상태임을 발견했고 그 즉시 성벽을 무너뜨리거나 훼손했으며 만나는 모든 적병을 죽였다. 클레오메네스도 신속히 합류했고 메갈로폴리스 사람들이 깨닫기도 전에 군대를 이끌고 성안에 들어갈 수 있었다.

XXIV.

마침내 대참사를 깨달은 메갈로폴리스 시민의 일부는 가진 것을 잡히는 대로 싸들고 나라를 떠났으며 일부는 무기를 들고 단결해 적에 저항했다. 적을 완전히 내몰기에는 약했지만 도주하는 시민들이 무사히 빠져나갈 시간을 벌었으므로 붙잡힌 포로는 1천 명이 넘지 않았다. 도망에 성공한 사람들은 처자식과 무사히 멧세네로 갔다. 뿐만 아니라 적에 저항했던 사람들도 대부분 목숨을 구했다. 그러나 소수는 붙잡혔고 메갈로폴리스에서 명성과 영향력이 누구보다 컸던 뤼산드리다스와 테아리다스도 체포되었다. 병사들은 둘을 붙잡자마자 클레오메네스에게 대령했는데 뤼산드리다스는 멀리서 클레오메네스를 보자마자 목청껏 외쳤다고 한다.

"라케다이몬 왕이시여, 과거의 그 어느 왕보다 더욱 훌륭하고 왕다운 행위를 보여주시고 드높은 존경을 받으십시오. 이는 모두 왕께서 하시기 나름입니다."

클레오메네스는 뤼산드리다스의 속을 짐작하고 물었다.

"그게 무슨 뜻인가 뤼산드리다스? 메갈로폴리스를 돌려달라는 뜻은 아니겠지?"

그러자 뤼산드리다스가 대답했다.

"바로 그런 뜻입니다. 왕께서 메갈로폴리스처럼 훌륭한 도시를 파괴하는 대신 시민에게 고향을 되돌려주시고 수많은 시민의 구원자가 되신다면, 온 도시를 충성스럽고 정직한 친구와 동료로 채우실 수 있습니다."

그러자 클레오메네스는 잠깐 침묵한 뒤 말했다.

"그렇게 될 리 없겠지만, 이익보다는 명예를 가져오는 행위가 언제나 승리하길 빌어보세."

이 말과 함께 클레오메네스는 두 사람에게 전령을 딸려 멧세네로 보냈다. 메갈로폴리스 시민이 더 이상 아카이아 편을 들지 않고 스파르테의 우방이자 동맹국이 되기로 약속한다면 도시를 돌려주겠다는 제안을 하기 위해서였다.

그러나 클레오메네스가 이런 너그럽고 인도적인 제안을 했음에도 필로포이멘은 메갈로폴리스 시민이 아카이아와의 약속을 깨도록 허락하지 않았으며 클레오메네스가 도시를 시민에게 돌려주려고 하기보다 도시와 함께 시민까지 사로잡으려고 한다고 비난했다. 그런 뒤 테아리다스와 뤼산드리다스를 멧세네에서 몰아냈다. 내가 「필로포이멘」에 기록했듯이 사람은 훗날 아카이아의 지도자가 되어 헬라스에서 크나큰 명성을 얻게 된다.

XXV.

아무리 작은 물건에 손을 대도 적발할 정도로 메갈로폴리스에 어떤 피해도 가지 않도록 엄격하게 보살폈던 클레오메네스는 멧세네에서 도착한 소식을 듣자마자 얼마나 분하고 불쾌했으면 도시를 약탈했고 빼앗은 조각과 그림을 스파르테로 보냈다. 이어서 메갈로폴리스의 대부분을 완전히 파괴한 뒤 안티고노스와 아카이아가 공격해올까 염려한 나머지, 스파르테로 돌아갔다. 그러나 안티고노스와 아카이아는 꿈쩍도 하지 않았다. 아이기온에서 회의를 집행하고 있었기 때문이다. 여기서 아라토스는 연단에 올라 외투로 얼굴을 가리고 한참 동안 눈물을 흘렸다. 놀란 관중이 말을 해보라고 하자 아라토스는 클레오메네스가 메갈로폴리스를 때려 부수었다고 말했다.

아카이아 사람들은 순식간에 메갈로폴리스를 덮친 크나큰 재앙을 듣고 불안에 떨며 회의를 해산했다. 안티고노스는 처음에는 도움을 주고자 했으나 각지에서 겨울을 나고 있는 병력이 지나치게 느리게 움직였으므로 결국 원위치시켰고 안티고노스 자신만 소수의 부하를 데리고 아르고스로 향했다.

이어진 클레오메네스의 시도는 광기에 저지른 터무니 없는 행동이 아니라 놀라운 선견지명을 가지고 벌인 행위였다고 폴뤼비오스는 말한다. 클레오메네스는 마케도니아 군대가 겨울을 나기 위해 여러 도시에 흩어져 있다는 사실, 소수의 용병을 거느린 안티고노스가 아르고스에서 동료들과 겨울을 나고 있다는 사실을 알고 있었다. 그러므로 아르고스의 영토를 침략했다. 안티고노스가 수치를 이기지 못하고 싸우러 나온다면 수적으로 제압을 당할 터였고 싸움에 응하지 않는다면 아르고스의 멸시를 받을 터였기 때문이다. 예상은 들어맞았다.

클레오메네스가 아르고스 영토를 짓밟고 빼앗을 수 있는 모든 것을 빼앗자, 곤란해진 아르고스 사람들은 계속해서 안티고노스의 문을 두드렸고 나가서 싸우든지 더 뛰어난 자들에게 지도권을 넘기라고 고함을 쳤다. 그러나 안티고노스는 분별 있는 지휘관답게 안전을 내팽개치고 이유 없이 위험을 무릅쓰는 행동이야말로 수치스럽다고 생각했으므로 성 밖으로 나가지 않았고 원 계획을 변경하지 않았다. 결국, 클레오메네스는 군대를 이끌고 아르고스의 성벽 코앞까지 와서 당당히 쑥밭을 만들고 아무런 제지도 당하지 않은 채 철수했다.

XXVI.

그러나 얼마 가지 않아 안티고노스가 라코니아를 침략할 목적으로 테게아로 이동했다는 소식을 들은 클레오메네스는 재빨리 군대를 이끌고 다른 길을 따라 적을 지나쳐 행군했다. 그리고 동이 틀 무렵 갑자기 아르고스 성 앞에 모습을 드러냈으며 밭을 망치고 농작물을 못 쓰게 해 놓았다. 그러나 평소처럼 낫과 칼로 곡식을 베지 않고 창 자루처럼 굵은 커다란 나무막대기를 이용해 곡식을 후려쳤다. 스파르테 군대는 놀이를 하듯 지나가며 아무런 힘도 들이지 않고 작물을 짓이기고 망쳐놓은 것이다. 그러나 킬라라비스에 이르러 이 경기장에 불을 지르려고 하자 클레오메네스가 군대를 말렸다. 자신이 메갈로폴리스에서 저지른 짓이 명예보다는 분풀이를 위해서였음을 깨달았던 것이다.

한편 안티고노스는 곧장 아르고스로 돌아가 모든 언덕과 길목에 전초기지를 마련했다. 그러나 클레오메네스는 이 모든 것을 우습게 보고 괘념치 않는 시늉을 했다. 그리고 안티고노스에게 전령을 보내 떠나기 전에 헤라 여신에게 희생 제물을 바치고자 하니 헤라이온의 열쇠를 달라고 했다. 익살과 조롱을 담은 전갈을 보내고 문 잠긴 신전의 담벼락 아래서 헤라 여신에게 제물을 바친 클레오메네스는 군대를 이끌고 플리오스로 갔다. 그리고 거기서 올리귀르토스의 수비대를 몰아낸 뒤 오르코메노스를 지나 행군했다.

이 과정에서 클레오메네스는 오르코메노스 시민에게 의욕과 용기를 불어넣었을뿐더러 적으로 하여금 스파르테의 왕이 뛰어난 지도력을 갖춘 인물이며 크나큰 권력을 행사할 자격이 있는 사람이라고 생각하게 하였다. 단 하나의 도시를 원천으로 삼아 마케도니아의 권력과 재력 그리고 온 펠로폰네소스에 맞서 전쟁을 벌이고 있었으며 라코니아를 멀쩡히 지켜내는 데 그치지 않고 적의 영토를 짓밟고 대도시들을 사로잡았으므로 사람들은 클레오메네스의 능력과 포부가 보통이 아님을 보았다.

XXVII.

그러나 자금이 모든 일의 힘줄이라고 처음 언급했던 사람은 특히 전쟁을 염두에 두고 있었던 듯하다. 데마데스는 전함을 띄우고 선원을 배치하라고 명령했으되 자금은 주지 않았던 아테나이 시민에게 이렇게 말하기도 했다.

"반죽은 주무르기 전에 먼저 적셔야 하는 법입니다."

또한, 먼 옛날의 아르키다모스는 펠로폰네소스 전쟁의 시작 무렵에 여러 동맹국이 기여금의 액수를 정해달라고 요구하자 이렇게 말했다.

"전쟁에는 정해진 배급량이 없습니다."

뿐만 아니라 온전한 훈련 과정을 거친 운동선수가 시간이 지나면 단지 몸놀림이 재고 요령이 있을 뿐인 선수를 지치게 하고 압도하듯이 엄청난 물자를 가지고 전쟁을 벌이고 있던 안티고노스 역시 클레오메네스를 지쳐 쓰러지게 만들었다. 클레오메네스는 용병에게는 쥐꼬리만 한 급여를, 시민에게는 빈약한 생계 수단을 그것도 아주 가까스로 제공할 수 있었다. 그러나 다른 모든 의미에서 시간은 클레오메네스의 편에 있었다. 안티고노스에게 돌보아야 할 나랏일이 생긴 까닭이다.

안티고노스가 없는 동안 마케도니아는 이방 민족에게 침략과 파괴를 당했고 무엇보다 이 당시에는 일뤼리아 군대가 내륙에서 쳐들어와 마케도니아를 짓밟고 있었으므로 마케도니아는 안티고노스를 불러들였다. 안티고노스는 하마터면 결정적인 전투가 벌어지기 직전에 마케도니아에서 보내온 전갈을 받을 뻔했다. 만약 그랬다면 안티고노스는 즉각 마케도니아로 떠났을 것이며 아카이아가 남은 일을 알아서 처리해야 했을 것이다. 그러나 중요한 일일수록 아슬아슬하게 결정하곤 하는 운명의 여신은 힘과 기회를 저울질하다가 안티고노스 측에 약간의 무게를 더했다. 안티고노스를 호출하러 온 전령은 셀라시아 전투에서 클레오메네스가 군대와 나라를 잃고 나서야 나타난 것이다.

무엇보다 이런 이유에서 클레오메네스의 불행은 매우 가엾이 여길만하다. 클레오메네스가 수비 전술을 이용하며 이틀만 더 버텼더라면 전투를 할 필요조차 없었을 것이며 마케도니아 군대가 철수한 가운데 아카이아와 동등하게 맞설 수 있었을 것이다. 그러나 앞서 말했듯 물자가 부족했던 클레오메네스는 어떻게든 결판을 지어야 했으며 폴뤼비오스에 따르면 그는 아군 2만을 이끌고 적병 3만과 싸워야 했다.

XXVIII.

그러나 클레오메네스는 위험이 닥친 순간에도 훌륭한 장군답게 행동했고 동료 시민은 열렬한 지지를 보냈으며 심지어 용병 부대도 칭송받을 만한 활약을 보여주었다. 그럼에도 클레오메네스는 우월한 적의 갑옷과 중무장한 보병대의 막강한 밀집 대형에 압도당했다. 그러나 퓔라르코스에 따르면 아군의 배신행위도 있었고 이것이 패배의 주된 원인이었다.

안티고노스는 병력을 이끌고 전투에 나서기 전에 일뤼리아와 아카르나니아 병사들에게 숨은 경로를 알려주고 이 경로로 진격하여 클레오메네스의 동생 에우클레이다스가 이끌고 있는 적의 날개를 에워쌀 것을 주문한 바 있었다. 한편 상대를 관찰하던 클레오메네스는 일뤼리아와 아카르나니아 병사들이 보이지 않자 안티고노스의 속셈을 눈치챘다. 따라서 첩보부• 지휘관 다모텔레스를 불러 후방과 측방의 대열이 잘 싸우고 있는지 관찰한 뒤 보고하라고 지시했다. 그러나 안티고노스의 뇌물을 받았다고 전해지는 다모텔레스는 클레오메네스에게 측방과 후방은 멀쩡하니 아무 걱정하지 말라고 말했고 전방에서 공격해오는 적에만 신경 쓰고 몰아내면 된다고 했다.

다모텔레스의 보고를 믿은 클레오메네스는 안티고노스를 향해 전진했고 폭풍처럼 적을 덮친 스파르테 군대는 적의 중무장 보병대를 5스타디온 가량 뒤로 밀어붙였으며 의기양양 적을 추격했다. 그러다 적에게 에워싸인 에우클레이다스를 본 클레오메네스는 아군이 처한 위험을 알아차리고는 말했다.

"사랑하는 내 동생, 너는 떠났구나. 고귀한 기상을 가졌던 너는 떠났구나. 스파르테 소년들은 널 뛰어난 본보기로 삼고 스파르테 여인들은 너에 대한 노래를 지어 부르겠지만 너는 떠나고 없구나."

이같이 에우클레이다스와 부하들을 무찌른 적이 반대편 날개를 향해 진격하자 혼란에 빠진 스파르테 군은 더 이상 적에 맞설 용기를 내지 못했고 이를 본 클레오메네스도 피신하기 위한 조치를 취했다. 수많은 용병이 전사했으며 스파르테 병사도 2백을 제외하고 6천이 전사했다고 한다.

• 스파르테에는 크륍테이아, 즉 지방에서 비밀리에 노예의 움직임을 관찰하는 첩보 조직이 있었다.

XXIX.

스파르테로 돌아온 클레오메네스는 마중 나온 시민에게 안티고노스에게 저항하지 말 것을 조언했다. 자신은 죽든 살든 스파르테에 이익이 되는 길을 택하겠다고 했다. 고향의 여인들은 함께 빠져나온 클레오메네스의 부하들에게 달려가 무기를 들어주고 물을 갖다 주었다. 클레오메네스도 집으로 갔고 왕비가 죽은 뒤 후궁으로 들인 메갈로폴리스 출신의 자유민이 클레오메네스를 맞았다. 여인은 왕이 전장에서 돌아올 때면 언제나 그랬듯 시중을 들고자 했다. 그러나 클레오메네스는 갈증에 현기증이 날 지경인데도 물을 마시지 않았고 지쳐 쓰러질 지경인데도 앉지 않았다. 갑옷도 벗지 않은 채 왕궁의 기둥에 비스듬히 팔을 기댄 클레오메네스는 얼굴을 팔뚝에 묻고 잠깐 휴식을 취하면서 모든 가능한 계획을 고려해 보는가 하더니 동료들과 함께 귀티온으로 갔다. 그리고 거기서 오로지 바다로 나갈 목적으로 마련한 배를 타고 항해를 시작했다.

XXX.

안티고노스는 아무런 저항도 받지 않고 스파르테로 진군하여 사로잡았다. 그리고 라케다이몬 시민을 인도적으로 대우했으며 스파르테의 존엄을 건드리지도 모욕하지도 않았다. 다만 법과 제도를 원상태로 돌리고 신들께 제물을 바친 다음, 사흘째 되는 날 도시를 떠났다. 마케도니아에 커다란 전쟁이 벌어졌으며 이민족이 나라를 짓밟고 있다는 소식을 전해 들었기 때문이다. 뿐만 아니라 위중한 병을 앓고 있었다. 몸은 순식간에 쇠약해졌고 점막의 염증도 심했다. 그러나 안티고노스는 포기하지 않았고 나라를 지킬 힘을 남겨 둔 덕택에 막대한 적병을 죽이고 대승을 거두었다. 그리고 전장에서 목놓아 고함을 친 나머지 혈관이 파열되어 영광의 죽음을 맞았다. 이것은 퓔라르코스가 전하고 있는 내용이고 사실일 가능성이 높다. 일부 철학자들은 안티고노스가 승리한 뒤 "행복한 날이로다"라고 기쁨에 넘쳐 외쳤으며 피를 상당량 토한 다음 고열을 앓다 죽었다고 가르친다. 안티고노스에 대한 이야기는 여기까지다.

XXXI.

한편 클레오메네스는 퀴테라 섬에서 아이기알리아 섬으로 건너가 배를 댔다. 그가 이 섬에서 다시 퀴레네로 건너가려는데 동료 테뤼키온이 조용히 대화를 요청했다. 테뤼키온은 일을 처리할 때 배짱이 두둑했으며 언제나 큰소리를 치기 좋아했고 말이 번지르르했다.

"왕이시여, 가장 고귀한 죽음, 즉 전장에서의 죽음을 우리는 포기했습니다. 그러나 우리는 안티고노스에게 장담했고 온 세상이 들었습니다. 스파르테의 왕을 지나가려면 먼저 죽이고 가라. 여전히 우리는 가장 고귀하고 영광스러운 죽음에 버금가는 죽음을 맞이할 수 있습니다.

우리는 도대체 왜 가까운 재앙을 피해 먼 재앙을 향해 까닭없는 항해를 하고 있습니까? 헤라클레스의 후손이 필립포스와 알렉산드로스의 자손에게 굴복하는 것이 치욕이 아니라면 긴 항해 따위 하지 말고 안티고노스에게 항복하는 것이 낫습니다. 안티고노스는 아마도, 마케도니아가 아이귑토스보다 뛰어난 만큼 프톨레마이오스보다 뛰어날 것입니다.

하지만 우리를 무력으로 정복한 상대의 지배조차 받지 않으려고 하면서 우리를 상대로 승리하지도 않은 상대를 주인으로 모셔야 하는 이유는 뭡니까? 안티고노스를 피해 달아나 프톨레마이오스의 아첨꾼들과 어울린다면 우리는 하나가 아닌 두 나라에 대한 열세를 인정하는 셈입니다.

혹시 우리가 아이귑토스로 향하는 이유가 왕의 어머니 때문입니까? 왕의 어머니께서 프톨레마이오스 집안의 여인들 앞에서 아들을 왕이 아닌 포로라고 소개해야 한다면 참으로 보기 좋은 선망의 광경이겠습니다. 우리 그러지 말고 마음대로 칼을 쓸 수 있는 지금, 라코니아가 아직 눈앞에 있는 지금, 운명의 멍에를 없애버리기로 합시다. 그리고 스파르테를 지키기 위해 셀라시아에서 죽은 이들과 화해합시다. 아이귑토스에 멍하니 앉아 안티고노스가 라케다이몬에 어떤 지방관을 임명했는지 궁금해하지 맙시다."

테뤼키온이 이같이 말하자 클레오메네스가 대답했다.

"가엾은 사람. 그대가 말한 방법은 가장 쉬운 방법이고 죽는다는 것은 누구든 택할 수 있는 길이네. 전쟁에서 패하고 도주하는 행위보다 더 수치스러운 행위를 계획하면서 뿌듯하던가? 우리보다 더 훌륭한 사람도 운명의 버림을 받거나 수적인 열세를 겪고 적에게 굴복했네. 고생과 난관을 앞두고, 혹은 세상의 비난을 앞두고 싸움을 포기하는 사람은 나약함에 굴복하는 사람이네. 스스로 목숨을 끊는 일은 행위로부터의 도피가 아닌 행위 그 자체여야 하네.

자기만을 위해 죽는 것은 자기만을 위해 사는 일만큼 치욕스러운 행위라네. 자네가 지금 오늘날의 괴로움을 잊자고 하는 것은 그런 의미이며 그 밖의 어떤 명예롭고 유익한 결과도 가져오지 못한다네. 나는 그대도 나도 나라를 위한 희망을 버려서는 안 된다고 생각하네. 희망이 없어진다면 그때 가서 죽는 일은 원하기만 한다면 아주 간단하지."

이 말에 테뤼키온은 아무 대답도 하지 않았고 클레오메네스와 헤어지자마자 홀로 해변으로 내려가 목숨을 끊었다.

XXXII.

클레오메네스는 아이기알리아에서 배를 띄워 리뷔에에 상륙했고 왕의 영토를 가로질러 알렉산드리아로 갔다. 클레오메네스를 만난 프톨레마이오스는 처음에는 매우 제한되고 특별할 것 없는 친절을 보여주었다. 그러나 클레오메네스는 우호적인 감정을 실천으로 옮겼고 분별력을 입증했다. 그리고 일상에서 왕과 대화를 나눌 때 보여준 라코니아 특유의 우직함은 자유로운 영혼에서 나오는 매력을 드러냈다. 또 고귀한 태생에 어긋난 행동을 하지 않았고 불운을 겪었다고 해서 풀이 죽어 있지 않았으며 아첨과 감언이설밖에 모르는 자보다 상대방의 마음을 더 손쉽게 사로잡았다. 그러자 프톨레마이오스는 클레오메네스에 대한 커다란 존경심을 갖게 되었고 그와 같은 사람을 외면하고 안티고노스에게 당하게 내버려두었다는 사실을 깊이 후회했다.

따라서 클레오메네스를 놓치지 않고자 영예를 내리고 친절을 베풀었으며 스파르테로 돌아갈 수 있도록 함선과 재물을 마련해주겠다고 재차 약속하며 기운을 북돋곤 했다. 또 연간 24탈란톤을 생활비로 제공했다. 클레오메네스는 이 돈의 일부로 동료들과 소박하고 검소하게 살았고 대부분은 아이귑토스에 있는 헬라스 피난민을 돕고 좋은 일을 하는 데 썼다.

XXXIII.

그러나 프톨레마이오스 왕은 약속했던 대로 클레오메네스를 고향으로 보내주기 전에 죽음을 맞았고 이 직후 왕궁은 지나친 방종과 술잔치에 빠져들었으며 권력이 여인네의 손에 들어갔으므로 클레오메네스는 관심 밖으로 나앉게 되었다. 새 왕은 술과 여인에 정신이 극도로 찌들어 있었고 정신이 가장 맑고 깨끗할 때에도 궁정에서 종교의식을 거행하거나 북을 치며 사람을 끌어모았다. 한편 중요한 나랏일은 애첩 아가토클레이아와 매음굴의 여주인이었던 어머니 오이난테가 좌지우지하고 있었다.

그럼에도 왕은 일단 클레오메네스를 써먹을 방법을 찾은 듯했다. 왕은 형제 마가스를 두려워하고 있었다. 마가스는 어머니의 영향력 덕분에 따르는 병사들이 많았으므로 왕은 클레오메네스를 비밀회의의 일원으로 앉히고 마가스를 죽일 궁리를 했다. 그러나 왕의 고문 모두가 마가스를 죽이라고 부추기는 가운데 클레오메네스만이 반대로 조언을 했다. 정세를 안정시키고 위험 요소를 없애기 위해서 형제는 많을수록 좋다는 주장이었다.

그러나 왕의 대신 가운데 가장 영향력이 컸던 소시비오스는 마가스가 살아 있는 한 용병 부대가 어떻게 나올지 모른다고 했다. 그러자 클레오메네스는 적어도 용병 부대만은 염려하지 말라고 했다. 이 가운데 적어도 3천이 펠로폰네소스 출신으로 클레오메네스를 지지했으며 고개만 까닥해도 무기를 들고 모여들 정도였기 때문이다. 당시 클레오메네스는 선의를 드러내고 제힘을 자신하는 이 같은 말로써 적지 않은 신뢰를 얻었다.

그러나 분별력이 없는 사람은 나약한 정신으로 인해 더욱 비겁해지기 마련이고 훗날 프톨레마이오스 역시 모두를 두려워하고 아무도 신뢰하지 않게 되었다. 그러자 대신들은 클레오메네스를 두려워하게 되었는데 그를 지지하는 용병들이 많다는 이유에서였다. 대신들은 이렇게 말하곤 했다고 한다.

"저기 양 떼 사이로 사자가 한 마리 지나가네."

대신들을 말없이 경멸의 눈초리로 바라보며 사태를 살피는 클레오메네스는 틀림없는 사자였다.

XXXIV.

따라서 클레오메네스는 더 이상 배를 달라거나 군대를 달라고 요청하지 않았다. 그러나 안티고노스가 죽었으며 아카이아가 아이톨리아와 전쟁을 벌이고 있고 동강 난 펠로폰네소스가 그 어느 때보다 클레오메네스가 필요하다는 소식을 들은 클레오메네스는 오로지 동료들과 함께 스파르테로 가기만을 원했다. 그러나 아무도 설득당하지 않았다. 왕은 클레오메네스의 청을 듣지조차 않았으며 여인들과 주신 숭배의 연회와 환락에 빠져 있었다. 주요 대신이자 최고 고문 역할이었던 소시비오스는 클레오메네스가 자의와 반대로 남는다면 관리가 힘들 것이며 공포의 대상이 될 테지만 돌려보낸다면 그가 무모한 짓을 벌일 수 있다고 생각했다. 그가 큰일을 벌이기 좋아하는 데다 아이겁토스의 병폐를 눈으로 목격한 사람이었기 때문이다. 그렇다고 해서 선물을 주어 다독일 수 있는 사람도 아니었다.

클레오메네스는 마치 신성한 아피스 황소 같았다. 이 소는 부족한 게 없고 호화로운 대접을 받았지만, 본성에 어울리는 생활을 갈구했다. 마음대로 사냥을 하고 껑충껑충 뛰놀고 싶어 했고 사제들의 손길을 싫어하는 티가 역력했다. 이처럼 클레오메네스 또한 편안하고 쾌적한 삶을 조금도 즐기지 않았고, 마치 아킬레우스처럼 "마음속에는 근심이 끊이지 않는 가운데 하는 일 없이 어슬렁거리며 전투와 전장의 고함 소리를 하염없이 그리워했다."

XXXV.

클레오메네스의 처지가 이와 같을 때, 멧세네 사람 니카고라스가 알렉산드리아로 왔다. 클레오메네스를 미워하면서도 친구인 척하는 사람이었다. 그는 한때 클레오메네스에게 고급 저택을 판 적이 있었는데 왕이 끊임없이 전쟁에 나가느라 값을 치르지 못했던 것으로 보인다. 클레오메네스는 마침 부두를 산책하다가 배에서 내리는 니카고라스를 보았고 반갑게 인사하며 어떻게 아이귑토스에 왔는지 물었다. 니카고라스도 친근하게 인사하며 왕에게 바칠 훌륭한 군마를 가져왔다고 말했다. 그러나 클레오메네스가 코웃음을 치며 말했다.

"삼부케를 연주하는 여인들이나 남색을 즐길 미동美童을 데려오지 그랬는가. 요즘 왕의 관심은 그런 데 있는데."

당시 니카고라스는 미소를 지었을 뿐이다. 며칠 뒤 클레오메네스에게 저택 이야기를 꺼낸 니카고라스는 값을 지급해줄 수 있겠느냐고 물으며 화물을 처분하면서 큰 손해만 보지 않았더라도 갚으라는 말은 않았을 것이라고 했다. 그러자 클레오메네스는 받은 돈을 다 써서 없다고 대답했고 니카고라스는 화가 났으며 소시비오스에게 클레오메네스가 했던 농담을 보고하기에 이르렀다. 소시비오스는 이것만으로도 기뻤지만, 왕을 분노하게 만들기 위해서는 좀 더 큰 죄목이 있었으면 했다. 따라서 니카고라스를 설득하여 클레오메네스를 비난하는 편지를 쓰고 가도록 했다. 니카고라스는 시키는 대로 클레오메네스가 프톨레마이오스에게 전함과 병력을 받으면 퀴레네부터 사로잡을 작정이라고 적은 다음, 배를 띄웠다. 소시비오스는 나흘을 기다린 뒤 편지를 막 받은 것처럼 프톨레마이오스 왕에게 가져갔다. 젊은 왕은 격분한 나머지, 클레오메네스를 전과 다름없이 대우하되 그를 큰 집에 가두고 나가지 못하게 하기로 했다.

XXXVI.

이 일만으로도 클레오메네스는 몹시 괴로웠으나 곧이어 벌어진 또 다른 사건은 클레오메네스의 앞날에 대한 희망에 큰 타격을 입혔다. 왕의 친구이기도 했던, 크뤼세르모스의 아들 프톨레마이오스는 상당히 오랫동안 클레오메네스에게 우호적이었으며 두 사람은 꽤나 가깝고 거리낌없는 사이였다. 어느 날 클레오메네스의 부탁에 친구를 찾아온 프톨레마이오스는 조리 있게 클레오메네스의 의문에 답하고자 애썼고 왕의 행동에 대신 양해를 구했다. 그러나 집을 떠날 때 클레오메네스가 뒤따라 오고 있지 않다고 생각한 프톨레마이오스는 보초병을 호되게 꾸짖으며 클레오메네스가 얼마나 다루기 어려운 거대한 날짐승인데 그렇게 빈둥대며 엉터리로 보초를 서느냐고 했다.

그런데 클레오메네스가 직접 이 말을 들은 것이다. 그는 프톨레마이오스가 눈치채지 못하게 물러나 친구들과 이야기를 나누었다. 클레오메네스 일행은 그 즉시, 간직해왔던 희망을 버리고 프톨레마이오스의 부당하고 오만한 행위에 복수하겠다고 결심했다. 제사에 쓰려고 살찌우다 죽이는 희생양이 되느니 스파르테 사람답게 죽겠다고 마음먹은 것이다. 클레오메네스는 훌륭히 싸웠으며 여러 큰일을 해냈고 안티고노스와의 타협조차 우습게 여긴 사람이었다. 그런 클레오메네스가 결국 아무런 손도 쓰지 못하고, 구걸하는 사제에 다름없는 왕이 일단 춤을 멈추고 북을 내려놓은 뒤 죽여주기를 기다려야 한다는 사실은 참을 수 없는 치욕이었다.

XXXVII.

클레오메네스 일행의 각오가 이러한 가운데 프톨레마이오스 왕은 카노보스를 방문하게 되었다. 그러자 일행은 왕이 클레오메네스를 풀어주었다는 소문을 퍼뜨렸다. 한편 아이귑토스에서는 왕이 연금에서 풀려나는 사람에게 선물을 보내고 만찬을 차려주는 풍습이 있었으므로 성안에 있던 클레오메네스의 동료들은 그에게 온갖 음식과 선물을 보냈다. 보초병들은 이 모든 것을 왕이 보낸 줄로 알고 감쪽같이 속아 넘어갔다. 클레오메네스가 희생 제물을 바친 뒤 보초병들에게 음식을 넉넉히 나누어주었으며 머리에는 화관을 얹고 친구들과 만찬을 즐겼기 때문이다.

또 클레오메네스는 예상했던 것보다 일찍 거사를 시작했는데 계획을 알고 있던 노예가 밖에서 애인과 밤을 보냈다는 소식을 들었기 때문이다. 계획이 들통날까 두려웠던 클레오메네스는 정오가 되어 보초병들이 술에 취해 잠든 것을 확인한 뒤 웃옷을 걸치고 어깨솔기를 뜯은 다음 칼을 뽑아들고 집 밖으로 달려나갔다. 같은 차림으로 따라나선 동료가 총 열셋이었다.

절름발이 힙피타스는 처음에는 온 힘을 다해 함께 달려나갔지만, 동료들의 움직임에 방해가 된다는 생각이 들자 쓸모없는 사람 하나 때문에 계획을 망치지 말고 제발 죽여달라고 애원했다. 그런데 마침 한 알렉산드리아 주민이 말을 끌고 문을 나서고 있었으므로 일행은 이 말을 빼앗아 힙피타스를 태운 뒤 알렉산드리아의 좁은 골목을 전속력으로 뚫고 나가면서 주민들에게 함께 자유를 위해 투쟁하자고 외쳤다. 주민들은 클레오메네스의 행위를 칭송하고 우러러볼 정도의 용기는 있었지만 따라나서 도울 정도는 아니었다.

또 일행은 크뤼세르모스의 아들 프톨레마이오스가 왕궁에서 나오는 것을 목격하고 셋이 힘을 합쳐 그를 죽였다. 도시의 보안을 책임지고 있던 또 다른 프톨레마이오스가 전차를 타고 달려오자 일행은 전차에 맞서 달려나갔으며 수행원과 용병 일당을 쫓아버리고 프톨레마이오스를 전차에서 끌어내려 죽였다. 계속해서 일행은 요새로 전진했다. 요새에 위치한 감옥을 습격해 수많은 포로를 이용하려고 했던 것이다. 그러나 보초병들이 한발 앞서 요새로 가는 길목을 철통 방어했으므로 클레오메네스는 당황하며 시내를 이리저리 돌아다녔다. 그를 따르려는 사람은 없었고 모두가 두려움에 사로잡혀 도망치기 바빴다.

그러자 클레오메네스는 단념하고 동료들에게 말했다.

"그러고 보면 자유를 피해 달아나는 이런 남자들을 여인네가 다스리는 것은 놀라운 일이 아니네."

그리고 스파르테 왕에게 부끄럽지 않고 과거의 모든 업적에 부끄럽지 않은 방법으로 목숨을 끊자고 말했다. 그러자 제일 먼저 힙피타스가 그보다 젊은 친구의 도움을 받아 죽었다. 그러고 나서 제각각 차분하게 그러나 기꺼이 제 목숨을 끊었다. 그러나 메갈로폴리스를 사로잡는 데 앞장섰던 판테오스만은 예외였다.

어린 시절 매우 아름다웠던 판테오스는 왕의 총애를 받았고 젊은 시절에는 스파르테의 생활 방식에 철저히 순종했다. 그런 판테오스에게 내려진 마지막 지시는 왕과 일행이 다 죽기를 기다렸다가 마지막으로 죽는 것이었다. 마침내 일행이 모두 바닥에 쓰러지자 판테오스는 한 사람 한 사람을 칼로 가볍게 찔러보면서 숨이 붙어 있지 않은지 확인했다. 그런데 클레오메네스의 발목을 찌르자 얼굴이 일그러졌다. 판테오스는 클레오메네스에게 입을 맞추고 그 곁에 앉았다. 그리고 왕이 마침내 숨을 거두자 왕의 죽은 몸을 껴안은 뒤 그 위에서 제 목숨을 끊었다.

XXXVIII.

16년간 스파르테의 왕으로 살다 최후를 맞이한 클레오메네스는 이 같은 사람이었다. 클레오메네스가 죽었다는 소식이 도시 전체에 퍼지자 크라테시클레이아처럼 강인한 사람도 엄청난 불행에 평정을 잃었고 클레오메네스의 자녀들을 와락 껴안으며 울고불고했다. 두 아들 중 맏이는 미처 막기도 전에 튀어 나갔으며 지붕에서 거꾸로 뛰어내렸다. 아이는 심하게 부상을 입었지만 죽지는 않았고 실려가면서 마음대로 죽을 수도 없다고 분개하며 소리를 질렀다.

프톨레마이오스는 소식을 듣자마자 가죽을 벗긴 클레오메네스의 시신을 매달 것을 명령했으며 클레오메네스의 자식들과 어머니, 그리고 그 어머니와 함께 있던 여인들까지 모조리 죽이라고 했다. 그중에는 판테오스의 아내도 있었다. 더할 나위 없이 고상하고 보기에 아름다운 여인이었다. 신혼이었던 부부는 애정이 한창일 때 불운을 맞이했다. 원래 판테오스의 장인과 장모는 딸이 곧바로 판테오스를 따라 아이귑토스로 떠나는 데 반대했고 딸을 집안에 가두었다. 그러나 딸은 얼마 후 말 한 마리와 크지 않은 여비를 마련해 밤새 도망을 쳤고 타이나론으로 전속력으로 달려 거기서 아이귑토스행 배에 올랐다. 배에 실려 남편을 찾아간 아내는 낯선 땅에서 불평하지 않고 쾌활하게 생활을 이어갔다.

바로 이 여인이 병사들에 끌려가는 크라테시클레이아의 손을 잡아주고 외투를 걷어주었으며 용기를 북돋았다. 크라테시클레이아 자신도 죽음 앞에서 한 치도 좌절하지 않았다. 다만 아이들보다 먼저 죽여달라고 단 한 가지 청을 넣었을 뿐이다. 그러나 사형장에 다다랐을 때 먼저 아이들이 크라테시클레이아의 눈앞에서 죽음을 맞았으며 그다음 크라테시클레이아가 죽임을 당했다. 지독한 슬픔에도 크라테시클레이아는 이 한마디만을 외쳤을 뿐이다.

"얘들아, 어디로 간 거니?"

그러자 건강하고 몸집이 당당한 여인이었던 판테오스의 아내는 긴 외투를 걷어붙이고 죽어가는 여인들을 말없이 침착하게 보살폈으며 장례를 위해 시신을 수습하고자 온 힘을 다했다. 수습을 마친 판테오스의 아내는 제 옷매무새를 가다듬고 어깨 위로 외투를 늘어뜨렸다. 그리고 사형 집행인을 제외한 누구도 가까이 오거나 쳐다볼 수 없게 하고 씩씩하게 최후를 맞이했다. 죽은 뒤에는 타인이 시신을 수습하거나 덮을 필요가 없었다. 이처럼 판테오스의 아내는 죽는 순간까지 바른 기상을 꺾지 않았고 살면서 언제나 주의 깊게 몸을 보살피던 습관을 끝까지 놓지 않았다.

XXXIX.

남자들에 뒤지지 않는 결말을 맞이한 여인들의 비극을 통해 스파르테는 최후의 순간에도 운명은 덕을 넘어설 수 없다는 사실을 세상에 보여주었다. 며칠 뒤, 매달려 있는 클레오메네스의 시신을 감시하던 무리는 시신의 머리 위에 거대한 뱀이 똬리를 틀고 앉아 있는 모습을 목격했다. 뱀이 얼굴을 가리고 있었으므로 시체를 먹는 새가 가까이 갈 수 없었다.

그러자 왕은 미신적인 공포에 사로잡혔고 여인들은 이를 틈타 수많은 정화 의식을 치렀다. 신의 사랑을 받았던 비범한 인간이 죽임을 당했다고 생각했기 때문이다. 알렉산드리아 사람들은 심지어 클레오메네스를 숭배하기에 이르렀다. 그가 매달린 곳으로 와서 그를 영웅이자 신들의 아들이라 칭한 것이다. 그러나 마침내 알렉산드리아의 지혜로운 시민들이 이 행위에 제동을 걸었다. 부패하는 황소의 사체에 꿀벌이 생기고 말의 사체에 말벌이 생기며 비슷한 방식으로 썩어가는 나귀의 사체에 딱정벌레가 생기듯 인간의 몸의 경우에도 마찬가지로 골수가 모여 응고되면 뱀이 생긴다고 설명한 것이다. 그리고 옛사람들이 영웅과 뱀을 가장 많이 연관시킨 것도 이런 현상을 관찰했기 때문이라고 했다.

PLUTARCH

LIVES

티베리우스 그라쿠스

I.

이제 앞의 이야기를 적절히 마무리했으니 아기스와 클레오메네스의 운명만큼이나 비극적이었던 두 로마인, 티베리우스와 가이우스의 운명을 비교해서 논해 보아야 한다. 두 사람의 아버지 티베리우스 그락쿠스는 로마 감찰관을 지낸 사람이며 두 차례나 집정관을 역임했고 개선 행진도 두 차례나 했으나 그보다는 뛰어난 덕으로 빛나는 명성을 누렸다. 한니발을 무찌른 스키피오가 죽었을 때 티베리우스는 스키피오와 한편도 아니었고, 오히려 그와 적대 관계에 있었음에도 스키피오의 딸 코르넬리아를 아내로 맞이할 자격이 있다고 여겨졌다.

그런데 어느 날 이 티베리우스가 침대에서 뱀 한 쌍을 잡았다. 예언자들은 이 기이한 현상을 고민하더니 두 뱀을 모두 놔주어서도 모두 죽여서도 안 된다고 했다. 두 마리 가운데 하나를 죽여야 하는데 만약 수컷을 죽이면 티베리우스가, 암컷을 죽이면 코르넬리아가 죽는다고 말했다. 그러자 아내를 사랑했던 티베리우스는 아내가 젊고 자신은 나이가 많으니 자신이 죽는 게 낫다고 생각하고 수컷을 죽이고 암컷은 놓아주었다.

이야기에 따르면 얼마 지나지 않아 티베리우스는 코르넬리아에게 열두 자녀를 남기고 죽었다고 한다.

자녀와 집안을 책임지고 돌본 코르넬리아가 얼마나 신중하고 자상한 어머니였으며 얼마나 너그러웠으면, 코르넬리아 대신 죽겠다고 한 티베리우스의 결정은 나쁘지 않았다고 여겨졌다. 프톨레마이오스 왕이 코르넬리아를 왕비로 삼고 왕관을 나누어 갖자고 했을 때에도 코르넬리아는 왕의 청을 거절하고 과부로 남았다. 이렇게 살며 코르넬리아는 자녀 대부분을 잃었으나 셋은 살아남았다. 하나 남은 딸은 소小 스키피오와 결혼했고 두 아들 티베리우스와 가이우스 그락쿠스는 이 이야기의 주인공이다. 코르넬리아는 두 아들에게 얼마나 지극히 공을 들였으면 두 형제만큼 뛰어난 기질을 타고난 로마인이 없다는 분명한 사실에도 두 형제의 덕은 본성보다는 교육의 덕택이라고 여겨졌다.

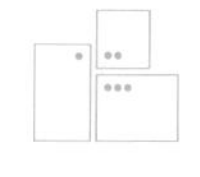

• 피에르 쥘 카블리에(Pierre-Jules Cavelier)의 대리석상, 『코르넬리아와 그락쿠스 형제』.

•• 로랑 드 라 이르(Laurent de la Hyre)가 그린 『프톨레마이오스의 왕관을 거부하는 코르넬리아』 1646년.

••• 안젤리카 카우프만(Angelica Kauffmann)이 그린 『그락쿠스 형제의 어머니 코르넬리아』 1785년.

II.

카스토르와 폴뤼데우케스를 형상화한 그림과 조각을 보면 여러 가지 닮은 점에도 불구하고 권투 선수와 달리기 선수 간에 존재하는 어떤 외형적 차이가 드러나듯, 티베리우스와 가이우스의 경우에도 용기와 자기 절제력, 관대함, 연설력, 아량은 매우 닮아 있었지만 구체적인 행동이나 정치 활동에서 두 사람 사이에 상당한 차이가 피어났고 눈앞에 나타났다. 따라서 이야기를 더 계속하기 전에 그 차이를 명시하는 편이 좋겠다.

먼저 생김새와 표정과 태도를 보면 티베리우스는 온화하고 조용했던 반면 가이우스는 예민하고 공격적이어서 민중 앞에서 긴 연설을 할 때도 티베리우스는 한곳에 침착하게 서 있었던 반면, 가이우스는 연단을 왔다 갔다 하며 때때로 토가를 내리고 어깨를 드러내기도 했던 최초의 로마인이었다. 아테나이에서는 클레온이 처음으로 외투를 벗고 허벅다리를 때렸던 민중 연설가였다.

• 그라쿠스 형제.

•• 티베리우스. 16세기 출간된 위인전기 모음 (Promptuarii Iconum Insigniorum)에 수록된 삽화.

나아가 가이우스의 연설은 좀 더 장엄했고 열정에 따른 과장이 심했던 반면 티베리우스의 연설은 보다 상냥했고 동정심을 불러일으키기에

용이했다. 티베리우스의 어법이 직설적이었고 정교했다면 가이우스의 어법은 능란하고 화려했다. 두 사람은 식생활과 생활 방식도 달랐다. 티베리우스가 소박하고 평범한 생활을 했다면 가이우스의 취향은 다른 로마인에 비하면 온건하고 간소했지만, 형에 비하면 겉치레가 심하고 까다로웠다.

따라서 드루수스 같은 사람은 가이우스가 은으로 만든 돌고래를 1리트라당 1천2백5십 데나리우스를 주고 샀다고 그를 비난했다. 두 사람의 성격도 연설 습관과 다르지 않았다. 티베리우스는 합리적이고 친절했던 반면, 가이우스는 거칠고 성급했기 때문에 연설할 때 본의 아니게 분노에 사로잡혀 목소리를 지나치게 높이며 욕설을 하다가 주제를 벗어나는 일이 종종 있었다. 따라서 주제 이탈을 막기 위해 티베리우스는 총명한 하인 리키니우스의 도움을 받았다. 리키니우스는 가이우스가 연설할 때 목소리의 음높이를 흉내 낼 수 있는 악기를 들고 그 뒤에 섰다. 그리고 가이우스의 목소리가 거칠어지거나 분노 때문에 갈라진다 싶으면 낮은 음을 소리 냈고 가이우스는 이 소리를 듣고 격정을 가라앉히고 목소리를 낮추었으며 상냥하고 온순해졌다.

III.

두 사람 간의 차이는 이와 같았다. 그러나 적 앞에서 용기를 발휘했으며 아랫사람들을 온당하게 대우했고 공무를 처리할 때는 꼼꼼하고 성실했으며 유흥을 자제했다는 점에서 두 사람은 한 치의 차이도 없었다. 그러나 티베리우스는 가이우스보다 아홉 살이 많았으므로 두 사람의 정치 활동은 서로 다른 시대에 이루어졌고 무엇보다 이런 이유에서 두 사람의 대의가 손상을 입었다. 두 사람은 동시에 명성을 얻지 못했기 때문에 하나로 힘을 합칠 수 없었다. 만약 힘을 합쳤다면 두 사람의 세력은 저항할 수 없으리만큼 커졌을 것이다. 결국, 각자의 이야기를 따로 할 수밖에 없으므로 먼저 형의 이야기를 시작하겠다.

IV.

티베리우스는 소년티를 벗자마자 이름을 널리 알렸으므로 조점관이 될 자격이 있다고 여겨질 정도였다. 이것은 티베리우스의 고귀한 태생보다는 뛰어난 품성 덕분이었고 압피우스 클라우디우스에 얽힌 일화에 그 명백한 근거가 있다. 감찰관과 집정관을 지낸 압피우스는 누구의 도움도 받지 않고 로마 원로원 의장이 된 사람이었으며 동시대 누구보다 드높은 기상이 있었다. 그런 압피우스가 조점관들의 만찬장에서 티베리우스에게 친근한 말을 건네며 딸과 결혼하면 어떻겠냐고 청한 것이다. 티베리우스는 기꺼이 동의했고 혼인을 성사시킨 압피우스는 집으로 돌아가자마자 문간에 서서 큰 소리로 아내를 부르며 외쳤다.

"안티스티아, 사윗감을 찾았어."

그러자 안티스티아가 놀라 말했다.

"뭐가 그리 급해요? 왜 그렇게 서둘러요? 사윗감이 티베리우스 그락쿠스면 모를까!"

이 일화를 그락쿠스 형제의 아버지 티베리우스 그락쿠스와 스키피오 아프리카누스의 일화로 소개하는 사람도 있지만, 기록 대부분은 나와 같은 입장이다. 폴뤼비오스는 스키피오 아프리카누스가 약혼자도 없고 혼약도 없는 딸을 남기고 죽었을 때, 누구보다 티베리우스를 선호한 코르넬리아의 친척들이 티베리우스에게 코르넬리아를 아내로 주었다고 한다.

아들 티베리우스는 아프리카에서, 제 누이와 결혼한 소小 스키피오의 부하로 복무하며 막사를 함께 썼다. 그러면서 스키피오의 본성을 잘 알게 되었고 곧 모든 젊은이 가운데 자제력과 용맹이 앞서게 되었다. 부하들은 스키피오를 보면서 그의 덕과 경쟁하고 그의 행위를 모방할 중요한 동기를 얻곤 했기 때문이다. 판니우스는 티베리우스가 늘 가장 먼저 적의 성벽을 기어올랐다고 말하고 자신도 함께 오르며 공을 나눠 가졌다고 한다. 군대에 복무하는 동안 티베리우스는 상당한 호의를 누렸고 그가 복무를 마치자 아쉬워하는 사람들이 적지 않았다.

V.

원정에서 돌아온 티베리우스는 재무관에 선출되었고 집정관 가이우스 만키누스 밑에서 누만티아를 상대로 전쟁을 벌이는 행운을 얻게 되었다. 만키누스는 악한 사람은 아니었지만, 장군으로서는 로마인 가운데 누구보다 불행했다. 그러나 예기치 않은 불행과 불리한 상황이 닥친 가운데 티베리우스의 기지와 용맹이 더욱 빛났을 뿐 아니라 연이은 재앙이 가져온 압박감에 자신이 장군이라는 사실조차 잊은 지휘관에 대해 티베리우스가 보여준 놀라운 예의와 존경도 더욱 빛이 났다.

여러 중요한 전투에서 패배한 만키누스는 밤을 틈타 진영을 버리고 병력을 철수하려고 시도했다. 그러나 누만티아 사람들이 이를 눈치채고 신속하게 진영을 사로잡았으며 도망치는 로마군을 덮쳐 후방에 있는 병사들을 무찌르고 군대 전체를 포위했다. 그리고 도망칠 구멍이 없는 험난한 지역으로 몰아넣었다. 안전하게 밀고 나갈 길이 없음을 깨달은 만키누스는 적에게 전령을 보내 전쟁을 멈추고 평화를 맺는 협정을 제안했다. 그러나 적은 티베리우스를 제외한 그 어느 로마인도 믿을 수 없다며 티베리우스를 보내달라고 요구했다.

누만티아 병사들이 티베리우스를 높이 산 것은 사실이지만 누만티아가 그를 요청한 것은 아버지 티베리우스에 대한 기억 때문이기도 했다. 그는 이베리아를 상대로 전쟁을 하고 여러 민족을 무찔렀지만 누만티아 사람들과는 평화 협정을 맺었으며 로마가 이 협정을 성실하고 정의롭게 준수하도록 보장했었다. 아들 티베리우스도 누만티아와 회담을 했고 몇 가지 요구 사항을 주고받은 뒤 협정을 맺었다. 그는 이로써 로마 시민 2만의 목숨을 살렸고 이는 수많은 시종과 진영의 식솔을 제외한 숫자다.

VI.

그러나 진영에서 빼앗긴 모든 재산은 전리품으로 취급해 누만티아가 가졌다. 이 가운데 티베리우스의 장부도 포함되어 있었다. 장부에는 티베리우스가 재무관으로서 공금을 사용한 내역이 기록되어 있었으므로 티베리우스는 이 장부를 되찾고 싶은 마음이 간절했다. 따라서 군대가 이미 상당히 이동했음에도 동료 서넛과 함께 누만티아로 되돌아갔다.

누만티아의 관리들을 불러낸 티베리우스는 장부를 되돌려달라고 부탁하면서 장부가 없다면 공금을 어떻게 사용했는지 보고할 수 없어 반대파의 표적이 될 것이라고 했다. 그러자 누만티아 사람들은 티베리우스에게 호의를 베풀 기회가 온 것을 기뻐하며 성안으로 초청했다. 그러나 티베리우스가 선뜻 결정하지 못하고 고민하자 가까이 와서 두 손을 덥석 잡더니 적이 아닌 친구로 생각해달라고 간청했다. 결국, 티베리우스는 성안으로 들어가기로 했다. 장부를 굉장히 중요하게 여기기도 했고 불신하는 태도를 보임으로써 누만티아 사람들을 언짢게 만들고 싶지 않았기 때문이다.

그가 성안으로 들어가자 누만티아 사람들은 식사를 대접했고 제발 앉아서 함께 식사부터 하자고 권했다. 다음으로 장부를 되돌려주었고 누만티아로 넘어온 티베리우스의 물건을 무엇이든 돌려주겠다고 했다. 그러나 티베리우스는 나라를 위한 제사에 쓸 향료만 되돌려받았을 뿐이다. 그러고는 지극한 우정을 담은 작별 인사를 하고 길을 떠났다.

VII.

로마로 돌아온 티베리우스는 누만티아와의 협정으로 로마에게 끔찍한 굴욕을 가져다주었다고 비난을 받았다. 그러나 시민의 큰 부분을 차지했던 병사들의 가족과 동료들은 티베리우스에게 몰려들어, 불명예를 지휘관의 탓으로 돌리는 동시에, 티베리우스가 없었다면 그토록 많은 시민이 목숨을 지키지 못했을 것이라고 주장했다. 그러나 사태에 불만을 가진 사람들은 선대의 사례를 따라야 한다고 부추겼는데 과거 로마는 삼니테스 족의 손에 풀려나는 데 만족했던 지휘관들을 무장하지 않은 상태로 적에게 내던진 적이 있었다. 당시 평화 협정을 마련한 재무관과 군사 호민관에게 위증죄와 협정을 위반한 죄를 씌우고 추방하기도 했다.

그러나 민중은 티베리우스를 향해 그 어느 때보다 많은 호의와 애정을 보여주었다. 집정관을 무장 해제하고 포박하여 누만티아에 인도하기로 투표를 통해 결정했음에도 티베리우스를 위해 다른 모든 지휘관은 책임에서 면한 것이다. 당시 로마에서 가장 위대하고 영향력이 컸던 스키피오 또한 지휘관들을 살리는 데 일조했다고 한다. 그럼에도 스키피오는 만키누스를 구하지 않았다고 비난받았다. 또한, 가족이자 친구였던 티베리우스가 누만티아와 맺은 협정을 지키지 않았다고 해서 비난을 받기도 했다.

스키피오와 티베리우스 사이의 불화는 무엇보다 티베리우스의 야망과, 그를 부추긴 여러 동료와 소피스테스*로 인해 불거진 것으로 보인다. 그러나 불화로 인해 벌어진 사태는 수습할 수 없는 정도의 재앙은 아니었다. 나는 티베리우스가 정치 활동을 하는 동안 스키피오 아프리카누스가 로마에 있었다면 티베리우스가 심각한 불행을 면했으리라고 생각한다. 그러나 티베리우스가 농지법을 위해 힘쓰기 시작할 무렵, 스키피오는 이미 누만티아에서 전쟁을 벌이고 있었다. 농지법이 생기게 된 계기는 다음과 같다.

VIII.

로마는 적과 싸워 획득한 영토 가운데 일부는 팔고 일부는 공공 부지로 삼은 다음, 궁핍하고 취약한 시민에게 크지 않은 임차료를 받고 제공했다. 그러나 가진 자들이 더 많은 임차료를 내고 가난한 자들을 몰아내기 시작하자 법이 제정됐는데 한 사람이 토지를 5백 유게룸** 이상 소유하지 못하도록 하는 법이었다. 한동안 이 법은 부유층의 탐욕을 제지했고 가난한 자들에게 도움이 되었다. 가난한 사람들은 처음부터 주어졌던 땅에서 임차료를 내면서 계속 머물렀다. 그러나 얼마 지나지 않아 부유층이 있지도 않은 사람을 만들어 내서 이웃 토지의 임차권을 부당하게 전유했고 결국은 대부분의 임차권을 공공연하게 소유하게 되었다.

결국, 땅에서 쫓겨난 빈곤층은 징집 명령에도 기꺼이 응하지 않았을 뿐더러 자녀 교육에도 소홀했으므로 이탈리아는 곧 자유 시민의 숫자

* 돈을 받고 문법, 수사, 정치, 수학 등을 가르쳐 주는 사람을 일컫는 말. 이 말은 본래 현자라는 의미이며 궤변론자라는 뜻도 얻게 된다.
** 유게룸은 1 제곱 킬로미터에 조금 못 미치는 넓이.

가 상당히 부족해졌다는 사실을 깨달았다. 부유층이 자유 시민을 몰아내고 얻은 토지를 경작하기 위해 외국에서 들여온 노예들만 이탈리아를 가득 채우고 있었다. 따라서 스키피오의 동료 가이우스 라일리우스는 이러한 폐단을 바로잡아보려 했으나 영향력 있는 시민들이 그의 조치에 반대했다. 그러자 라일리우스는 초래될 분란을 염려하여 물러났으며 그로써 현명한 혹은 분별 있는 사람, 즉 사피엔스라는 별명을 얻었다.

그러나 티베리우스는 민중 호민관에 선출되자마자 이 문제에 손을 댔다. 그가 수사학자 디오파네스와 철학자 블롯시우스의 부추김에 이 길을 택하게 되었다는 주장이 유력하다. 디오파네스는 미틸레네에서 추방된 사람이었으나 블롯시우스는 이탈리아가 고향인 쿠마이 사람으로 로마에 사는 타르소스 출신의 안티파트로스와 절친한 친구였고 안티파트로스는 여러 철학서를 블롯시우스에게 헌정함으로써 경의를 표했다.

그러나 티베리우스의 어머니 코르넬리아를 탓하는 사람도 있다. 코르넬리아는 로마가 아직도 자신을 그락쿠스 형제의 어머니가 아닌 스피키오의 장모라고 한다며 두 아들을 꾸중했다는 것이다. 스푸리우스 포스투미우스라는 사람을 탓하는 기록도 있다. 그는 티베리우스와 동갑으로 티베리우스와 변호인으로서 경쟁하는 사이였다. 원정을 마치고 돌아온 티베리우스는 경쟁자의 명성과 영향력이 자신보다 훨씬 커졌으며 그가 민중의 존경을 받고 있다는 사실을 알고 그를 앞지를 작정으로 민중이 큰 기대를 할 대담한 정치적 조치를 취하기 시작했다는 것이다.

그러나 가이우스 그락쿠스는 한 소책자에서 다른 이야기를 한다. 누만티아로 가는 길에 튀르레니아를 지나던 티베리우스는 로마 시민이 아닌 외국에서 온 노예가 땅을 경작하거나 가축을 치는 모습을 보았다. 형제에게 무수한 불행을 초래한 공공 정책을 바로 이때 처음 생각해냈다는 것이다. 그러나 티베리우스의 혈기와 야망은 누구보다 민중이 불을 붙였다. 민중은 티베리우스에게 보내는 글을 주랑 현관과 담벼락, 기념비에 게시해 빈곤층에게 공공 부지를 반환할 것을 촉구했던 것이다.

IX.

그러나 티베리우스가 홀로 법안을 작성한 것은 아니고 덕과 명성이 누구보다 뛰어난 시민의 조언을 받았다. 그중에는 최고 제사장 크랏수스, 당시 집정관이었던 법학자 무키우스 스카이볼라, 그리고 장인 압피우스 클라우디우스가 있었다. 지독한 불의와 탐욕을 다루는 법이 그토록 온화하고 관대한 언어로 작성된 적이 없었다고 한다. 불법적으로 땅을 점유하고 있는 사람은 불복종으로 처벌을 받고 벌금을 낸 뒤 땅을 넘겨야 온당했으나 새 법에 따르면 보상을 받고 토지의 임차권을 포기한 뒤 필요한 시민에게 권리를 넘겨주면 그만이었다. 잘못을 바로잡으려는 조치가 이처럼 관대했음에도 시민은 앞으로 같은 일이 벌어지지만 않는다면 과거는 과거로 남겨두는 데 동의했다. 반면 부와 재물이 있는 무리는 탐욕에 눈이 멀어 법을 증오했으며 분노와 경쟁심에, 법을 만든 티베리우스도 증오하게 되었다. 그리고 티베리우스가 정치 체제를 혼란에 빠뜨리기 위해 토지의 재분배를 꾀하고 있으며 총체적인 반란을 일으키려고 한다고 민중을 설득했다.

그러나 아무 소용 없었다. 보잘것없는 법안도 그럴듯하게 만들 훌륭한 말솜씨를 동원한 티베리우스가 명예롭고 정의로운 조치를 뒷받침하고자 연단 주변을 가득 메운 민중 앞에서 가난한 자들을 위해 호소할 때면 그는 얕잡아볼 수 없는 무적의 상대였다.

"이탈리아 땅을 돌아다니는 날짐승도 제 몸 뉘일 굴이나 보금자리가 있습니다. 그런데 이탈리아를 위해 싸우고 죽는 사람들은 같은 공기를 숨 쉬고 같은 빛을 쐬지만, 그뿐입니다. 집도 절도 없이 처자식과 방황합니다. 임페라토르는 적으로부터 조상님의 무덤과 신들의 사당을 지키자고 입에 침도 바르지 않고 거짓말을 합니다. 그런데 어느 병사에게도 대물림해온 제단이 없고 어느 병사에게도 조상의 무덤이 없습니다. 병사들은 다만 부와 사치를 누리는 자들을 위해 싸우고 죽습니다. 세상의 주인이라고 불리지만 내 것이라고 부를 흙 한 줌도 없습니다."

X.

드높은 기상과 진심 어린 감정에서 우러나온 이와 같은 말을 듣자 민중은 깊이 감동하여 티베리우스를 지지할 마음에 충만했으므로 어떤 경쟁자도 버티어낼 수 없었다. 따라서 경쟁자들은 반대 연설을 포기하고 마르쿠스 옥타비우스에게 탄원했다. 옥타비우스 또한 민중 호민관으로 지각 있고 신중한 젊은이였고 티베리우스와는 절친한 친구였다. 따라서 옥타비우스는 처음에는 티베리우스를 위해 경쟁자들과 거리를 두려고 했다. 그러나 여러 영향력 있는 사람들의 부탁과 탄원 때문에 입장을 바꾸지 않을 수 없게 되었고 결국 티베리우스에 반대함으로써 법안의 통과를 막았다.

결정권은 언제나 거부권을 행사하는 호민관에게 주어지게 되어 있다. 대다수가 찬성하더라도 한 호민관이 반대하면 아무 일도 할 수가 없다. 이 같은 절차에 분노한 티베리우스는 온건한 법안을 철회하고 새 법안을 마련했는데 민중에게는 더욱 유리한 반면, 잘못을 범한 자에게는 더 가혹한 법이었다. 기존 법을 위반하고 획득한 토지를 보상 없이 반납하라는 명령을 담고 있었기 때문이다.

따라서 거의 매일 티베리우스와 옥타비우스 사이에서 경쟁적인 토론이 벌어졌고 두 사람 모두 지극히 진지하고 경쟁적으로 토론에 임했다고 한다. 그러나 둘 중 누구도 상대를 비난하지 않았고 상대에 대해 분노가 담긴 부적절한 말을 단 한마디도 내뱉지 않았다. 박쿠스 추종자들의 주흥에서뿐만 아니라 경쟁의식과 분노를 분출할 때에도 고귀한 본성과 착실한 훈련은 정신을 제지하고 통제하는 것으로 보인다.

뿐만 아니라 공공 부지를 상당히 많이 임대하고 있는 옥타비우스가 법의 제재를 받게 되리라는 사실을 깨달은 티베리우스는 보잘것없지만 제 재산으로 보상을 해줄 테니 제발 거부권을 행사하지 말아 달라고 간청했다. 그래도 옥타비우스가 동의하지 않았으므로 티베리우스는 법안이 투표를 통해 통과되든 폐지되든 할 때까지 어떤 관리도 공무를 처리할 수 없게 하는 공무 정지 명령을 공포했다. 그는 또한 개인의 인장으로 사투르누스 신전을 봉인했다. 재무관이 국고에서 돈을 뺄 수도 국고에 돈을 넣을 수도 없게 하고 이를 어길 경우 처벌을 하기 위함이었다. 모든 관리는 두려움에 사로잡혔고 여러 가지 업무가 중단되었다.

그러자 부유층은 상복을 입더니 가엾고 초라한 모양새를 하고 포룸을 돌아다녔다. 그러나 비밀리에는 티베리우스의 목숨을 빼앗기 위한 음모를 꾸미고 있었고 그를 죽일 암살자 일당을 구하고 다녔다. 이에 대비해 티베리우스가 산적이 사용하는 단검 '돌로'를 숨겨 가지고 다닌다는 사실은 누구나 알고 있었다.

XI.

예정된 날짜가 되고 티베리우스가 민중을 투표장으로 부르고 있을 때 부유층은 투표함을 훔쳤고 커다란 혼란이 일었다. 그러나 티베리우스의 지지자들은 투표를 강행할 수 있을 만큼 많았으므로 일을 진행하기 위해 모여들었고 바로 이때 집정관을 지낸 적이 있는 만리우스와 풀비우스가 티베리우스 앞에 무릎을 꿇더니 두 손을 부여잡고 눈물을 흘리며 투표를 멈추라고 호소했다.

티베리우스는 앞날이 절망적임을 깨달았고 두 사람에 대한 예의도 차려야 했기에 자신이 어떻게 했으면 좋겠냐고 물었다. 그러자 두 사람은 조언을 해주기에는 사안이 지나치게 심각하므로 원로원에 조언을 구할 것을 간청했고 티베리우스는 승낙했다.

그러나 소집된 원로원은 아무런 도움도 되지 않았는데 의원 중에는 부유층이 많았기 때문이다. 결국, 티베리우스는 불법적이고 부적절한 조치에 기대지 않을 수 없었다. 옥타비우스를 호민관직에서 물러나게 만드는 방법이었다. 법안을 투표에 부치려면 이 방법이 유일했다. 그러나 먼저 민중 앞에서 그는 옥타비우스에게 간청했다. 따뜻한 말을 건네고 두 손을 부여잡으며 민중의 뜻을 따르고 민중을 기쁘게 하자고 했다. 민중은 정당한 권리를 요구할 뿐이며 민중이 견딘 엄청난 고생과 위험에 비하면 농지법은 아주 사소한 보답이라고 했다.

그러나 옥타비우스는 부탁을 거절했다. 티베리우스는 두 사람이 동일한 관직과 권력을 가졌으며 중대한 문제에 대해 의견 차이를 보이고 있으므로 싸우지 않고 함께 임기를 마치기는 불가능하다고 전제했다. 따라서 방법은 하나밖에 없었고 둘 중 하나가 관직에서 물러서는 것이었다. 티베리우스는 먼저 옥타비우스에게 티베리우스 자신의 퇴임 안을 상정하고 민중의 투표에 부치라고 했다. 민중의 뜻이라면 두말없이 관직을 내려놓겠다고도 했다. 그러나 옥타비우스가 이를 거절했으므로 티베리우스는 옥타비우스가 다시 생각해 보고도 마음을 바꾸지 않겠다면 그의 퇴임을 제안하겠다고 선언했다.

XII.

이같이 합의하고 티베리우스는 일단 민회를 해산했다. 그러나 다음 날 민중이 모이자 연단에 올라 다시 한 번 옥타비우스를 설득하려고 했다. 그러나 옥타비우스가 설득당하지 않자 티베리우스는 옥타비우스의 호민관 퇴임 안을 상정했고 민중에게 즉시 투표할 것을 명했다. 민중은 서른다섯 개 부족으로 나뉘어 있었는데 열일곱 개 부족이 찬성표를 던지고 옥타비우스의 퇴임을 강제하기 위해 단 한 표밖에 필요하지 않은 상황에서 티베리우스는 투표를 멈추고 다시 한 번 옥타비우스에게 간청을 하며 민중 앞에서 그에게 포옹하고 입을 맞추었다. 그리고 자신에게 불명예를 안기지 말아 달라고, 이처럼 막중한 법안을 친구 혼자 성사시키도록 내버려두지 말아 달아고 간절히 빌었다.

티베리우스의 이런 말을 듣고 옥타비우스가 조금도 흔들리거나 감동하지 않은 것은 아니다. 그는 그렁그렁한 눈으로 한동안 말없이 서 있었다고 한다. 그러나 부와 재물을 가진 시민을 향해 눈길을 돌린 옥타비우스는 부유층이 두려웠고 부유층이 보낼 비난이 두려웠으므로 모든 위험을 무릅쓰는 무모한 결정을 내린 것으로 보인다. 옥타비우스는 티베리우스에게 원하는 대로 하라고 말했다.

그리하여 옥타비우스의 퇴임 안이 통과되었고 티베리우스는 해방 노예를 시켜 옥타비우스를 연단에서 끌어내리도록 했다. 티베리우스의 수행원이 해방 노예였기 때문에 옥타비우스가 굴욕적으로 끌려가는 광경은 더욱 가엾어 보였다. 뿐만 아니라 민중이 옥타비우스를 향해 달려들었다. 곧 부유층이 떼를 지어 달려와 옥타비우스를 도우며 두 팔로 군중을 막았고 매우 힘겹게 그를 군중으로부터 떨어뜨려 구해낼 수 있었다. 한편 옥타비우스의 충성스러운 하인은 주인의 앞에서 주인을 보호하다가 두 눈이 파이고 말았다. 티베리우스는 사태를 깨닫고 군중을 말리려고 재빨리 내려갔으나 저항해도 소용없었다.

XIII.

이 직후 농지법이 통과되었고 공공 부지를 측량하고 분배할 세 사람이 선정되었다. 티베리우스와 장인 압피우스 클라우디우스, 그리고 동생 가이우스 그락쿠스였다. 가이우스는 당시 로마에 없었고 누만티아에서 스키피오 밑에서 싸우고 있었다. 티베리우스는 이 같은 조치를 잡음 없이 조용히 취해나가고 있었으며 옥타비우스를 대신할 호민관도 선출했다. 새 호민관은 지위가 높거나 명성이 있는 사람이 아니었고 티베리우스의 후원을 받는 무키우스라는 자였다.

한편 현 상황에 화가 났고 티베리우스의 커가는 세력이 두려웠던 귀족은 원로원에서 티베리우스를 비난했다. 티베리우스가 부지를 측량할 때 쓰기 위해 막사를 지원해달라고 부탁했을 때에도 원로원은 승인하지 않았다. 티베리우스 이전에는 훨씬 덜 중요한 임무를 위해서도 종종 사용을 승인해주었던 막사였다. 더구나 하루 치 업무비를 고작 9세스테르티우스로 책정했다. 이 모든 것은 티베리우스에 대한 증오에 철저히 빠져버린 푸블리우스 나시카의 제안이었다. 그는 가지고 있는 공공 부지가 많았으므로 땅을 포기해야 한다는 사실이 지독하게 억울했다.

그러나 민중은 더욱 흥분했다. 하루는 티베리우스의 친구가 갑작스러운 죽음을 맞았는데 온몸에 흉한 반점이 나 있었다. 그러자 군중은 이 친구의 장례식으로 몰려가 그가 독살을 당했다고 주장했으며 직접 상여를 나르는가 하면 마지막 절차까지 지켜보았다. 그런데 독살이라는 주장이 터무니없는 의심은 아니었던 것으로 보인다. 시신이 터지고 부패한 체

액이 상당량 흘러나온 나머지, 시신을 화장하기 위한 장작더미의 불길이 꺼질 정도였다. 새로이 불을 붙여도 시신은 좀처럼 타지 않았고 결국 장작더미를 다른 위치로 옮겨 여러 번 고생한 끝에 시신을 화장할 수 있었다. 그러자 티베리우스는 민중의 화를 키우고자 상복을 입고 아이들을 민회 앞에 세웠으며 자신의 목숨은 이미 포기했으니 아이들과 아이들의 어머니를 보살펴달라고 간청했다.

XIV.

곧이어 앗탈로스 필로메토르가 죽었고 페르가몬의 에우데모스가 로마로 왕의 유서를 가지고 왔다. 유서에서 왕은 로마 시민을 상속인으로 정하고 있었다. 그 즉시 티베리우스는 대중의 지지를 얻고자, 앗탈로스 왕의 재산이 로마에 도착하면 이를 공공 부지를 받을 예정인 시민에게 주어 가축을 마련하고 땅을 경작하는 데 쓰게 하자고 했다. 한편 앗탈로스의 왕국에 포함된 도시들을 어떻게 할지는 원로원이 결정할 게 아니라 자신이 직접 시민 앞에 관련 결의를 상정하겠다고 했다. 이러한 일 처리로 티베리우스는 원로원에 그 어느 때보다 심각한 모욕을 안겼다.

그러자 폼페이우스는 원로원에서 발언하기를 티베리우스가 제 이웃인데, 페르가몬에서 온 에우데모스가 티베리우스에게 왕관과 자줏빛 외투를 주었다고 했다. 티베리우스가 왕이 되리라고 생각한 까닭이었다. 뿐만 아니라 퀸투스 메텔루스는 티베리우스를 꾸중하며 티베리우스의 아버지가 감찰관이었던 시절 있었던 일을 들추어냈다. 그가 식사를 마치고 집으로 돌아갈 때 로마 시민들은 무절제한 유흥과 주연을 벌이고 있다고 여겨질까 염려해서 불을 껐는데 티베리우스만은 누구보다 비굴하고 염치없는 민중이 밝혀주는 불에 의지해 집까지 갔다는 것이다.

품성도 변변찮고 진중하지도 못한 티투스 안니우스까지 티베리우스에게 누가 옳은지 따져보자며 내기를 신청했다. 문답만으로 이루어지는 논쟁에서 당해낼 자가 없었던 안니우스는 티베리우스가, 법을 신성하고 함부로 침범할 수 없는 것으로 규정하는 동료들에게 불명예를 씌웠다고 주장했다. 여러 원로원 의원들이 이 연설에 환호하는 가운데 티베리우스는 회의장 바깥으로 뛰쳐나와 민중을 불러모은 뒤 안니우스를 비난하고자 그를 호출했다. 그러나 티베리우스보다 명성도 말솜씨도 한참 뒤처졌던 안니우스는 자신만의 특기를 이용해, 논쟁을 시작하기 전에 몇 가지만 묻겠다고 했다. 티베리우스는 여기 동의했고 주변이 조용해지자 안니우스가 물었다.

"만약에 그대가 나에게 욕설을 퍼붓고 비난을 한다면, 그래서 내가 그대의 동료 호민관을 부르고 그가 연단에 올라 나를 변호한다면 그대는 흥분한 나머지 그 동료로부터 관직을 빼앗을 것입니까?"

이 질문에 몹시 당황한 티베리우스는 평소에는 언제나 반박할 준비가 되어 있었고 용기가 넘쳤음에도 이날만은 침묵을 지켰다고 한다.

XV.

일단 민중을 해산한 티베리우스는 옥타비우스를 퇴임시킨 자신의 행위가 귀족뿐만 아니라 평민에게도 매우 거슬리는 행동이었다는 사실을 깨달았다. 그 당시까지 매우 조심스럽게 수호된 호민관의 높고 명예로운 권위가 모욕을 당하고 짓밟힌 사건이었기 때문이다. 결국, 티베리우스는 민중 앞에서 긴 연설을 하게 되는데 독자가 티베리우스의 정교한 말솜씨와 설득력을 엿볼 수 있도록 몇 가지 주장을 여기 담는 것도 나쁘지 않을 것이다.

티베리우스는 호민관이 신성하고 침범할 수 없는 존재인 이유는 그가 민중을 위해 몸 바치고 민중을 지지하기 때문이라고 설명했다.

"그런데 만약 호민관이 입장을 바꾸어 민중에게 잘못을 범하고 권력을 손상하고 투표권을 행사하지 않는다면 그는 관직을 유지할 조건을 지키지 않음으로써 스스로 관직을 포기하는 것이나 마찬가지입니다. 그게 아니라면 호민관이 카피톨리움을 파괴한다거나 해군의 군수 창고에 불을 붙이려고 해도 제지할 방법이 없습니다. 호민관이 이런 짓을 한다면 나쁜 호민관입니다. 그러나 민중의 권력을 무효로 만드는 호민관은 호민관이 아닙니다. 호민관은 집정관을 감옥으로 끌고 갈 수도 있습니다. 그런데 호민관에게 권력을 쥐여준 민중이 호민관으로부터 그 권력을 빼앗지 못한다면 끔찍한 일이 아닙니까? 집정관과 호민관은 다 민중이 선출합니다.

한편 왕권을 가진 자는 나라를 다스리는 일을 도맡아야 하지만 그뿐만 아니라 엄숙한 종교의식을 주재함으로써 신께 몸 바쳐야 합니다. 그럼에도 타르퀴니우스 왕은 잘못을 범해 도시에서 쫓겨났습니다. 오만무례한 한 사람 때문에 로마 건립을 가능케 하고 이후 아버지가 아들을 통해 물려준 권력이 뒤집힌 것입니다. 또한, 꺼지지 않는 불을 보살피고 지키는 처녀보다 더 성스럽고 존경할 만한 사람이 로마에 또 있습니까? 그럼에도 이 처녀는 맹세를 어기면 산 채로 매장을 당합니다. 한번 신들을 거역하고 죄를 지으면 신들에 대한 봉사를 전제로 주어지는 그 불가침의 속성을 지킬 수 없기 때문입니다.

따라서 호민관이 민중에게 잘못을 저지르고도 민중에 대한 봉사를 전제로 주어지는 불가침의 속성을 유지한다면 이는 정당하지 않습니다. 권력의 원천을 파괴하는 셈이기 때문입니다. 또한, 부족 대다수의 찬성표를 통해 호민관이 되는 것이 옳다면 부족의 만장일치로 호민관에서 물러나는 것은 더욱 옳습니다.

신들께 봉헌된 물건처럼 성스럽고 침범해서는 안 되는 것이 없지만 그렇다고 해서 우리는 그 물건을 사용하지 못하거나 움직이지 못하거나 위치를 바꾸지 못한다고 생각하지 않습니다. 민중도 호민관직을 마치 신들에게 헌정된 물건처럼 이 사람에게서 저 사람에게로 옮길 수 있습니다. 이 관직이 움직일 수 없는 불가침의 관직이 아니라는 사실은, 몸의 이상이나 여러 다른 이유로 사임했던 과거의 여러 호민관을 봐도 분명히 알 수 있습니다."

XVI.

티베리우스는 이 같은 주장을 통해 자신의 결정을 정당화했다. 티베리우스의 동료들은 그를 향한 위협이 여전하고 그에게 적대적인 일당이 많다는 사실 때문에 티베리우스가 이듬해 호민관직을 연임해야 한다고 생각했다. 따라서 티베리우스는 다시 한 번 군중의 인기를 얻기 위해 새로운 법안을 통해 군복무 기간을 줄이고, 판결이 끝난 시민을 사면하거나, 원로원 의원에게만 주어졌던 재판관 자격을 동일한 수만큼 기사 계급 시민에게 주는 등 여러 방면으로 원로원의 권력을 손상시키고자 한참 동안 애를 썼다. 그러나 이것은 분노와 경쟁의식의 발로였지 정의와 공익을 중시한 계산에서 나온 것이 아니었다.

투표가 시작되자 티베리우스의 동료들은 민중이 전부 집결하지 않아 상대 후보가 앞서고 있다는 사실을 깨달았으므로 먼저 동료 호민관을 비난하면서 시간을 벌었다. 이어서 민회를 해산하고 다음 날 다시 소집할 것을 명령했다. 티베리우스는 포룸으로 내려가 초라한 모습으로 눈물을 글썽이며 시민을 향해 탄원했다. 그리고 밤새 적이 집으로 쳐들어와 저를 죽일까 봐 겁이 난다고 말했다. 결국, 수많은 청중이 밤새 티베리우스의 집 근처에 자리를 잡았고 그를 경호하며 밤을 보냈다.

XVII.

날이 밝자 새를 이용해 점을 치는 사람이 티베리우스의 집으로 왔고 새들 앞에 모이를 던졌다. 그러나 점쟁이가 아무리 새장을 흔들어대도 새들은 한 마리를 제외하고 새장에서 나오지 않았다. 밖으로 나온 새 한 마리도 모이는 건드리지도 않았고 왼쪽 날개와 왼쪽 다리를 뻗었다가는 도로 새장으로 뛰어들어갔다. 티베리우스는 이 새를 보고 앞서 보았던 다른 징조를 떠올렸다. 티베리우스에게는 전장에서 썼던 매우 아름답고 눈부신 투구가 있었는데 이 안으로 뱀이 몰래 기어들어가 알을 낳았고 알은 부화했다. 이 일은 새장에서 나오지 않는 새들보다 더욱 티베리우스를 불안하게 만들었다.

그럼에도 티베리우스는 민중이 카피톨리움에 모여 있다는 소식을 듣고 나갈 채비를 했다. 그러나 집 밖으로 나가기도 전에 문간에 발을 찧었다. 얼마나 심했으면 엄지발가락의 발톱이 부러지고 피가 신발 밖으로 흘러나올 정도였다. 또 티베리우스가 얼마 이동하지 않았는데 왼편의 어느 집 지붕에서 까마귀들이 싸우고 있었다. 길에는 자연히 지나가는 사람이 매우 많았는데도 한 까마귀가 떨어뜨린 돌이 마침 티베리우스의 발치에 떨어졌다. 그러자 티베리우스의 가장 담대한 지지자들마저 머뭇거리지 않을 수 없었다. 그러나 그 자리에 있던 쿠마이 출신의 블롯시우스는 그락쿠스의 아들, 스키피오 아프리카누스의 손자, 로마 시민의 옹호자인 티베리우스가 까마귀가 무서워 동료 시민의 호출을 거부한다면 수치이며 커다란 불명예라고 했다. 뿐만 아니라 적은 그런 부끄러운 행동을 비웃는 데 그치지 않고 그가 마침내 폭군의 정체를 드러냈다고 시민들 앞에서 비난할 것이라고 주장했다. 그때 카피톨리움에 있던 티베리우스의 동료들 또한 그에게 달려와 다 잘되어 가고 있으니 서둘러 카피톨리움으로 가야 한다고 다급하게 말했다.

실제로 처음에는 모든 일이 티베리우스에게 유리하게 돌아갔다. 티베리우스가 시야에 들어오자 군중은 따뜻하게 환호했으며 그가 언덕을 오르자 다정하게 맞이하면서 낯선 사람이 가까이 올 수 없도록 티베리우스를 에워쌌다.

XVIII.

그런데 무키우스가 다시 부족 투표를 진행하기 시작하자 군중의 가장자리에서 소란이 일어나 절차에 따라 투표를 진행하기가 힘들었다. 티베리우스의 지지자와 상대편 간의 밀고 당기기가 시작된 것이다. 상대편은 억지로 군중 속으로 들어와 나머지 시민과 섞이려고 했다. 뿐만 아니라 이때 원로원 의원 풀비우스 플락쿠스가 눈에 잘 띄는 곳에 자리를 잡았다. 아무리 목소리를 높여도 들리지 않을 거리였으므로 플라비우스는 티베리우스에게 은밀히 할 얘기가 있다고 손짓으로 표시했다. 티베리우스는 플라비우스에게 길을 만들어 달라고 민중을 향해 지시했고 어렵게 티베리우스 곁으로 온 플라비우스는 원로원 회의에서 집정관을 설득할 수 없었던 부유층 의원들이 직접 티베리우스를 죽이기로 정했으며 그럴 목적으로 여러 동료와 노예를 무장시켰다고 말했다.

XIX.

티베리우스가 이 사실을 알리자 곁에 있던 사람들은 토가를 걷어붙인 뒤, 수행원이 민중을 저지할 목적으로 들고 다니는 창 자루 묶음을 해체했으며 이를 나누어 가졌다. 적이 공격을 해오면 방어할 목적이었다. 그러나 멀리 있는 사람들은 영문을 모르고 티베리우스에게 사정을 물었다. 그러나 목소리가 들리지 않는 거리에 있었으므로 티베리우스는 목숨이 위험에 처했다는 의미로 손을 머리에 갖다 댔다.

한편 상대편은 이 모습을 보고 원로원으로 달려가 티베리우스가 왕관을 요청하고 있다고 전달했다. 그러자 원로원 의원들은 몹시 불안해했으며 나시카는 집정관이 폭군을 누르고 나라를 구해야 한다고 주장했다. 그러나 집정관은 어떤 폭력도 쓰지 않을 것이며 재판도 없이 시민을 사형에 처할 수 없다고 차분하게 대답했다. 그러나 시민이 티베리우스의 설득이나 강요 때문에 불법적인 방법으로 투표한다면 그 투표 결과를 무효로 하겠다고 했다.

그러자 나시카가 벌떡 일어나며 말했다.

"최고 관리가 이같이 나라에 등을 돌렸으니 법을 살리고 싶은 의원들은 나를 따르시오."

나시카는 이 말과 함께 토가 자락으로 머리를 가리고 카피톨리움으로 나섰다. 나시카를 뒤따른 다른 의원들도 왼팔에 토가 자락을 감고 걸리적거리는 사람들을 밀쳐냈다. 지위가 높은 의원들을 가로막는 사람은 없었다. 모두 황급히 피하면서 서로 뒤엉켰을 뿐이다.

원로원 의원들이 거느린 수행원들은 집에서 가져온 몽둥이와 지팡이가 있었다. 그러나 원로원 의원들은 무기가 없었으므로 도망치는 민중이 부수어 놓은 의자의 다리나 파편을 쥐고 티베리우스를 향해 다가갔다.

그리고 그를 보호하려고 모여든 사람들을 때리기 시작했다. 티베리우스를 에워쌌던 사람들은 곧 흩어져 도망치다 학살을 당했고 티베리우스 자신도 등을 돌려 달아났으나 누군가 그의 옷을 잡았다. 그러자 티베리우스는 토가를 벗어던지고 속옷 바람으로 도망을 치다가 앞에 널브러진 시신들에 걸려 쓰러지고 말았다. 그가 일어서려고 하는데 동료 푸블리우스 사튀레이우스가 그에게 의자 다리로 첫 타격을 입혔고 이것은 모두가 인정하는 사실이다. 다음으로 타격을 가한 루키우스 루푸스는 마치 어떤 고귀한 행위를 한 사람처럼 자랑스러워했다. 그 밖에도 3백 명 이상이 몽둥이와 돌에 맞아 죽었으며 칼에 맞은 사람은 단 한 명도 없었다.

XX.

이것은 왕권이 폐지된 이후로 로마에서 시민이 피를 흘리고 죽은 최초의 소요 사태였다고 한다. 다른 소요 사태의 경우, 그 규모도 목적도 사소하지 않았지만 양측의 양보로 진정되곤 했다. 귀족은 군중을 두려워했고 민중은 원로원에 대한 경의가 있었기 때문이다. 심지어 이 경우에도 누군가 티베리우스를 집중적으로 설득했다면 티베리우스는 어렵지 않게 양보했을 것으로 보인다. 또한, 상대편이 폭력을 쓰고 피를 흘리지 않았다면 더욱 쉽게 양보했을 것이다. 티베리우스의 지지자는 3천이 넘지 않았기 때문이다.

그러나 티베리우스에 대한 저항은 부유층의 증오와 분노가 원인이었고 부유층이 내세운 명분은 명분에 그쳤다. 부유층이 티베리우스의 시신을 얼마나 무법적이고 잔인하게 다루었는가가 강력한 증거다. 형의 시신을 가져가 밤새 장례를 치르겠다는 동생의 요청도 들어주지 않고 다른 시신과 함께 강에 던져버렸다. 뿐만 아니라 재판 없이 티베리우스의 측근 일부를 추방했고 일부는 체포해서 처형했다. 수사학자 디오파네스도 그렇게 사라졌다. 가이우스 빌리우스는 창살 안에 가두고 그 안으로 뱀과 독사를 들여보내 죽였다. 쿠마이 출신 블롯시우스는 집정관 앞에서 재판을 받게 되었다. 지나간 일에 대한 질문을 받자 블롯시우스는 모든 것을 티베리우스가 부탁하는 대로 했다고 말했다. 그러자 나시카가 물었다.

"티베리우스가 카피톨리움에 불을 붙이라고 지시했다고 해도 따랐을 겁니까?"

블롯시우스는 일단 티베리우스라면 그런 지시를 내리지 않았을 것이라고 대답했다. 그러나 여러 사람이 반복해서 같은 질문을 하자 블롯시우스는 대답했다.

"만약 티베리우스 같은 사람이 그러한 지시를 내렸다면 나는 그 길이 옳은 길이라고 생각했을 테고 따랐을 것입니다. 티베리우스는 민중의 이익을 위해서가 아니라면 그런 지시를 내리지 않았을 사람입니다."

결국, 블롯시우스는 무죄 판결을 받았고 이후 아시아의 아리스토니코스 밑으로 갔는데 아리스토니코스의 계획이 좌절되자 스스로 목숨을 끊었다.

XXI.

그러나 원로원은 사태가 감당할 수 없는 지경이 되자 민중을 달래고자 공공 부지의 분배를 더 이상 반대하지 않았고 민중이 티베리우스를 대신해 부지의 측량을 감독할 사람을 선출할 것을 제안했다. 민중은 투표를 통해 그라쿠스 집안의 친척 푸블리우스 크랏수스를 뽑았다. 크랏수스의 딸은 가이우스 그라쿠스의 아내였다. 그러나 코르넬리우스 네포스에 따르면 가이우스 그락쿠스의 아내는 크랏수스의 딸이 아니라 루시타니 족을 상대로 승리한 브루투스의 딸이었다고 한다. 그러나 다른 기록 대부분은 나의 기록과 일치한다.

민중은 누가 보나 티베리우스의 죽음을 원통해 하고 있었고 앙갚음할 기회를 찾고 있었다. 게다가 여러 사람이 나시카를 고발하겠다고 벼르고 있었으므로 원로원은 나시카의 안전을 염려하여 나시카를 아시아로 보내기로 투표로 결정했는데 사실 아시아에서 나시카가 할 일은 아무것도 없었다.

민중은 나시카를 만나면 증오를 숨기지 않았으며 분노에 복받쳐 그가 어디에 있든 그만 보면 고함을 쳤다. 그를 저주받은 자, 폭군이라고 부르며, 그가 침범해서는 안 되는 신성한 사람을 살인함으로써 도시에서 가장 성스럽고 장엄한 신전을 모독했다고 외쳤다. 결국 나시카는 폰티펙스 막시무스, 즉 대제사장이라는 가장 중대하고 신성한 역할을 방치하고 몰래 이탈리아를 빠져나갔으며 굴욕적으로 낯선 땅을 방황하다 얼마 지나지 않아 페르가몬에서 생을 마감했다.

민중이 나시카를 이같이 증오했다는 사실은 놀랍지 않다. 로마인으로부터 누구보다 깊은 사랑을 받을 정당한 이유가 있었던 스키피오 아프리카누스조차 하마터면 민중의 호의를 상실할 뻔했다. 스키피오가 누만티아에서 티베리우스가 죽었다는 소식을 듣고 큰 목소리로 호메로스의 시구를 읊었기 때문이다.

"그같이 흉악한 일을 꾸미는 다른 자들도 전부 없어졌으면 좋겠네."

뿐만 아니라 민회에서 가이우스와 풀비우스가 스키피오에게 티베리우스가 죽은 사건에 대해 어떻게 생각하느냐고 묻자 스키피오는 티베리우스가 추진하던 조치에 대한 불만을 드러냈다. 그러자 시민은 스키피오의 말을 끊고 끼어들기 시작했는데 이런 일은 처음이었다. 그러자 스키피오도 민중을 비난하기에 이르렀다. 그 사연은 스키피오 편*에 상세하게 적어 놓았다.

• 플루타르코스가 쓴 스키피오 전기는 소실된 것으로 보인다.

가이우스 그락쿠스

I.

가이우스 그락쿠스는 적을 두려워했기 때문인지 적에게 오명을 씌우고 싶었기 때문인지 몰라도 포룸에서의 활동을 접고 홀로 조용히 살았다. 당분간 자신을 낮추고 훗날에도 활동하지 않을 것처럼 행동했기 때문에 그가 형의 정치적 조치에 불만을 가지고 여기 반대한다는 비난이 생겨나기까지 했다. 그러나 가이우스는 당시 어린 티도 채 벗지 못한 상태였다. 형보다 아홉 살이 어렸는데 티베리우스는 서른이 되기 전에 죽었기 때문이다. 그러나 시간이 지날수록 가이우스는 게으름, 나약함, 술, 돈벌이를 멀리하기 시작했으며 연설력을 가다듬어 공직을 향해 빠른 날갯짓으로 날아갈 수 있도록 애썼다. 이로써 잠자코 있지 않겠다는 의지를 명확히 했던 것이다.

또 고발을 당한 친구 벳티우스를 변호하면서 청중이 동정 어린 기쁨에 가득 차 몹시 흥분하게 만들었다. 가이우스에 비하면 다른 연설가들은 어린아이에 지나지 않는 것처럼 보였다. 귀족은 다시 한 번 긴장했고 가이우스가 호민관이 되도록 내버려두어서는 안 된다고 웅성거렸다.

그러나 가이우스는 우연히 추첨을 통해 집정관 오레스테스의 재무관으로 정해졌고 사르디니아로 가게 됐다. 가이우스의 적은 기뻐했지만, 가이우스도 싫지는 않았다. 전쟁을 좋아했고 법정에서만큼 전장에서도 활약할 수 있도록 훈련이 잘되어 있었다. 가이우스는 정치와 연단을 멀리하고 싶은 마음이 여전했으나 정치에 나서라는 민중과 동료들의 요구도 뿌리칠 수 없었다. 따라서 로마를 떠날 기회가 오자 매우 만족스러웠다. 그럼에도 가이우스가 단지 민중 선동가였으며 형 티베리우스보다 군중의 호의를 얻는 데 열중했다는 의견이 널리 퍼져 있다. 그러나 이것은 사실이 아니다. 가이우스는 선택이 아닌 어떤 필요에 의해서 나랏일에 종사하게 된 것으로 보인다.

연설가 키케로도 가이우스가 모든 공직을 거절하고 조용한 삶을 택했으나 형이 꿈에 나와 이런 말을 했다고 전한다.

"왜 망설이느냐 가이우스? 빠져나갈 길은 없다. 민중의 옹호자로 살고

• 어머니와 로마의 거리를 걷는 그라쿠스 형제. 찰스 F. 혼의 『위대한 국가들: 로마 편』에 삽입된 그림.

죽는 것이 우리의 운명이다."

II.

사르디니아에 다다른 뒤 가이우스는 모든 면에서 탁월함을 입증했고 적과의 다툼에서, 백성과의 관계에서, 그리고 지휘관을 향한 호의와 존경에서 다른 모든 젊은이를 훨씬 뛰어넘었다. 더욱이 가이우스의 자기 절제력과 검소하고 부지런한 습관은 윗사람을 능가했다.

한편 사르디니아에서 겨울을 나는 일은 몹시 힘들었고 건강에 해로워서 로마군 지휘관은 여러 도시로부터 병사들이 입을 옷을 징발하기 시작했다. 그러자 도시들은 로마로 사람을 보내 징발을 막아달라고 간청했다. 원로원은 탄원을 들어주었고 지휘관에게 지시하여 다른 방법으로 겨울옷을 마련하도록 했다. 지휘관은 어쩔 줄을 몰랐고 로마군은 고통받고 있었다. 이에 가이우스가 여러 도시를 돌며 로마군에게 옷을 비롯한 여러 도움을 자진해서 제공하도록 설득했다. 이 소식은 로마로 들어갔고 원로원은 가이우스의 행동을 민중의 지지를 받기 위한 노력의 시작이라고 여기고 새로이 염려하기 시작했다.

따라서 아프리카에서 미킵사 왕의 사절이 찾아와 가이우스 그락쿠스에 대한 존경의 표시로 왕이 사르디니아에 있는 로마 지휘관에게 곡식을 보냈다고 발표하자 원로원은 언짢아하며 사절을 돌려보냈다. 나아가 원로원은 사르디니아의 병사들을 새로운 병사들로 교체하는 법을 통과시켰으나 오레스테스는 교체하지 않았는데, 그렇게 해야 오레스테스 밑에서 일하는 가이우스 또한 사르디니아에 남으리라고 생각했기 때문이다.

그러나 가이우스는 이 소식이 귀에 들어오자마자 흥분을 참지 못하고 로마로 배를 띄웠다. 그가 뜻밖에 로마에 등장하자 상대편은 그를 비난했고 민중은 재무관이 지휘관에 앞서 보직을 버리고 돌아왔다는 사실에 의아해 했다. 그러나 감찰관 앞에서 질책을 받던 가이우스는 자신을 변호할 기회를 간청했고 청중의 생각을 완전히 바꾸어놓았다. 연설이 끝나자 그는 오히려 심각한 피해를 입은 사람으로 널리 여겨졌다.

가이우스는 보통 사람이 군대에서 10년간 복무하는데 자신은 12년간 복무했다고 말했다. 그리고 법에 따르면 지휘관 밑에서 1년 동안 재무관으로 근무한 뒤 돌아올 수 있는데 자신은 2년 이상 있었다고도 했다. 또한, 두둑한 지갑을 갖고 원정을 떠나 빈손으로 돌아온 사람은 자신이 유일하다고 했다. 다른 사람들은 사르디니아로 가져간 술 주머니를 금은으로 채워 로마로 돌아왔기 때문이다.

III.

그러나 여러 새로운 비난과 고발이 끊이지 않았다. 가이우스가 동맹국의 반란을 조장했고 프레겔라이의 음모에 대해 미리 알고 있었다는 정보가 로마로 온 것이다. 그러나 가이우스는 모든 혐의에 반박하고 무죄를 증명한 후 호민관 후보로 등록해 유세를 시작했다. 그러자 모든 귀족 시민은 그를 반대했으나, 성밖에서 얼마나 많은 민중이 쏟아져 들어왔는지 잘 데가 없었고 이들이 모두 투표가 벌어지는 캄푸스 마르티우스에 모일 수 없었으므로 옥상과 지붕 위에서 의견을 외쳤다. 그러나 민중의 뜻을 꺾으려는 귀족층의 의지가 얼마나 강했으면 가이우스의 득표 순위는 기대와 달리 첫 번째가 아닌 네 번째였다. 그러나 관직을 얻은 이후에는 가장 열렬한 지지를 받는 호민관이 되었는데 연설력이 비할 데 없이 뛰어났으며 특히 아픔을 겪은 사람으로서 형의 운명을 슬퍼하는 연설을 할 때 매우 거침없었기 때문이다.

가이우스는 언제나 이 핑계 저 핑계를 들어 민중 앞에서 티베리우스에게 어떤 일이 있었는지 이야기하곤 했다. 그리고 옛 로마 시민은 호민관 게누키우스를 모욕한 팔레리이 족을 상대로 전쟁을 일으키기도 했고 포룸을 지나가는 호민관에게 길을 비켜주지 않은 가이우스 베투리우스를 사형에 처하기도 했다고 말했다.

"그러나 놈들은 여러분의 눈앞에서 몽둥이로 형을 때려죽인 다음, 시신을 끌고 카피톨리움을 출발해 도시 한복판을 가로질렀습니다. 그리고 시신을 결국 티베리스 강에 던졌습니다. 뿐만 아니라 붙잡힌 형의 친구들은 재판도 없이 사형에 처해졌습니다.

그러나 예로부터 내려오는 관습에 따르면 우리는 최고형의 선고를 앞둔 혐의자가 소환에 응하지 않을 경우, 혐의자의 대문 앞으로 나팔수를 보냅니다. 아침에 이 나팔수가 가서 나팔을 불어 혐의자를 소환하는데 그 이전에는 배심원단도 결정을 내리지 않습니다. 옛사람들은 최고형을 선고할 때 이처럼 신중하고 조심했던 것입니다."

IV.

가이우스는 먼저 이 같은 말로 민중을 흔들어놓았다. 그는 목소리가 아주 컸고 몹시 열정적으로 연설하곤 했다. 그런 다음 두 가지 법안을 제안했는데, 첫 번째 법안은 민중이 파면한 관리가 다시 관직에 오를 수 없도록 하는 내용이었다. 둘째는 관리가 시민을 재판 없이 추방할 경우 그 관리를 시민이 고발할 수 있도록 하는 법이었다. 이 가운데 첫 번째 법은 마르쿠스 옥타비우스에게 불명예를 안기는 데 직접적인 영향을 끼칠 수 있었다. 옥타비우스는 티베리우스의 손에 호민관직을 빼앗겼던 사람이다. 두 번째 법은 포필리우스를 겨냥한 것인데 그가 법무관으로서 티베리우스의 동료들을 추방했기 때문이다.

그러자 포필리우스는 재판정에 서지도 않고 이탈리아를 떠났다. 그러나 첫 번째 법안은 가이우스 자신이 철회했는데 어머니 코르넬리아의 부탁 때문이었다고 한다. 민중은 철회를 반기며 여기 기꺼이 동의했다. 민중은 두 아들뿐만 아니라 그 아버지를 봐서 코르넬리아를 존중했다. 훗날 코르넬리아의 동상을 세우고 '그락쿠스 형제의 어머니 코르넬리아'라고 새기기도 했다.

가이우스가 법정 연설의 투박한 어법으로 상대를 공격하면서 어머니에 대해 남긴 여러 가지 말도 기록으로 남아있다. 이런 말도 했다.

"지금 감히 티베리우스를 낳은 코르넬리아를 비난하는 것입니까?"

게다가 상대가 사내답지 못한 행동으로 비난을 받고 있었으므로 이렇게 넛붙였다.

"얼마나 뻔뻔스러우면 자신을 코르넬리아에 비교할 수 있습니까? 당신이 코르넬리아처럼 자녀를 낳았습니까? 코르넬리아가 당신보다 오래 남자를 멀리했다는 사실은 온 로마가 다 압니다. 게다가 당신은 남자가 아닙니까."

가이우스의 말은 이처럼 신랄했고 그의 글에도 여러 비슷한 사례가 있다.

V.

가이우스가 민중의 인기를 얻고 원로원을 뒤집어엎고자 만든 법안 가운데 한 가지는 농지법으로, 공공 부지를 빈곤한 시민에게 분배하는 법이었다. 또 한 가지는 군대에 관한 법으로 군복을 공금으로 마련함으로써 그 비용이 급여에서 차감되지 않도록 규정했다. 또한, 17세 이하는 입대를 금지했다. 동맹국과 관련된 법으로 이탈리아 주민 모두에게 로마 시민과 같은 참정권을 주는 법도 제안했다. 곡물의 공급과 관련된 또 한 가지 법은 빈곤층을 위해 곡물의 시장 가격을 인하하도록 규정하고 있었다. 배심원의 숫자와 관련된 법도 제안했다. 무엇보다 이 마지막 법안이 원로원의 권력을 축소했다. 형사 사건에서 오직 원로원 의원만이 배심원 자격이 있었기 때문에 이 특권을 가진 의원들은 평민과 기사 계급 시민 모두에게 얕볼 수 없는 상대였다. 그러나 그락쿠스가 제안한 법은 원로원 배심원 3백 명에 기사 계급 배심원 3백 명을 더하는 법으로 총 6백 명이 배심원으로서의 특권을 가지게 되었다.

이 법안을 통과시키기 위해 가이우스는 여러 가지로 놀랍고 진지한 태도를 보였다. 특히 이전의 모든 연설가들이 연설할 때 원로원 의원들이 있는 코미티움을 바라보고 했던 반면, 가이우스는 민중을 상대로 연설하면서 코미티움 반대편을 바라보는 새로운 본보기를 세웠다. 이 이후로도 가이우스는 계속 민중을 바라보며 연설을 했다. 그가 가벼운 이탈 행위와 태도의 변경을 통해 중대한 물음을 유발했으며 어느 정도는 체제를 귀족정에서 민주정으로 바꾼 것이다. 가이우스의 행동은 연설가가 원로원이 아닌 민중을 상대로 연설해야 한다는 주장을 함축하고 있었기 때문이다.

VI.

민중은 가이우스의 배심원 법을 채택했을 뿐만 아니라 기사 계급 배심원을 선정하는 과정 또한 법의 기안자에게 맡겼다. 결국, 가이우스에게는 일종의 왕권 같은 것이 주어졌고 심지어 원로원도 그의 조언을 따르기로 했다. 그러나 가이우스는 원로원에 조언할 때도 언제나 원로원의 격에 맞는 조치들을 지지했다. 그 예로 지방 법무관 파비우스가 이베리아에서 보낸 곡물에 관한 매우 공정하고 존경할 만한 법령이 그러했다. 가이우스는 원로원으로 하여금 이 곡물을 팔아 그 돈을 이베리아로 보내도록 했다. 또한, 파비우스가 속주를 통치하는 과정에서 주민들에게 견딜 수 없이 큰 부담을 지웠다며 그를 비난하도록 했다. 이 법령 덕분에 가이우스는 로마 속주의 주민들로부터 큰 인기와 명성을 얻었다.

가이우스는 또한 식민지로의 이주나 도로 건설, 공공 곡창의 확립 등에 관한 법안도 만들었다. 뿐만 아니라 이와 관련된 사업을 직접 관리하거나 감독했으며 다양하고 방대한 사업을 진행하는 데 조금도 피로를 느끼지 않았다. 오히려 놀라운 속도와 추진력을 보이며 매 사업이 유일한 사업이라는 듯 진행해, 가이우스에 대한 커다란 증오와 두려움을 갖고 있었던 사람들마저 그가 행한 모든 일을 통해 드러난 업적과 성과를 보고 경탄을 금치 못했다.

한편 민중은 가이우스가 수많은 도급업자, 숙련공, 사절, 관리, 군인, 학자들에 에워싸여 그들과 스스럼없이 의견을 나누고 품격을 유지하면서도 친절을 베푸는 등 모두에게 적절한 예의를 지키는 광경에 감탄했다. 가이우스가 위협적이라든가 지극히 오만하다든가 폭력적이라는 말이 악의에 넘친 비방에 지나지 않는다는 사실도 드러났다. 이렇게 가이우스는 연단에서 연설할 때보다 개인과 교류할 때, 그리고 사업과 관련된 거래를 할 때 더욱 능숙한 민중 지도자였음을 입증했다.

VII.

그러나 가이우스가 가장 진지하게 추진한 사업은 도로의 건설이었다. 그는 실효성뿐만 아니라 도로를 보기 좋고 아름답게 만들어주는 요소들도 중시했다. 가이우스가 건설한 도로는 구부러짐 없이 똑바로 지방으로 뻗어 나갔고 채석장에서 가져온 돌로 포장되어 있었으며 기초는 단단하게 다진 모래로 이루어져 있었다. 움푹 꺼진 부분은 채웠고 강물이나 협곡을 만나면 다리를 건설했으며 도로의 양 가장자리는 높이가 서로 같았으므로 도로는 어디서 보나 단정하고 아름다웠다. 뿐만 아니라 1밀레, 즉 8스타디온이 채 되지 않는 거리마다 땅에 돌기둥을 박아 거리를 표시했다. 또 동일한 간격을 두고 도로 양측에 바위를 놓았는데 말을 이용하는 사람이 타인의 도움 없이 바위를 밟고 말에 오를 수 있게 하는 용도였다.

VIII.

민중이 이 모든 노력을 칭찬했고 어떻게든 호의를 표시할 준비가 되어 있었으므로 가이우스는 어느 날 민중을 상대로 긴 연설을 하면서 부탁이 있다고 했다. 그리고 민중이 부탁을 들어준다면 무엇보다 귀중하게 여기겠으나 들어주지 않는다고 해도 민중에게 아무런 불만도 갖지 않겠다고 했다. 민중은 그가 집정관에 오르고 싶어한다고 생각했으며 그가 집정관과 호민관직에 동시에 출마하리라고 모두가 예상했다.

그러나 집정관 선거가 닥치고 모두가 기대에 가득 찬 가운데 가이우스가 가이우스 판니우스를 데리고 캄푸스 마르티우스로 가는 모습이 목격되었다. 가이우스가 동료들과 함께 판니우스의 유세에 동참한 것이다. 판니우스는 강력한 후보로 떠올랐고 집정관에 선출되었으며 가이우스는 후보로 나서지도 않았고 유세도 하지 않았지만, 민중이 바라는 바였으므로 호민관에 재선되었다.

그러나 얼마 가지 않아 가이우스는 원로원이 노골적으로 적개심을 드러내고 있으며 판니우스의 호의도 무디어졌음을 깨닫고는 다시 여러 법안을 통해 민중을 끌어들이려고 애썼다. 그리하여 타렌툼과 카푸아로 이주민을 보내자고 제안했으며 라티니 족에 참정권을 주고자 했다. 그러나 원로원은 그락쿠스가 대적할 수 없는 상대가 될까 봐 두려워 민중을 그와 떨어뜨려 놓기 위해 새롭고 보기 드문 시도를 했다. 즉 민중의 호의를 얻고자 그락쿠스와 경쟁한 것이며 나라의 이익에 반해 민중의 바람을 들어준 것이다.

가이우스의 동료 호민관 리비우스 드루수스는 태생이나 교육이 어느 로마인에 뒤지지 않았으며 그 덕분에 성품과 연설력, 재산으로 따지면 로마의 가장 존경받는 영향력 큰 사람들과 막상막하였다. 귀족은 자연히 리비우스에게 의지했다. 그가 가이우스를 공격하게 만들었고 그와 합심해 가이우스에 대항했다. 그러나 폭력을 사용하거나 민중과 충돌하는 방식이 아니라 민중을 기쁘게 하는 방식, 민중의 증오를 불러일으키는 결정이 더 명예로운 결정이라고 하더라도 민중에 양보하는 방식으로 호민관 임무를 수행하게 했다.

IX.

따라서 리비우스는 원로원을 위해 호민관으로서 영향력을 발휘했고 명예롭지도 나라의 이익이 되지도 않는 법안들을 만들었다. 오히려 희극에 나오는 민중 선동가들의 경쟁적인 열의를 답습했는데 오로지 민중을 기쁘게 하고 만족시키는 데서 가이우스를 뛰어넘고자 했던 것이다. 이로써 원로원은 민중을 위한 가이우스의 조치에 불만을 가진 것이 아니라 가이우스라는 사람을 꺾거나 파괴하고 싶어한다는 사실을 분명히 드러냈다.

가이우스가 두 도시로 이주민을 보내고 그것도 가장 존경받을 만한 시민을 보내기로 했을 때 원로원은 그가 민중에 굴종한다고 비난했다. 그러나 리비우스가 열두 개 도시로 이주민을 보내기로 제안하고 각 도시에 가난한 시민 3천을 보내자고 제안하자 원로원은 지지를 보냈다. 가이우스가 빈곤층에 공공부지를 배분하고 임대료를 받아 국고에 넣겠다고 했을 때 원로원은 분노하며 가이우스가 대중적 인기를 얻으려고 한다고 말했다. 그러나 리비우스가 임대료를 면제한다고 하자 지지했다. 뿐만 아니라 가이우스가 라티니 족에 동등한 참정권을 주고자 했을 때 원로원은 언짢아했다. 그러자 리비우스는 라티니 족 사람이 심지어 군복무 중에도 매질을 당하지 못하게 막는 법을 제안했고 원로원의 지지를 받았다.

리비우스는 민중을 상대로 연설하면서 자신의 법안이 원로원의 지지를 받고 있다고 덧붙이는 것을 잊지 않았으며 원로원은 평민을 돕고자 한다고 말했다. 실로 리비우스가 추진한 정책으로부터 나온 유일한 이득은 평민이 원로원에 좀 더 우호적으로 바뀐 점이다. 리비우스는 자신이 민중을 달래고 다수의 바람을 들어줄 수 있는 것은 귀족층이 허락했기 때문이라고 주장했다. 그리하여 이전에는 귀족을 의심하고 증오했던 평민은 과거의 불만과 억울한 감정에 대한 기억을 누그러뜨리고 지울 수 있었다.

X.

그러나 리비우스가 실제로 민중에 대한 호감을 가지고 있었으며 정직한 사람이었다는 증거는 그가 저 자신이나 자기 이익을 위한 어떤 제안도 하지 않았다는 점에 있다. 그는 식민지로 시민을 이주시킬 때에도 늘

다른 사람들을 관리인으로 보냈으며 자금의 지출에도 전혀 관여하지 않았다. 반면 가이우스는 이 같은 일을 할 때 가장 중요한 역할을 포함한 대부분의 역할을 스스로 맡았다.

한편 호민관 루브리우스는 스키피오가 멸망시킨 카르타고에 시민을 이주시키는 법을 제안했고 추첨 끝에 가이우스가 이 작업의 감독관으로서 아프리카로 갔다. 따라서 가이우스가 없는 틈을 타 리비우스는 더 영향력을 넓혔고 민중의 호의를 가로채 제 것으로 만들었다. 그렇게 하기 위해 특히 풀비우스를 비방했는데 풀비우스는 가이우스의 친구로 가이우스와 함께 공공 부지를 측량, 분배하는 작업을 관리하고 있었다. 그러나 풀비우스는 감정이 격한 편이었고 원로원은 이런 풀비우스를 드러내놓고 미워했다. 그가 동맹국을 선동해서 문제를 일으키고 있으며 몰래 이탈리아 수민을 자극해 반란을 유도하고 있다고 의심하는 사람도 있었다. 이것은 어떤 증거도 조사 내용도 뒷받침하지 못하는 의혹이었으나, 풀비우스는 안정적이지 못하고 개혁적인 정책을 소개함으로써 의혹에 신빙성을 부여했다. 다른 어떤 것보다 바로 이것이 가이우스의 몰락을 가져왔다. 풀비우스를 향한 증오를 가이우스도 나누어 가지게 된 것이다.

이어서 스키피오 아프리카누스가 죽고, 내가 그의 생애에 대해 기록한 것처럼, 그의 시신 전체에서 어떤 뚜렷한 원인이 없는 폭력과 구타의 흔적이 발견되자 이어진 비방은 스키피오를 적대시했던 풀비우스를 겨냥했다. 풀비우스는 스키피오가 죽은 날에도 연단에서 그를 비난했기 때문이다. 그러나 가이우스도 의혹을 피하지는 못했다. 그런데 누구보다 뛰어나고 위대한 로마인이었던 스키피오가 그처럼 끔찍한 일을 당했는데 아무도 처벌받지 않았고 조사는 시작도 되지 못했다. 군중이 어떤 법적 수사도 허용하지 않았기 때문이다. 군중은 만약 살인에 대한 수사가 시작되면 가이우스가 연루자로서 조사를 받을 수 있다고 생각했다. 그러나 이는 앞서가이우스가 호민관이 되기 전에 일어났던 일이다.

XI.

아프리카의 카르타고에 새로 건설될 식민지에 가이우스가 붙인 이름은 유노니아였다. 헬라스 말로 헤라이아에 해당하는 이름이다. 그런데 이 사업과 관련해 신들이 금지의 뜻을 드러내는 여러 징조를 보냈다고 한다. 일단 선두의 표장이 돌풍에 휘말렸고 이 표장을 든 사람이 온 힘을 다해 붙잡았지만 결국 산산조각이 나고 말았다. 또한, 제단에 놓인 희생 제물도 폭풍에 흩어졌고 도시의 경계를 표시한 선 밖으로 휩쓸려 나갔다고 한다. 게다가 경계를 표시한 선조차 늑대가 찢어놓거나 멀리 가져갔다. 그럼에도 가이우스는 70일 만에 모든 일을 정리하고 마무리 지은 뒤 로마로 돌아갔다고 한다. 드루수스가 풀비우스를 궁지에 몰아넣고 있었고 가이우스를 필요로 하는 다른 일들도 많았기 때문이다.

무엇보다 과두정 지지자이자 원로원에서 영향력이 컸던 루키우스 오피미우스가 집정관직을 노리고 있었다. 그는 가이우스가 판니우스를 내세우고 유세를 돕는 바람에 집정관 선거에서 탈락했던 사람으로, 어느새 여러 사람의 도움과 후원을 받고 있었고 집정관이 되어 가이우스를 끌어내리고자 했다. 한편 가이우스의 영향력은 이미 감퇴하고 있었고 민중은 가이우스의 독특한 정책을 더 이상 갈구하지 않았는데 민중의 호의를 얻고자 애쓰는 지도자들이 많았고 원로원도 기꺼이 민중의 뜻을 들어주곤 했기 때문이다.

XII.

로마로 돌아온 가이우스는 먼저 팔라티누스 언덕에 있던 집을 포룸에 인접한 지역으로 옮겼다. 빈민과 하층민이 대부분인 이 지역이 더 서민적이라고 생각했다. 다음으로 민중의 표를 받기 위해 남은 법안을 공표했다. 그러나 온 이탈리아에서 가이우스를 지지하기 위해 모여들자 원로원은 집정관 판니우스를 시켜 로마 시민이 아닌 모든 사람을 성밖으로 몰아내게 했다. 이 결과 기이하고 보기 드문 포고문이 나붙었다. 로마의 동맹국이나 우방국 주민이 투표 기간 중 로마 성안에 나타날 수 없도록 금지하는 명령이었다. 그러자 가이우스는 이에 반하는 명령을 발표해 집정관을 비난하고, 성안에 남으려는 우방국 주민에게 도움을 약속했다.

그러나 판니우스의 수행원들이 제 외국인 친구를 끌고 가는 광경을 보고도 가이우스는 아무 도움도 주지 않고 지나쳤는데, 자신의 권력이 이미 쇠퇴하고 있다는 증거를 보이기 두려웠기 때문이거나 몸싸움을 벌이려고 작정을 한 적에게 빌미를 제공하지 않고 싶었기 때문일 것이다.

가이우스는 동료 호민관들의 분노를 사기도 했는데 그 사연은 다음과 같다. 포룸에서 검투사들의 경기가 벌어지게 되자 관리들은 주변에 관람석을 마련하고 입장료를 받고 좌석을 제공했다. 가이우스는 관리들에게 명령해 좌석을 철거하도록 했는데 그러면 가난한 시민도 무료로 관람할 수 있었기 때문이다. 그러나 아무도 명령을 따르지 않자 관람 전날 밤까지 기다렸다가 공공사업을 위해 고용했던 작업자들을 동원해 좌석을 철거했고 경기 당일 포룸에는 민중이 들어설 자리가 마련되었다.

이 일로 민중은 가이우스의 배짱을 칭찬했으나 동료 호민관들은 불쾌해 했고 그가 무모하고 난폭하다고 생각했다. 또 바로 이 행위 때문에 호민관에 세 번째 당선되는 데 실패한 것으로 보인다. 그가 과반의 표를 가져갔으나 동료들이 결과를 집계하고 재선을 선포할 때 불공정하고 부당하게 했다는 것이다. 그러나 여기에는 논쟁의 여지가 있다.

그럼에도 가이우스는 낙선에 깊이 실망했으며 상대편이 기뻐하는 모습을 보고 자신의 정책이 저희를 거대한 어둠 속으로 몰아넣었다는 사실도 모른 채 냉소를 보낸다며 지나치게 오만한 반응을 보이기도 했다.

XIII.

그러나 가이우스의 상대편은 오피미우스를 집정관에 앉히는 데 성공했고 가이우스가 확립했던 여러 법을 취소하기에 이르렀으며 카르타고의 식민지 수립에 간섭하기 시작했다. 가이우스를 자극하여 그로 하여금 분쟁의 근거를 제공하게 만든 뒤 제거하려는 속셈이었다. 가이우스는 초반에는 이 모든 것을 인내했으나 마침내 동료들의, 특히 풀비우스의 부추김에 집정관에 맞설 새로운 일당을 모으기 시작했다.

가이우스의 어머니도 반란 음모에 적극적으로 가담한 것으로 알려졌다. 코르넬리아가 아들에게 보내는 서신에 암시한 바에 따르면 비밀리에 외국인을 고용한 다음, 수확을 도우러 온 일손처럼 가장해 로마로 들여보냈다는 것이다. 그러나 코르넬리아가 아들의 이 같은 움직임을 매우 언짢게 여겼다는 기록도 많다.

어떻든 오피미우스와 지지자들이 가이우스의 법을 철회하려던 당일 카피톨리움은 아침 일찍부터 양측 사람들로 가득 차 있었다. 집정관이 제물을 바친 뒤 하인 퀸투스 안틸리우스는 희생 제물의 내장을 들고 이곳저곳을 다니다가 풀비우스 측 지지자들에게 말했다.

"정직한 시민들이 지나가게 비켜라, 이 악당들!"

안틸리우스가 이같이 말하면서 걷어붙인 팔로 모욕적인 몸짓을 했다는 말도 있다. 어쨌든 안틸리우스는 그 자리에서 죽임을 당했다. 무기는 커다란 필기구였는데 정확히 사람을 죽일 목적으로 만든 물건이었다는 말도 있다. 안틸리우스가 죽자 양측의 지도자는 정반대의 감정을 갖게 되었다. 가이우스는 몹시 괴로웠고 적이 오랫동안 바라왔던 비난의 근거를 마련해준 지지자들을 꾸짖었다. 반면 오피미우스는 기다렸던 때가 왔다는 듯 기뻐했고 민중에게 안틸리우스의 죽음을 앙갚음하라고 부추겼다.

XIV.

마침 비가 쏟아졌고 민회는 해산되었다. 그러나 다음 날 아침 일찍 집정관은 원로원을 소집했고 원로원은 실내에서 업무를 처리하기 시작했다. 이때 한 무리가 안틸리우스의 시신을 덮지도 않은 채 상여에 올렸다. 그리고 계획한 대로 상여를 메고 곡을 하며 포룸을 가로지르고 원로원 회의장을 지났다. 오피미우스는 무슨 일이 벌어지고 있는지 잘 알고 있었지만 놀라는 척했고 결국 원로원 의원들이 포룸으로 나갔다. 상여가 군중 한가운데 놓이자 원로원 의원들은 극악무도한 범죄라며 비난을 퍼부었으나 민중은 귀족 지도층에 대한 증오와 원망을 드러냈다. 귀족은 제 손으로 티베리우스 그락쿠스를 카피톨리움에서 죽이고도 모자라 시신을 강물에 던져 버렸다. 그러나 하인에 지나지 않는 안틸리우스는 억울하게 죽기는 했어도 아무 잘못이 없지는 않았다. 따라서 포룸에 놓인 하수인을 에워싼 채 눈물을 흘리고 장례를 치르는 로마 원로원의 의도는 유일하게 남은 민중의 옹호자를 없애는 것이 아니겠느냐고 했다. 이윽고 원로원 의원들은 회의장으로 돌아가 집정관 오피미우스에게 최선을 다해 도시를 구하고 폭군을 처치하도록 정식으로 요청했다.

따라서 집정관은 원로원 의원들에게 무기를 들라고 지시했고 기사 계급 시민은 빠짐없이, 무장한 하인 둘을 데리고 다음 날 아침까지 소집해야 했다. 그러자 풀비우스는 어중이떠중이들을 가리지 않고 모으는 등 저항할 준비를 했다. 그러나 가이우스는 포룸을 나서면서 아버지의 동상 앞에 서서 한동안 말없이 바라만 보다가 울음을 터뜨렸고 신음을 하면서 발길을 옮겼다.

이 모습을 지켜본 많은 사람이 가이우스를 불쌍히 여겼다. 그리고 자신들이 가이우스를 내팽개치고 배신했다고 자책하면서 가이우스의 집으로 가서 밤새 대문 앞을 지켰다. 그러나 풀비우스의 대문 앞을 지킨 무리와 그 방식이 달랐다. 그들은 밤새 소란을 피우고 고함을 지르면서 술을 마셨고 앞으로 어떤 일들을 벌이겠다고 큰소리를 쳤다. 앞장서 술에 취한 사람은 풀비우스였는데 그는 나이에 걸맞지 않은 온갖 말과 행동을 일삼았다. 그러나 가이우스의 지지자들은 나라가 재앙을 맞이했다고 생각했으므로 침묵을 지켰고 앞날에 대한 염려로 가득했다. 그들은 번갈아가며 잠을 청하고 보초를 서면서 밤을 보냈다.

XV.

날이 밝자 풀비우스의 지지자들은 술에 취해 잠이 든 풀비우스를 겨우 깨웠고 풀비우스의 집안에 있던 전리품으로 무장했다. 풀비우스가 집정관 임기 동안 갈리아에서 승리를 거두고 취한 전리품이었다. 풀비우스 일행은 온갖 위협을 외치고 고함을 지르며 아벤티누스 언덕으로 나아갔다.

그러나 가이우스는 일부러 무장을 하지 않았고 단검을 찼을 뿐 포룸으로 나갈 때와 다름없이 토가 차림으로 나섰다. 그가 대문을 나가는데 아내가 그를 막아서더니 한쪽 팔로는 남편을 안고 다른 한쪽 팔로 어린 아들을 안고 말했다.

“연단으로 보내드릴 수는 없습니다. 예전에 호민관이자 입법자이셨던 당신을 보내드렸듯, 명예로운 전장으로 보내드렸듯 그렇게 보낼 수는 없습니다. 죽지 않는 인간은 없으며 예전 같았다면 당신이 죽는다고 해도 저는 슬픈 동시에 자랑스러웠겠지요. 그러나 지금 당신은 티베리우스를 죽인 자들 앞으로 가고 있습니다. 잘못을 범하느니 차라리 당하는 쪽이 되려고 무장도 하지 않았군요. 그렇지만 당신이 죽은들 나라에 무슨 도움이 되겠습니까. 마침내 최악의 상황이 승리했습니다. 칼과 힘으로 논쟁은 일단락되었습니다. 당신 형님이 누만티아에서 죽었다면 시신은 협정에 따라 우리에게 반환되었을 겁니다. 하지만 이대로라면 저 또한 강물이나 바닷물에 대고 당신의 시신을 돌려달라고 빌어야 할 것입니다. 티베리우스가 그렇게 죽은 마당에 우리가 왜 법에, 신들에 의지해야 합니까?”

슬퍼하는 리키니아의 팔을 슬며시 뿌리친 가이우스는 말없이 동료들과 함께 집을 나섰다. 리키니아는 가이우스의 옷자락을 잡으려고 급히 손을 뻗었지만, 바닥으로 무너졌으며 한동안 말없이 그대로 있었다. 결국, 하인들이 정신을 잃은 리키니아를 일으켰고 오라비 크랏수스의 집으로 데려갔다.

XVI.

모두가 집결하자 풀비우스는 가이우스의 조언에 따라 둘째 아들에게 전령 지팡이를 들려 포룸으로 보냈다. 이 젊은이는 외모가 매우 아름다웠다. 젊은이는 예의 바른 태도로 겸손하게, 그러나 그렁그렁한 눈으로 집정관과 원로원에 화해를 청했다. 그러자 청중의 대부분은 젊은이가 전달해온 협정 조건을 받아들이는 데 반대하지 않았다. 그러나 오피미우스만은 탄원자들이 전령을 통해 원로원을 설득하려고 해서는 안 된다고 선언했다. 직접 원로원에 출석해 법을 준수하는 시민답게 재판에 응하고 자비를 빌어야 한다고 주장한 것이다. 또한, 젊은이에게 출석 요구에 동의한다는 입장을 가지고 올 것이 아니면 오지 말라고 당부했다.

그러자 가이우스는 원로원에 출석해 의원들을 설득할 의향이 있었으나 아무도 동조하지 않았고 풀비우스는 다시 아들을 보내 전과 같이 호소하게 만들었다. 그러자 싸우지 못해 안달이었던 오피미우스는 당장 젊은이를 붙잡았고 감금했으며 수많은 중장비 보병과 크레테 궁수를 이끌고 풀비우스 측을 향해 전진했다. 궁수들은 화살을 쏘고 부상을 입히면서 풀비우스 측을 혼란에 빠뜨리는 데 가장 큰 역할을 했다. 패주를 당한 풀비우스는 버려진 목욕탕 건물 속으로 몸을 피했다가 얼마 가지 않아 발견되었고 큰아들과 함께 죽임을 당했다.

가이우스는 싸움에 가담하지 않았고 벌어진 사태에 깊은 불만을 드러내며 디아나 여신의 신전으로 들어갔다. 거기서 가이우스는 스스로 목숨을 끊을 생각이었으나 누구보다 의로운 두 동료 폼포니우스와 리키니우스의 반대로 그러지 못했다. 가까이 있었던 두 사람이 칼을 빼앗고 다시 도주하라고 부추겼기 때문이다. 그러자 가이우스는 무릎을 꿇고 두 팔을 여신을 향해 뻗은 뒤 은혜를 모르고 배신을 한 로마 시민이 예속 상태를 벗어나지 못하게 해달라고 기도했다. 민중이 어느새 사면을 약속한 오피미우스 측으로 공공연히 넘어가고 있었기 때문이다.

XVII.

이윽고 다시 도주를 시작한 가이우스를 적은 바짝 추격했고 티베리스 강을 가로지르는 나무 다리에서 그를 거의 따라잡았다. 그러나 가이우스의 두 동료가 친구를 앞서 보낸 뒤 추격해오는 적을 상대했고 나무다리 앞에서 싸우며 죽는 순간까지 단 한 명도 지나가게 허락하지 않았다. 한편 가이우스는 하인 단 한 명만을 데리고 도주하고 있었다. 하인의 이름은 필로크라테스였다. 지켜보는 모든 사람이 마치 경기를 응원하듯 가이우스에게 더 빨리 도망가라고 말했지만, 누구도 그를 도우러 오지 않았으며 적이 따라붙자 가이우스가 말을 요청했음에도 말 한 마리 빌려주는 사람이 없었다.

• 추격을 당하는 가이우스. 메리 맥그레고르(Mary MacGregor)의 『로마 이야기』에 수록된 삽화.

가이우스는 가까스로 분노의 여신의 신성한 숲으로 도망치는 데 성공했고 거기서 필로크라테스의 도움을 받아 죽었다. 필로크라테스는 뒤이어 주인의 시신 위에서 제 목숨을 끊었다. 그러나 어떤 기록에 따르면 두 사람 모두 적에게 생포되었으며 필로크라테스가 주인을 두 팔로 껴안았기 때문에 적은 가이우스를 때릴 수가 없었고 먼저 하인을 수차례 매질해 죽여야 했다고 한다. 이윽고 누군가 가이우스의 목을 베어 가지고 가다가 오피미우스의 동료 셉티물레이우스에게 이를 빼앗겼다고 한다. 싸움이 시작되기 직전 선포된 법에 따르면 가이우스나 풀비우스의 머리를 가져오는 자는 그 무게와 동일한 무게의 황금을 받을 수 있었다. 따라서 셉티물레이우스는 가이우스의 머리를 창에 꽂아 오피미우스에게 가져갔다. 가이우스의 머리를 저울에 올리자 무게가 17리트라•하고도 3분의 2였다고 한다. 이는 셉티물레이우스가 악당 짓을 한 것으로도 모자라 사기까지 쳤기 때문이다. 뇌를 꺼내고 그 자리에 납을 녹여 넣었던 것이다.

한편 풀비우스의 머리를 가져간 사람들은 이름이 없었으므로 아무런 보상도 받지 못했다. 가이우스와 풀비우스를 비롯한 죽은 자들의 시신은 티베리스 강에 던져졌고 그 숫자는 3천이었다. 그들의 재산은 공매에 부쳐졌다. 뿐만 아니라 죽은 자들의 아내는 죽음을 애도하는 것조차 허락되지 않았고 가이우스의 아내 리키니아는 지참금까지 빼앗겼다.

그러나 풀비우스의 둘째 아들은 누구보다 가혹한 취급을 받았다. 이 젊은이는 귀족 앞에서 손도 까딱하지 않았고 싸움이 벌어질 때 근처에 있지도 않았으며 싸움이 벌어지기 전 타협 시도를 돕다가 체포되었음에도 싸움이 끝나고 죽임을 당한 것이다. 그러나 무엇보다도 오피미우스가 화합의 여신에게 바치는 신전을 건립한 일이 민중을 언짢게 만들었다. 오피미우스가 시민을 학살한 행위를 자랑스럽고 기쁘게 생각하고 있을 뿐만 아니라 어떤 면에서 승리를 자축하고 있다고 여겨졌기 때문이다. 따라서 밤사이 신전의 봉헌문 밑에 누군가가 이렇게 새겨놓았다고 한다.

"광기 어린 불화의 손이 화합의 신전을 만들다."

XVIII.

집정관 오피미우스는 최초로 독재권을 행사한 집정관이었으며, 덕과 명성이 당대 최고였던 가이우스 그락쿠스, 집정관을 지내고 개선 행진을

• 1리트라는 약 340그램.

한 경력이 있는 풀비우스 플락쿠스를 비롯한 시민 3천 명을 재판도 하지 않고 죽였다. 이 오피미우스는 부정을 멀리하지 못하고 누미디아 왕 유구르타에게 사절로 갔다가 뇌물을 받은 뒤 부패 혐의로 기소되어 지극히 치욕스러운 유죄 판결을 받았다. 그리하여 불명예 속에 노년을 보냈고 민중의 증오와 비난을 받았다. 민중은 그라쿠스 형제가 죽었을 당시에는 풀이 죽고 겁을 먹었으나 얼마 가지 않아 형제를 향한 애정과 그리움을 드러냈다. 형제의 조각상을 눈에 잘 띄는 곳에 제작해 세웠으며 두 사람이 죽임을 당한 곳을 성지로 삼고 그 자리로 계절의 첫 수확을 가져오곤 했던 것이다. 뿐만 아니라 날마다 신전을 찾듯 형제의 조각상을 찾아 그 앞에 제물을 바치고 절을 하는 사람도 많았다.

XIX.

더욱이 코르넬리아는 모든 불행을 고결하고 태연한 자세로 겪어냈다고 전해진다. 그리고 두 아들이 죽임을 당한 신성한 자리를 형제에게 손색없는 무덤이라고 여겼다고 한다. 두 아들이 죽은 뒤에도 코르넬리아는 미세눔 곶에 살면서 생활 방식에 아무런 변화도 주지 않았다. 친구가 많았으며 언제나 친절을 베풀 수 있도록 상차림에 신경 썼다고 한다. 코르넬리아 주변에는 언제나 헬라스 사람과 학자가 많았고 수많은 군주가 코르넬리아와 선물을 주고받았다.

코르넬리아는 방문객과 동료들에게 언제나 친절하게 아버지 아프리카누스의 삶과 습관에 대해 이야기했으나, 슬픔도 눈물도 보이지 않고 두 아들에 관한 이야기를 할 때는 그 어느 때보다 칭송받을 만했다. 궁금해하는 사람이 있으면 마치 로마 초기의 인물에 대해 이야기하듯 두 아들의 업적과 운명을 이야기하곤 했던 것이다. 코르넬리아가 너무 늙어서,

혹은 너무 슬퍼서 정신이 이상해진 까닭에 불행을 느끼지 못한다고 여기는 사람도 있었다. 그러나 그런 사람이야말로 탁월한 본성, 고귀한 태생과 교육이 슬픔을 몰아내는 데 얼마나 큰 도움이 되는지 모르는 것이다. 운명은 불행을 막으려는 덕을 상대로 종종 승리하지만, 덕으로부터 그 불행을 차분한 자기 확신으로 견디어낼 힘을 빼앗을 수는 없다.

I.

이제 그락쿠스 형제의 이야기도 마무리했으니 네 사람의 삶을 나란히 놓고 살펴보는 일이 남았다. 그락쿠스 형제의 경우, 형제를 마구 헐뜯고 증오한 사람들도 형제가 누구보다 뛰어난 본성을 지니고 덕을 실천했다는 점과 범상치 않은 교육과 훈련을 받았다는 점을 감히 부인하지는 않았다. 그러나 아기스와 클레오메네스의 경우, 그락쿠스 형제보다 더욱 굳센 본성을 가지고 있었으나 올바른 교육을 받지 못했고 윗사람들을 오래전부터 망가뜨려 온 삶의 방식과 풍습 속에서 길러졌다. 그럼에도 두 왕은 자진해서 검소하고 자기 절제적인 삶을 살았다.

나아가 그락쿠스 형제는 로마가 가장 뛰어나고 빛나는 명성을 누리며 고귀한 행위에 열중하던 시점에 살았기 때문에 가깝고 먼 조상들로부터 물려받은 덕이라는 유산을 버리려고 했다면 상당한 수치를 겪어야 했을 것이다. 반면 아기스와 클레오메네스의 아버지는 아들과 정반대의 원칙에 따라 살았으며 당시 나라는 비참한 곤궁에 빠져 있었고 병폐로 가득했다. 그러나 두 사람은 이런 것이 고귀한 행위를 향한 열의를 무디게 만들도록 내버려두지 않았다.

뿐만 아니라 그락쿠스 형제가 부를 멀리하고 돈을 하찮게 생각했다는 증거는 그들이 공적, 정치적 인생에서 어떤 부당한 이득도 챙기지 않았다는 사실이다. 반면 아기스는 남의 것을 가져가지 않았다고 해서 칭송을 받았다면 오히려 분노했을 것이다. 제 것조차 동료 시민에게 기꺼이 나누어주었기 때문이다. 다른 재물은 차치하고 그가 나눈 현금만 해도 6백 탈란톤이었다. 타인보다 더 많은 재산을 합법적으로 소유하는 것조차 탐욕이라고 생각한 사람에게 부당 이득을 취하는 행위는 얼마나 비열하게 느껴졌을 것인가.

II.

각각이 추구한 개혁이 얼마나 대담하고 모험적이었는지 따져보아도 그 정도에 차이가 있었다. 정치 활동을 통해 가이우스가 추구한 목표는 도로의 건설이나 도시의 수립이었고 형제가 추진한 가장 대담한 개혁 사업이라고 해도 티베리우스의 경우 공공 부지의 반환이었고 가이우스의 경우 기사 계급 시민 3백 명을 배심원으로 임명함으로써 법정을 재구성하는 일이었다. 반면 아기스와 클레오메네스는 미미하고 부분적인 치료 요법이나 시술로 병든 나라를 살리려는 노력은, 플라톤의 말처럼 휘드라의 머리를 잘라내는 행위에 지나지 않는다고 생각했다. 따라서 모든 폐단을 한꺼번에 제거하고 뒤바꾸는 변화를 법 체제에 도입하고자 했다. 아니, 그들이 나라를 원상태로 돌려놓고 재정립함으로써, 온갖 폐단을 초래한 변화를 몰아냈다고 말하는 편이 더 진실에 가까울 수 있겠다.

뿐만 아니라 그락쿠스의 정책은 누구보다 위대한 로마 시민의 반대에 부딪혔지만 아기스가 시작하고 클레오메네스가 마무리 지은 개혁은 가장 완벽하고 훌륭한 선례에 기초하고 있었다. 바로 소박한 삶과 소유의 평등에 관한 고대의 레트라, 즉 불문법이었다. 아기스와 클레오메네스에게는 뤼쿠르고스가 보증인이었고 뤼쿠르고스에게는 퓌토의 아폴론이라는 보증인이 있었던 것이다. 그러나 고려해야 할 가장 중대한 사항은 그락쿠스의 정치 활동을 통해 로마의 위대성이 진일보하지 않은 반면, 클레오메네스의 업적 덕분에 헬라스는 순식간에 스파르테가 펠로폰네소스의 주인이 되는 것을 지켜보았다는 점이다. 스파르테는 헬라스를 일궈리아와 갈리아 군대로부터 해방하고 다시 한 번 헤라클레스 자손들의 지휘를 받게 할 목적으로 당시 최고 권력을 가지고 있던 여러 상대와 패권을 두고 싸운 것이다.

III.

네 사람의 위대한 정도의 차이는 죽음을 맞이한 방식에서도 드러난다는 것이 내 생각이다. 그락쿠스 형제는 동료 시민과 싸웠고 도망을 치다 죽음을 맞이했지만 두 헬라스 왕의 경우 아기스는 시민 단 한 명도 죽이려고 하지 않았으므로 자진해서 죽음을 맞았다고 할 만하고, 클레오메네스는 자신이 당한 모욕과 불의를 앙갚음하기 위해 나섰다가 상황이 나빠졌음을 깨닫고 용기를 내서 스스로 목숨을 끊었다. 그러나 우리가 반대의 관점에서 상대적인 가치를 따져본다면 아기스의 경우 훌륭한 지휘관에 어울리는 업적을 보여주지 못하고 때 이른 죽음을 맞았다.

한편 클레오메네스가 쟁취한 여러 명예로운 승리는 카르타고에서 성벽을 빼앗았던 티베리우스의 절대 사소하지 않은 업적과 비교할 수 있다. 나아가 티베리우스는 누만티아에서 협정을 성사시킴으로써 어떤 구원의 희망도 가질 수 없었던 로마군 2만을 살려주었다. 가이우스 또한 로마에서 군복무를 하면서 대단한 용맹을 발휘했고 사르디니아에서도 대단한 용맹을 보여주었다. 두 형제가 요절하지 않았다면 가장 뛰어난 로마 지휘관들과 손색없이 경쟁할 수 있었을 것이다.

IV.

그러나 정치 활동을 할 때 아기스는 살짝 지나친 열정을 가지고 임했던 것으로 보인다. 아기스는 아게실라오스가 훼방을 놓자 토지의 재분배와 관련한 시민과의 약속을 깨뜨렸다. 쉽게 말하면 용기와 경험 부족으로 인해 의도적으로 계획하고 발표했던 목적을 포기한 것이다. 반면 클레오메네스는 지나치게 성급하고 난폭하게 법 체제의 변경을 시도함으로써 불법적인 방법으로 에포로스들을 죽였다. 그러나 에포로스들을 설득하거나, 여러 시민을 도시에서 내몰았듯이 무력을 앞세워 추방하는 편이 더 수월했을 것이다. 훌륭한 정치가나 의사는 최후의 수단으로서가 아니면 칼을 앞세우지 않는다. 칼을 이용하는 행위는 능력의 부족을 드러내며 정치가가 이용할 경우 정의롭지 못하고 잔인한 사람으로 보인다.

그러나 그락쿠스 형제는 누구도 먼저 시민의 학살을 시작하지 않았다. 가이우스는 목숨이 위협을 받는 순간에도 자기방어를 하지 않았으며 전장에서 누구보다 눈부신 병사였음에도 시민과의 충돌에서는 소극적인 자세를 유지했다. 무장도 하지 않고 집을 나섰으며 싸움이 시작되자 빠져나왔는가 하면 한마디로 피해를 입기보다 입히지 않는 데 더 집중한 것이다. 따라서 두 사람은 비겁해서가 아니라 신중해서 도망을 쳤다고 보아야 한다. 도망을 치지 않을 경우 공격해오는 적에게 굴복하거나 적에 대항해 적극적인 방어를 해야 하는 상황에 놓여 있었기 때문이다.

V.

한편 티베리우스에 대한 가장 큰 비난은 그가 동료의 호민관직을 빼앗았고 자신은 호민관 재선을 위해 유세를 했다는 점이다. 한편 가이우스는 안틸리우스의 죽음을 초래했다는 부당한 누명을 뒤집어썼다. 실제로 가이우스는 안틸리우스가 죽기를 바라지도 않았고 그를 죽인 자들에 대해서도 불만이 컸다. 그러나 클레오메네스의 경우, 다시 언급하지만 에포로스들을 죽였을 뿐만 아니라 노예들을 풀어주었으며 홀로 왕권을 가지다시피 했다. 명목상으로는 형제 에우클레이다스와 왕권을 나누어 가졌지만 둘은 결국 같은 집안이었다. 클레오메네스는 다른 왕가에 속하는 아르키다모스와 왕권을 나누어 가졌어야 했다. 그러나 멧세네에 있던 아르키다모스가 클레오메네스의 설득 끝에 스파르테로 왔다가 죽임을 당했을 때 클레오메네스는 아무것도 하지 않았고 그 결과 오히려 아르키다모스를 해쳤다는 의심을 받았다.

반면 클레오메네스가 모방한다고 주장했던 뤼쿠르고스는 자진해서 왕권을 조카 카릴로스에게 넘겼고 카릴로스가 다른 사람 손에 죽을 경우 화살이 자신에게 돌아올까 봐 이역에서 방황하다가 카릴로스가 후계자를 낳은 뒤에야 돌아왔다. 그러나 그렇게 따지면 뤼쿠르고스와 비교가 가능한 헬라스 사람은 없다.

아무튼, 클레오메네스의 정책이 그락쿠스의 정책보다 훨씬 더 개혁적이었으나 위법적이었다는 사실은 명백하다. 한편 네 사람의 성품을 비판하는 사람들은 두 왕이 처음부터 권력과 분쟁을 마다치 않았다는 사실을 언급하고 두 로마인 형제가 지나친 야망을 타고났다고 말하지만, 그 밖의 흠은 찾지 못한다. 그락쿠스 형제가 적과의 경쟁에 정신이 팔렸고 마치 돌풍에 휘말리듯 본성에 반하는 격정에 사로잡혀서 나라를 극도의 위험으로 끌고 들어갔다는 사실에는 모두가 동의한다. 형제의 원 구상은 그 이상 정의롭고 명예로울 수 없었다. 만약 부유층이 난폭하게 분열을 조장하는 방식으로 농지법을 폐기하려 들지 않았다면 형제는 성공했을 것이다. 그러나 티베리우스는 제 목숨을 염려했기 때문에, 가이우스는 원로원의 명령이나 관리의 승인조차 없이 억울하게 죽임을 당한 형을 앙갚음하기 위해 부유층과 격렬한 분쟁에 휘말렸다.

지금까지의 논의에서 독자는 이들 간의 차이점을 구분해낼 수 있을 것이다. 그러나 내가 네 사람 각각에 대한 의견을 말해보자면 티베리우스가 가장 훌륭한 덕의 본보기였고 젊은 아기스가 저지른 실수가 가장 적었으며 업적과 용기로 따지면 가이우스가 클레오메네스에 한참 뒤떨어졌다고 하겠다.